講談社文庫

カクレカラクリ

An Automaton in Long Sleep

森 博嗣

講談社

目次

登場人物

郡司《ぐんじ》　朋成《ともなり》 ---------------------------------- 大学生
真知《まち》　花梨《かりん》 ---------------------------------- 大学生
真知《まち》　玲奈《れいな》 -------------------- 高校生、花梨の妹
栗城《くりき》　洋輔《ようすけ》 ----------------- 大学生、郡司の友達
山添《やまぞえ》　太一《たいち》 ----------------- 高校生、玲奈の友達
礒貝《いそがい》　春雄《はるお》 ------------------------------- 理科教師
真知《まち》　源治郎《げんじろう》 ------------------------- 花梨の祖父
山添《やまぞえ》　千都《ちづ》 ---------------------------- 太一の祖母

カクレカラクリ

プロローグ

人は作為によって人となる。
獲物を捕るための罠を仕掛ける、
その形と結果を頭に思い浮かべるとき、
人間の脳は大きくなった。

真知花梨《まちかりん》は階段教室が好きだ。もう少し暗かったら、ミュージカルが上演される劇場の雰囲気に近いかもしれない。でも、彼女がいる教室は、左右どちらも一面のガラス張りのためとても明るかった。南側はブラインドで覆われていて、野蛮な日差しに抵抗しているほどだ。

洋画でもときどき登場するのが階段教室である。学生たちが皆、例外なく退屈そうな顔で授業を受けているシーン。冴《さ》えない風采《ふうさい》の教授が、反応のない学生たちを見回し、しかたなく溜息《ためいき》をつく。「では、また来週」と講義を終える場面から映画は始まる。学生たちが一斉に立ち上がり慌ただしく部屋から出ていく。ところが、そのうち一人だけ、女子学生が席に残っていることに教授は気づく。彼女は教授に質問をするのだ。その質問が意外にも専門的でレベルが高かったりする。だから、教授は内心、少し嬉しくなってしまう。それに関しては、自分の部屋に詳しい資料があるから、と説明する。教室を出て、二人で並んで通路を歩く。途中、中庭を抜けていくときに、「先生、奥様はいらっしゃるのですか？」なんて質問したりする。教授の部屋は書籍に埋もれていて、崩れかかってくる本を教授は慌てて片づける。白衣を着ている彼は、彼女の質問に答えるべく、そのカオスの中から本を見つけ出すが、その間に、女子学生は興味の目を輝かせて、部屋の中をゆっくりと歩く。手を後ろへ回している。珍しいものたちに顔を近づけ、目を見開く。そしてふと、彼のデスクの上にのっている古い地図に目を留めるのだ。「先生、これはどこの地図ですか？」と質問しつつ振り返ったとき、書籍を広げながら近づいてきた教授と躰が接触。彼は本を床に落としてしまう。メガネも外れてしまう。彼女は教授のメガネを慌てて拾い上げ、「ごめんなさい」と謝りつつ、教授に顔を近づける。メガネをかけていない彼は、意外にもまだ若かったりして……。

花梨は溜息をついた。

頬《ほお》を片手にのせている。

それから、女子学生は教授と冒険の旅に出かけるのだ。砂漠かジャングルのどこかにある遺跡。そこに埋蔵されているはずの幻の宝物。謎を解き、刻印を探して、誰も足を踏み入れたことのない秘境へ、二人だけで……。

再び溜息。

そんな映画を観たような気がする。それとも、漫画？　もしかして夢だっただろうか。彼女は窓へ目を向ける。北側の窓だ。中庭に面し、輝き生い茂る緑の中に、白い石造のモニュメントがある。今の彼女には、それが遺跡の入口に見えた。

だがしかし、外は暑そうだった。直射日光は苦手なので、エジプトとかではちょっと無理かもしれない。ヘビやサソリなども、もちろん問題外である。ムカデでも絶対駄目だ。そうか、もしも冒険に出かけるようなことになったら、殺虫剤を沢山持っていかなくてはならないだろう。荷物になるよなあ、と想像。荷物運びを誰かに任せなくては……、あ、そうなると、二人だけではなくなってしまうし……。

ああ、でも良いなぁ。そんな冒険を私もしてみたい。

またも掠《かす》れた息がもれた。残念ながら現在のところ、そんな夢が実現する兆候は微塵《みじん》もない。まず第一に、そんな一見冴えないけれどメガネを外すとなかなかダンディな教授が一人もいないのが大問題である。どうすれば良いだろう？　これが最初の関門といえる。

時計を見ると、講義が始まる時刻だった。周囲にも多くの学生が既に集まり、席に着いている。彼女の前の一列は空《あ》いていたが、そこにも男子が二人、横から入ってきた。もちろん、知った顔である。メガネをかけた真面目タイプの郡司《ぐんじ》、それから、ファッションが多少だらしない栗城《くりき》である。

彼らは座るなり、机の上に雑誌を広げた。

「それにしても凄《すご》いな、こんなものが今でもそっくり残っているなんて。かなり状態が良さそうだ。奇跡としかいいようがない」郡司がぼそぼそと話す声が聞こえてくる。

「この、手前の工場が最近まで稼働していたからじゃないかな」栗城が、ページを捲《めく》りながら言った。「だから、これまで誰も入れなかったわけだよ」

「しかしこんな遺跡、自分で発掘したら、興奮するだろうなぁ」

「うん、こっちのガソ・メカなんかさ、ほら、朽ちてるようだけど、オリジナルの塗装のままじゃん。これって、ホイルベースが変更されるまえのさ、五機しか作られなかった幻の旧七号機に似ているよな。まさか人知れず六機めが存在したとか？」

「どうかな。あるいは、そのレプリカが、工場内で独自に製作されたかだね」

何の話をしているのか、さっぱり見当もつかないものの、階段教室の高低差のため、二人の肩越しに雑誌の写真がよく見えた。どこかの工場のようだ。それから、トンネルの入口らしき写真もある。さらに、生い茂る樹々を背景に、蔦《つた》に覆われたレンガの塀が続き、その手前に白い小径《こみち》、そして、併行して草に埋もれかけた錆《さ》びた線路。

懐かしい風景だった。

「いや、絶対もっとまだいるはずだよ」栗城が言う。「これだけの規模なんだからさ、そんな、三台しか動力車がなかったってことはありえないと思うなぁ。ナベトロだけでも数百は優にあるって書いてあるじゃん」

「うーん、そうだな、まあ二十台はいても不思議じゃない」

どうやら、機関車の話をしているようだ。工場で働いていたトロッコだろうか。そういえば、この二人はまえにも、トロッコの話をしていた。以前に一度、説明を聞いたことがあるのだ。花梨がなにかの質問をついしてしまい、栗城がそれに熱心に答えてくれたのだが、その説明の内容はおろか、どんな質問を自分がしたのかさえ思い出せない。

だいたい、機関車のことを「いる」なんて表現するのが、マニアの証拠だな、とそのときに気づいた。彼らにしてみれば、機械も生物と同じように愛着のわく対象なのだろう。その後、この種のマニアックさに出逢うことが方々であった。世の中、誰もがなにかのマニアなのだ。

今回は、安易に声をかけないようにと我慢していた花梨だったが、栗城が雑誌を捲り、新しい写真が目に飛び込んできたとき、

「あ、それ……」と思わず声に出てしまった。

前にいた、郡司と栗城が同時に後ろを振り返る。彼女をじっと見た。

「あ、いえ……」とりあえず微笑んで応える。

「なにか？」二人が同時にきいた。

「その駅が」花梨は指をさす。

「この駅が？」二人が首を傾《かし》げる。

「いえ、その、私の知っている駅に似ていたから」

「まあ、鉄道の駅というものは、だいたいは経営母体によって規格化されているのが

通常ですから」栗城が説明した。「時代が同じであれば、建物も設備も類似している場合が珍しくありません」

「これ、鈴鳴《すずなり》だよ」郡司がメガネに片手をやって言った。「僕は一度しか行ったことがないけれど、なかなか綺麗なところだったなあ。もう一度是非行きたいと考えている」

「ここはね、戦前は炭鉱で、その後一部がセメント工場として営業を続けていたのですが、やはり立地が悪く、数年まえに廃業したらしいんです」栗城が説明を続ける。

工場の敷地面積と最盛期の年間生産量などの数字をすらすらと口にしたが、花梨の耳には音としてしか入らない。

それよりも、郡司が言った駅名を聞いたときから、彼女はほとんど息を止めていた。びっくりしたのだ。しかしなんとか、栗城の説明が終わるまでは待った。

「というわけです。もっと詳しく知りたければ、資料をお貸ししますけれど」栗城の話が終わったようだ。

「そこの工場なら、私、知っている」ようやく聞いてもらえるようになったので、花梨は発言した。もう冷静になっていた。

「え？」郡司がまたメガネに手をやる。

「ど、どうして?」栗城が目を丸くした。

「子供の頃にね、そこのトンネルに妹と二人で入ったことがあるの。工場の人に見つかって、もの凄く叱られたわ」

昔の炭鉱の入口だった。立ち入り禁止になっていたところである。

「え、もしかして、この……」郡司が写真を指さしながら、そこまで言って息を飲み込んだ。

「もしかして、ま、真知さん」栗城が台詞を引き継いだ。「鈴鳴に住んでいたのですか?」

「ええ」彼女は頷《うなず》く。「私の家、今でもそこにあるから……」

「うわぁ、凄い」郡司が言う。「まさか、そんなことがあるなんて」

「奇跡だ……」栗城がぶるぶると躰を震わせた。「奇跡としかいいようがない……」

「そ、そんなに凄いかしら……」自分の故郷がそれほど凄くて奇跡的な地域だとは認識していなかったので、ほんの少し嬉しくなった。

講義のあと、真知花梨の携帯の番号を連絡用に教えてもらった。「連絡用に」という名目を郡司は口にした。「普通、電話は連絡用だろ?」と栗城が横からつっこんだ。教室の外の通路で彼女と別れたあと、郡司と栗城は階段を駆け下り、炎天下の中庭を走り抜け、隣の建物の通路へ飛び込んだ。

*

二人は立ち止まり、肩で息をしながら顔を見合わせる。

「電話番号を聞き出した」栗城が興奮して言った。「花梨さんの電話だ」

「ああ」郡司は何度も頷く。気持ちを落ち着けようと深呼吸をした。「こんなに、調子良くことが運ぶとは、正直言って、予想していなかった。あんなわざとらしい作戦が、功を奏するとはね」

「今までの作戦が、すべて控えめすぎたってことじゃないかな」

「まあ、過去のことは良いとして。大事なのはこれからだね。綿密に計画を練って、第二、第三の手を考えた方が良いだろう」

「凄いな、家に泊めてくれるって言ったよな。もうさ、我が耳を疑ったよ」栗城が自分の耳を引っ張った。

「うん、たしかに、そんなようなことを言っていた。で、君の解釈は？」

「え？　解釈？　いや、単に、旅館は高級なところばかりだし、それなら、私の家に泊まったらいいんじゃないかしらって。ぼ、僕も、それがいいんじゃないかしらって、解釈してるけど。ああ、なんていうか、ぼうっとしてしまって……」

「やっぱり、そうか。空耳ではなかったか」

「夢を見ているんじゃないかって」

「彼女の家が相当古い名家であるということは、もちろん既に調査済みだった。田舎だから、たぶん家も広いだろう。したがって、こういった結果も予想しなかったわけではない。ただ、ホテル代が大変だとか、そのために苦労してバイトしなくてはならないとか、村のどこかに野宿に適した場所はないかとか、誘導するために各種のパターンを用意していたのに、こちらから言い出すまえに、向こうからあっさり提案してくるとはね……。これは、彼女になんらかの意思があるものと判断できるね」

「なんらかの意思なんて、誰にだって普通あるんじゃないか？」

「考えられる可能性は、僅《わず》かに五つだ」郡司はメガネに手を当てて上を見た。「この五つ以外にない」

栗城もつられて天井を見上げたけれど、べつになにがあるわけでもなかった。蛍光灯が一本切れかかっているのを発見しただけである。

「一、実は真知花梨は、トロッコフェチだった」郡司は指を一本立てて言った。「子供のときにトロッコに乗って以来、あのごつごつとした振動が忘れられない」

「トロッコフェチだったら、このインダストリアル・エクイプメント・マガジンを読んでいるはずじゃん」栗城が持っていた本を持ち上げた。さきほど花梨に写真を見せた雑誌である。「女子には、まずいないと思うなあ、トロッコ好きとか、ベルトコンベア好きとか、パワーショベル好きってのは、やっぱり男の趣味だからね」

「二」郡司は指を二本にする。「実家の村に、たまたま帰らなければならない用事があった。実は、許嫁《いいなずけ》と結婚させられるかもしれない、という問題に直面している。そこで、大学の同級生で、無害な二人を連れていくことを思いついた」

「本当か、それ」栗城は郡司に摑みかかる。「何の証拠があって……」

「落ち着けよ。仮定の話だってば。単なる想像だよ。よく漫画やドラマであるじゃないか。嘘のカップルの振りをして、両親を騙したりするんだ」

「想像でも、そんなこと言ってほしくないなぁ。僕の花梨さんに対して」

「過リン酸石灰みたいに聞こえるぞ」

「は？」

「たしか、リン酸二水素カルシウムと硫酸カルシウムを混ぜて」

「それ言うの、もう六回めだぞ」舌を鳴らして栗城が言う。「三を言えよ、三を」

「三」郡司は指を三本立てた。「これは、実に言いにくいのだが、真知花梨は、僕、郡司朋成《ともなり》に気がある」

「キガアルって何だ？」

「うーん、別の言葉でいえば、ゾッコンだとか、クビッタケだとか」

「なんだとう！」栗城が摑みかかる。

「待て待て待て、四を聞けって」郡司は栗城の顔の前に四本の指を見せた。「彼女は、栗城洋輔《ようすけ》、すなわち君に興味がある。だから、これこそ絶好の機会だと彼女は判断して、自分の家へ君を連れていきたかった。両親に紹介するつもりなんだ。たぶん、もの凄い豪邸で、おお、そうそう、婿養子を取ろうとしているかもしれない。君がその第一候補というわけだね」

栗城はにやりと笑った。なにも言わない。

「大丈夫か？」

栗城は微笑んだまま頷いた。

「単なる仮定の一つだぞ」

「いや、僕ってさ……。どういうわけか、小さい頃から、四がラッキィナンバなんだよね」

「あ……、そうか、まあ、それは良かったな。それじゃあ、五を話そう」

「いいよ、もうどうだって……」栗城は深呼吸をする。「ああ、そうか、婿養子かぁ。それは考えなかったなぁ」

「あくまで想像だぞ。五は、いいのか？」

「ん？　いちおう聞くだけ聞いておこうか」

「よし、五は、つまり、それ以外の可能性だ」

「やっぱりそうか……、そうじゃないかなって思ったよ。で、たとえばどんな？」

「だから、一から四以外の可能性がすべて五に含まれる」

「だからさ、たとえば、どんなのがある？」

「うーん、たとえばだ、今日は彼女、体調が悪くて、意識朦朧《もうろう》、僕でも君でもない誰かと間違えて、僕らを誘ってしまったとかだ」

「考えるか？　そこまで」栗城が顔をしかめる。「無理無理」

「あるいは、そうだね、なにかの賭けに負けて、僕たちを誘うことが罰ゲームだったとか……」

「罰ゲーム？」

「あるいは、さっきのシーンをどこかから隠し撮りしていて、どっきりカメラだったとか」

「うん、やっぱり聞かない方が良かったな。さっきの著《いちじる》しい感動が急速に薄れていくような」

「冷静になったようだから話すけれど」郡司はメガネを少し持ち上げた。「いちおう、作戦は予想外の大成功をおさめた。それは評価できる。だけど、まだ喜んでいる場合ではないと思う。これからが本番なのだから」

「う、うん。そうだな」栗城は急に緊張した面《おも》もちで頷いた。「勝って兜《かぶと》で脳を締めよっていうもんな」

「そうそう」

「小さめの兜を被《かぶ》れってことだよな」

「え？」

「だって、脳を締めつけるわけだろ？」

「は？」

「ああ、なんかもう緊張してきたなあ」栗城は肩を上下に動かした。「鈴鳴のこと、しっかり調べておこう。予定表とかも作らないとね。着ていく服も揃《そろ》えないといけないし、靴も新しいのを買わなくちゃあな。穴があいてるんだ」

「それらは君に任せる」

「何、郡司君は何するの？」

「僕は、この際だから、新しい一眼デジカメを買おうと考えている」

「一眼デジカメかぁ、それで彼女を撮ったら、きっと綺麗だろうなあ」

「違う違う、錆びたスティール、朽ちた材木、剥離《はくり》した塗装に迫るんだよ。廃墟を撮るためだ。デジカメを買うには、バイトをしなくてはね」

「一カ月後が待ち遠しいなあ。はぁ……、こんなに夏休みが待ち遠しいなんて、小学校以来じゃないかな」

「うん、まあ、客観的に見ても、君の夏休みとしては、これが生涯のピークになる可能性は高いと思うよ」

第1章　涼しいところで助かったりして

　ときとして世に姿を現す不思議なる対象とは、さらに大きな隠れたものの一部であるか、あるいは、さらに小さなものが集まって一つに見えたか、のいずれかであろう。どちらにしたところで、人間の思い過ごし、つまりは見誤りであることにちがいはない。

1

　ディーゼルカーに乗っている間は、バニラの香りに包まれた夢のような時間だった。郡司と栗城は、進行方向を背にして並んで座っていた。窓側が栗城だ。対面するシートに真知花梨がいる。彼女は窓の外を眺めていた。男子二人も、車窓の風景を眺めるつもりなのだが、気がつくと彼女を観察しているのだ。光は直進するはずなのに、不思議な現象といえる。

彼女の隣に、大きな風呂敷を膝《ひざ》にのせた老婆が途中から座ったことで、風景の完成度が僅かに崩れたかに見えたけれど、もちろんだからといって文句を言うわけにもいかない。しかも、その老婆が、郡司たち二人にいろいろ尋ねてくるので、これには辟《へき》易《えき》した。だいいち、質問の言葉の半分は聞き取れないのだ。何度も聞き直し、幾度かは花梨が通訳をしてくれた。彼女の言葉になった途端にきちんと答えたくなってしまうから不思議である。どこから来なさった、大学生かね、今なら何を食べたらいい、山では何が採れる、川で獲れる魚は何が美味《うま》い、といった話から始まって、最後には孫の話になった。そうこうするうちに、アナウンスで鈴鳴の声を聞いた。

「なんじゃ、鈴鳴に行きなさるかね」老婆が、立ち上がった二人を見上げて言った。「ほんじゃあ、お戌《いぬ》様の祭りか?」

花梨も立ち上がったので、老婆との会話はそこで終わり、三人はドアへ移動する。列車は既に減速し、駅が近づいているようだ。窓の外に見える風景はまだ樹、樹、樹。森の中を走っているだけで、道も家も見当たらなかった。

「相当に秘境だなあ」楽しそうに栗城が言う。大きなリュックと手提げのバッグを持っている。首からは長いレンズのカメラをぶら下げていた。比較的重装備といって良いだろう。

「駅は、村の外れなんです」花梨が涼しげな表情で言った。彼女は対照的に身軽である。小さなショルダバッグが一つだけ。手には日傘一本しか持っていない。ジャンケンに勝って、栗城に荷物を持たせているわけでもない。

「駅から、どれくらいです？」郡司はきいた。彼も同じくリュックとカメラ。それに腰にはポシェット。Tシャツにジーンズというマニアには定番のファッションは、栗城と共通している。

「さあ……、どれくらいかしら」花梨は口を窄《すぼ》める。

そのあとの言葉は出てこなかった。でも、栗城は充分に満足そうに微笑んでいる。ドアが開き、ホームに降り立った。厳しい日差しが三人に降り注ぐ。花梨が白い傘を広げると、足許にくっきりとした円形が現れた。

「さっきのおばあさんが言ってた、オイヌサマの祭りって？」郡司は尋ねた。

「えっとね、村のお祭りですけれど、お戌様っていうのは、鈴鳴神社にお祀《まつ》りしてある、人形のこと」

「犬の人形？」

「ええ、そうだと思います」

「あれ、見たこと、ないんですか？」栗城が尋ねる。

「ええ、普段は箱の中に入っているから、つまりお参りするといっても、その箱にお参りするだけなの。ときどき出てくるんですけれど、滅多に見た人はいないわ」

「出てくる？」

「ええ、そういう仕組みだって」

「ああ、絡繰《からく》りなんだ」

「よくわからないけど、面白そうだね」郡司はメガネを持ち上げる。

空には雲一つない。小学校の生徒会長のような晴天である。

無人駅ではなく、駅舎があって、改札もあった。駅員が一人、線路を渡るときに誘導してくれた。彼は花梨を見て、恐縮した仕草で頭を下げている。顔見知りのようだった。その彼が一緒についてきて、改札で三人の切符を受け取った。

「お帰りなさいませ」駅員が彼女にもう一度頭を下げた。

「あれ、親戚の人ですか？」栗城が小声できいた。

「いえ、違います」花梨が笑顔で答える。

駅舎の出口の上の梁《はり》に、大きな鈴がぶら下がっていた。紐《ひも》が垂れ下がっていればお賽銭《さいせん》を投げたくなったかもしれない。表へ出ていくと、黒いセダンが駐車している。

その前にグレイのスーツに白い手袋の男が立って待っていた。

「わぁ、助かったぁ、お迎えがあるんだ」栗城が郡司を肘《ひじ》でつついて囁《ささや》いた。

「お待ちしておりました」男が花梨に頭を深々と下げる。

「こんにちは」郡司も栗城も頭を下げる。

男は郡司たちには見向きもせず、セダンの後ろのドアを開けた。花梨はそこへ乗り込んだ。

男はすぐにドアを閉める。そして、郡司たちの方を振り返った。

「この道を真っ直ぐに行きますと、じきに突き当たりますので、そこを左へ参ります、はい。橋を渡り、坂道を上っていきます。そうしますと、古い松が一本だけ立っているところがございます。一本松と呼ばれておりましてな、お地蔵様がおいでです。右は役場、左へ入ると鈴鳴神社になりますが、さらに直っ直ぐです。そのあたりから、だんだんと集落になって参ります。それを抜けて、さらに行きますと、じきに下りになり、また橋がございます。これは鉄橋で大きな橋です。それを渡ったところで、右手へ、はい。そこまで行きますと、もうあと二十分ほどでございます。お気をつけておいで下さいませ」

男は向こう側へ回り、運転席に乗り込んだ。しかし、後部座席のドアが開いた。花梨が開けたのだ。

「あ、郡司君たち、荷物が重いんじゃない？」優しい声だ。

「あ、いえ、そんな……、これしき」横で栗城が言った。

「あのぉ、けっこう重いかもしれません」郡司は正直に言う。

「荷物、車で運びましょうか」花梨が言った。

「あ、それは、助かります」郡司は背負っていたリュックを下ろそうとする。

「あ、そこはいけません」男が運転席から飛び出し、こちらへ戻ってきた。「お嬢様と一緒に、そのようなものを……。あとで、トラックを寄こしましょうか」

「え？」

「おお、そうだ」男はなにかを思いついたようだ。運転席へ戻り、後ろのトランクを開けた。「しかたがありませんな。こちらへ荷物を」

「あ、はい……、どうも」

二人はそこに荷物を載せる。カメラだけは自分で持っていくことにした。

「綺麗な風景のところがありますから、ごゆっくりお楽しみになると、よろしいわ」花梨が言った。いつもより、しゃべり方が一段と古風になっているようだ。

運転手が再び乗り込み、車は走りだした。振り返ると、駅舎の前で駅員が帽子を取ってお辞儀をしている。道路の反対側の商店にも、年輩の女が二人、店先でお辞儀をしていた。

郡司たち二人は、すぐに歩き始め、その場所を離れた。百メートルほど行ったところで、後ろを確認すると、駅員も二人の女もまだこちらを見ていた。いつの間にか、茶色の犬も加わっている。

「荷物を運んでもらえて、ラッキィだったね」栗城が言った。

「まあ、そういう評価もできないことはないな」郡司はとりあえず頷いた。

「なんか涼しいし、いいとこじゃん」

「うん」

「綺麗な風景のところがあるから、ゆっくり楽しんでいこう」

「素直だね、君」

2

駅周辺には、彼らの興味を引くものはなかったが、少し歩くうちに、火の見櫓《やぐら》や、農機具の倉庫など、古くて適度に朽ち果てたものたちが現れた。郡司は錆びたステイール系が好みだが、栗城はスティールには拘《こだわ》らず、むしろ剝《は》がれかけている塗装に魅力を感じる。二人は、このような、一般の人間が見たら単なるがらくた、粗大ゴミ、あるいは廃墟、廃屋の類《たぐい》を常に探し求めている。そういう趣味なのだ。

　写真を撮り、それらが活躍した時代へ思いを馳せ、可能ならば当時の資料を調べ、歴史を繙《ひもと》く。何がきっかけでこういった嗜好《しこう》になったのか不明だが、もうどっぷり浸かっていた。マイナなように感じられるけれど、周りを見回すと、比較的同好の士は見つかるものだ。鉄道好きの一部、クラシックカー好きの一部、骨董品好き、田舎暮らし好き、いろいろな分野に跨《また》がっているものの、古いもの、壊れて捨てられ、風雨に晒《さら》されて土に還《かえ》ろうとしている構造、装置、道具に愛着を持つことでは共通している。

　郡司と栗城もたまたま、意気投合して、二人で一緒に方々へ出かけるようになった。さらに仲間を増やすために、同好会を結成しようかと考えているほどである。名づけて、懐古同好会、風化同好会、あるいは、黄昏《たそがれ》倶楽部、くらいではないか。

　三十分ほど、歩きながら写真を撮りまくった。田舎は、古いものの宝庫だ。集落が近づいてきた頃には、もう何十枚も写真を撮っていたし、車に乗れなかったことが本当にラッキィだった、と郡司も思い直したほどである。

一本松はたしかにすぐわかった。手前で左右に道が延びている。道の右側に古い小さな小屋のようなものがあって、その中にお地蔵様が赤い着物を着せられて立っていた。反対側には、小川が流れていて、橋がかかり、その先へ道が真っ直ぐ森林の間を抜けている。突き当たりに鳥居《とりい》が見えた。

「お戌様の鈴鳴神社だね」栗城が言う。

「そんなに古い神社でもなさそうだけど」郡司は橋の欄干《らんかん》に触れながら言った。「この橋なんか新しい」

道をさらに進むと、人家が増え始めた。両側に建物が並ぶ、町らしいところもある。珍しく、モルタル造のモダンな建物があったが、そこには、《貴方ボトル》という看板が掛かっていた。酒屋さんだろうか。聞いたことのない商品名だ。その看板がまた古くさい琺瑯《ほうろう》製で、二人はレンズを向けずにはいられなかった。

道が下りになり、途中で左側に、温泉街の案内看板が立っていた。左へ下りていく道が温泉街のようだ。やがて鉄橋が見えてくる。谷がかなり深い。ずっと下に川が流れていた。

「おお、ますます秘境じゃん」栗城が喜んでいる。「泳げるかな」

「このトラスも良い味出してるよなあ」郡司は橋の構造に興味を引かれる。分厚い空色のペンキが剥がれかけ、錆が素敵にちりばめられている。「昭和の三十年代ってところかな」

橋の向こう側の道路を、右手からバイクが近づいてきた。高い音を立てていたが、橋に入る手前で停車した。橋の長さは三十メートルほどだ。今まで道路を歩いてきて、人間とは何人かすれ違ったものの、自動車やバイクが動いているのを見るのは、花梨を乗せていったセダン以来初めてだった。

のんびりと風景を眺めながらトラス鉄橋を渡っていく。バイクの横に立っている人物に二人は近づく。橋の半分ほどまで来たところで、それが若い女性だとわかった。彼女がヘルメットを外したからだ。髪が短く、Tシャツにショートパンツ。今は、バイクのシートに腰掛け、ジュースらしきものをラッパ飲みしている。

さらに近づいていくと、彼女はこちらを睨《にら》みつけるように見据える。五メートルほどに接近した。じっとこちらを見たままなので、郡司はメガネに手を当てて、軽くお辞儀をした。自分たちは余所者《よそもの》なのだ。怪しい人間だと思われたくない。都会と違い、ここでは挨拶《あいさつ》くらいの礼儀が必要なのかもしれない。

「こんにちは、僕たち、真知さんのところへ行くんですけれど、ここを右ですよね?」同じことを考えていたのか、栗城が陽気に尋ねた。

「見えない、あれ」少女は片腕を真っ直ぐに伸ばし、左の方向を指さした。

橋を渡ったところの交差点はT字路だった。左方向へ矢印の標識があって、そこに漢字が四文字書かれていた。当然、最初はそれが地名だと思ったのであるが、ピントを合わせて文字を読んでみると、《呼吸困難》と書いてあるのだ。

「呼吸困難？」横で栗城が声を上げる。「変わった地名だなあ」

一方、右方向への標示は出ていなかった。

「そっちは、山へ登る道なんじゃないかな」郡司は栗城に言った。「高度が高くなって、酸素が少なくなるから、注意をせよと」

「そんな高い山ないじゃん」栗城が半分笑いながら言う。もっともである。

「大学生でしょう？」バイクの少女が腕組みをして言った。「これくらいわからなくっちゃ」

「は？」栗城が声を上げる。もう一度、標識を見た。

郡司もその四文字を見る。呼吸困難以外に読めそうにない。二人は少女の前に並んで立っていた。彼女は、首からペットボトルをぶら下げている。コーラだった。黒い液体がまだ三分の一ほど入っているのが見える。何のお呪《まじな》いだろう、と郡司は不思議に思ったものの、しかし当の彼女はなかなかに可愛らしい。

「あ、ごめん、もしかして、真知さんの妹じゃない？」栗城が言った。

「あれ、わかった？」

「やっぱり……。似てるから」

「嘘、似てないよ。似てるなんて言われたことない」

「いや、似てる、似てるよなあ？」栗城がこちらを向いて訴える。

「まあ、それは主観的な問題だ」郡司は当たり障りのない返答に努めた。客観的にいえば、目や鼻や口の数やだいたいの位置は、たしかに類似しているが、それは人類にほぼ共通した傾向といわざるをえない。

「えっと、名前も聞いたんだ、そう、玲奈《れいな》さんだね？」栗城が言った。

「そうだよ。あんたが、郡司さん？」

「僕は栗城、郡司はこっち」

「あ、わかった……」郡司は呟《つぶや》いた。ようやく、標識の意味がわかったのだ。「行き止まりか」

「ここで間違えるといけないから、見てこいって言われたの、姉貴にね」玲奈はバイクのエンジンをかけた。「とりあえず、ここで間違えなければ、あとは、もう一箇所、四本松で、左へ曲がれば、そこからは道なりでオッケイだから」

「案内してくれるんだね」栗城が言った。

「違うよぅ。私はちょっとバイクを走らせたかっただけ。あ、うちで、私がバイクに乗っていたって言わないでよ。言ったら、ただじゃすまないから」

「ただじゃすまないって、君が？」郡司がきいた。

「私もだけれど、言った奴も。本気でひっぱたくからね」

「無免許なの？」栗城がきく。

「免許を取ったことも内緒なの。あんたたちが家に着いた頃には、戻ってるから。わかった？」

「わかったわかった」栗城が苦笑いする。

「もう、いい？」

「あ、どうもありがとう」郡司が言う。

エンジンを吹かしてから、玲奈はバイクを反対方向へ走らせ、トラス鉄橋を渡り、見えなくなった。

「だいぶ、違うなあ、タイプが」郡司は溜息をつく。

「うーん、しかし、あんな妹がいたら……」栗城はまだ鉄橋を眺めていた。

3

道は谷から逸《そ》れ、山道を登っていく。林を抜けると、段々の田や畑が広がり、点在する屋根が見えてくる。一本道なので迷うことはない。農作業をしている人が、こちらを眺めていた。

「さっきの道を反対へ行ったところが、工場だったんじゃないかな」栗城が話した。

目的の廃業した炭鉱とセメント工場のことである。「着いたら、挨拶をして、今日はまず下見にいこう、日が暮れるまえに」

まだ、午後三時だった。都会に比べれば格段に涼しい空気ではあるが、歩きどおしのうえ上り坂の連続である。さすがに二人とも汗が噴き出ていた。

「なんか、冷たいものを、こう、ぐっと飲みたいところだな」郡司は言った。ビールを想像していた。しかし、そんな都合の良いものにありつけるかどうかはわからない。コンビニや販売機など近くにはなさそうだ。

そうこうしていると、後ろから高い音とともにバイクが近づいてきた。二人は歩きながら振り返った。真知玲奈である。二人のところまで近づき、バイクを傾けて急停車した。

「オッケイオッケイ、もうすぐだよ。あそこで左。石垣んとこの手前、松が四本あるでしょう？」玲奈は指をさした。「私は、このバイクを返してこなきゃなんないから。またあとでぇ」

二人が頷く間もなく、玲奈はまたバイクを走らせる。たちまち道を走り抜け林の中へ消えていった。曲がれと言った石垣の角では曲がらなかった。別の道があるということだろうか。

低い石垣の上に大きな松が四本整列している。その向こう側に、屋根が傾き、今にも倒壊しそうな小屋が建っていた。屋根の上に大きな石が幾つものっている。

「良いなあ、これ」郡司は石垣の上に飛び乗り、カメラのレンズを向ける。「あれ？なんか、ぎいぎい聞こえないか？」

「ああ、そこの看板がやばくない？」栗城は下でカメラを構えていた。珐瑯の蚊取り線香の看板が壁にあったからだ。「もっと錆まみれのが、ネットオークションで、十二万円くらいついてたよ」

「まだまだ、お宝はありそうだね」郡司はあたりを見回す。「変だな、何の音だ？」

「しかし、不正なことはできないぞ。いやしくも、ここは花梨さんの村なのだ」栗城が一人芝居をしている。

「どうして、いやしいんだ?」

「あれ? そうか、かりそめにも、の間違いか」そう言いながら、栗城も石垣に上がってくる。「これ、何の小屋だ?」

「あ、こっち側に水車がある」郡司は反対側でそれを見つけた。

道からはまったく見えなかったが、反対側に細い用水路が通っていて、そこで直径二メートルほどの木製の輪がゆっくりと回っていた。

「ホントだ、すっげえな」栗城がシャッタを切った。「水の力で回っているんだ」

「いや、違う。水を、そちらへ汲み上げているんだ」郡司は指をさした。

木製の樋《とい》があり、そこを汲み上げられた水が水路の向こう側へ渡され、田へ導かれていた。

「じゃあ、動力は? どうしてこれが回っているんだ?」栗城は小屋の屋根を見上げる。

「風車があるわけでもなし」

「うーん、まあ、電動かな。エンジンの音はしないし。この小屋の中に、仕掛けがあるとは思うけれど」郡司は、小屋に唯一あった扉に近づいた。窓もあったが、ガラスが汚れていて、中を覗《のぞ》くことは絶望的だったのだ。

　突然、その扉が開いた。びっくりして、郡司は飛《と》び退《の》いた。足が縺《もつ》れ、もう少しで尻餅をつくところだった。

　丸いメガネの男が出てきた。頭の毛が灰色で膨《ふく》らんでいる。鳥の巣みたいというか、綿みたいというか、見事に髪の毛が立っている。服装は最初は白いコートだと思えたが、よくよく見ると白衣のようだ。しかし相当に汚れている。浮浪者だろうか、と郡司は考えた。

「こんにちは」男は意外にもジェントルな発声だった。

「こんにちは」二人は頭を下げる。

「この村の人ではないね。珍しい。何をしにきたのかな?」

「あ、あの、真知さんのところへ行く途中です」郡司は答える。

「ほう……」丸いメガネの顔が近づいてくる。「さきほど、花梨さんがお帰りになったようだが、すると、君たちか、彼女の大学の友達というのは」

「よくご存じですね」

「うん、この村では情報ネットワークが極度に発達しているのだ」

「インターネットですか?」

「違う違う、噂が一夜にして村中を駆け巡る。電話もあり、炉端会議もあり、寄り合いもあり、縁側あり、畑のお茶ありで、これぞまさしくマルチメディアだ」

「あの、この小屋は何の施設ですか？」郡司は中を覗き込んできいた。室内は暗いが、大きな歯車が動いているのが見えた。

「うん、今、この水車の動力について話しているのが聞こえたよ。なかなかの着眼と言わざるをえない。それに、そういった疑問を持つこと自体が素晴らしい。疑問は科学の母だ。近頃の若者ときたら、ゲームを見ても、携帯電話を見ても、それがどんな仕組みで作動しているのか、考えようともしない。うん、まあ、考えてもわからないから、しかたがないといえばしかたがないが」

「凄いですね、木製ですか？　その歯車、動いているじゃないですか」栗城もやってきて、小屋の中を覗き込んだ。

「これは、明治初期に作られたマシンだ」男は言った。「今でもちゃんと働いている。もちろん、ときどき面倒を見てやらんと、止まってしまう。古いからしかたがないが、機械とは本来そういうものだ。今も、ちょっと不具合を修理していたところだよ」

「これ、どうやって動いているんですか？」栗城が質問する。「外で水を汲み上げていますよね。エンジンでもないし、モータでもなさそうですけど」

「エンジンもモータも普及する以前のことだ。動力といったら、馬か牛か、それとも人間しかなかった」

二人は小屋の中に入った。ひんやりとした空気に満たされている。外の水車を駆動する装置は、それほど複雑なものではなかった。大きな木製の歯車や回転軸が縦横に密集していたが、動きを辿《たど》っていくと、床の穴に塡《はま》った軸へ行き着くことがわかった。

「この軸が下へ通じている」郡司は指をさした。「地下に動力があるんですね？」

「うん、まあ近いな」男は頷いた。「メカが好きそうだね。わかったかい？」

「あとは、地下を見ないとわかりませんよ」郡司は首をふる。

「いや、説明してしまえば、大したことではない」男はまた扉の外へ出ていった。二人も彼に従って、外に出た。「ほら、あそこに小屋が見えるだろう」彼が指をさした先は、石垣のさらに下。道の向こう側にある小屋だった。小川があるのか、小さな橋が樹々の間に見える。

「あれも水車小屋だ。川の流れで水車を回していて、その動力をここまで伝動している。地中に埋め込まれた木製のシャフトがこちらまで続いているんだよ」

「へぇ、本当ですか？」

「口で言うは容易《たやす》いが、普通の技術ではとうていまともなものは作れない。シャフトは二間《けん》、つまり三・六メートルごとに軸受けで支えられ、次のシャフトへはユニバーサル・ジョイントで接続されている。回転多軸関節だ。金属はまったく使われていない。木材と陶器だけで作られている」

「陶器？」

「いわゆる、セラミクスだ」

「へぇ……」

「百年以上、これが動いているんだよ」

「凄いですね」郡司は感心した。実際に彼は感激していた。この種のものが彼のツボなのである。

「もともと、この地は、絡繰り細工が盛んだ。絡繰り職人が多かった。そういった文化地盤があるからこそ、このような実用品にさえも、拘りともいえる工夫を凝らしたわけだ。まあ、今風にいえば、ハイテクというやつだね、当時としての」

「あ、そういえば、絡繰りのことは、ええ、ガイドブックにもほんの少しだけ書かれていました」栗城が言う。背中へ手を回す仕草をしたあと、あ、と舌を打った。「そうか、リュックは車に載せたんだ」どうやら、資料を取り出そうと思ったらしい。

長閑《のどか》な風景を数秒間眺めたあと、郡司は反対方向を振り返った。そろそろ真知家へ向かわなければ、と思い、そちらの方向へ目をやった。すると、畑の上の木陰をセーラ服の少女が歩いていくのが見えた。向こうもこちらに気づき、郡司たちに手を振って近づいてくる。

「あ、真知君か」白衣の男が呟いた。

近くまでやってくると、少女は手提げ鞄を両手に持ち、男にぺこんと頭を下げてから、郡司と栗城に微笑んだ。まちがいない、真知玲奈である。

「あれ？」栗城がなにか言おうとする。彼女の服装が変わったことについてだろう。

「では、郡司さん、栗城さん、ご案内します」彼女が言った。「先生は、汲み上げ機のメンテナンスをなさっていたのですか？」

「あ、うん」男が頷く。

「先生？」郡司が小声で呟き、男の顔を見た。

「ドクタと呼んでもらっても、かまわない」男が言う。

「私が通っている高校の儀貝《いそがい》先生です」玲奈が紹介した。さきほどまでの口調とはだいぶ違っている。「物象部《ぶっしょうぶ》の顧問もしていらっしゃいます。私、真知玲奈は、恥ずかしながら、物象部の部長を務めております」

「え、どうして恥ずかしいの？」郡司は彼女にきいた。

「さあ、行きましょう」玲奈に手を摑まれ、強引に引っ張られた。

玲奈とともに、二人は道を上っていく。二十メートルほど小屋から離れたとき、玲奈は手を離した。

「バイクに乗っていることは、家では秘密だよ」睨みつけるように言った。

「あ、あの先生にも、秘密なんだね」

「儀貝先生は、大丈夫」

よくわからない価値観である。

振り返って四本松と、水車小屋を見ると、儀貝は既に扉の中らしい、姿は見えなかった。

玲奈は鞄からコーラのペットボトルを取り出し、蓋《ふた》を開けて口へ運ぶ。空を仰《あお》ぐようにそれを傾けた。

「あぁ……」彼女は溜息をつき、コーラの蓋を閉めた。「見たとおり、わりと古い文化が残っている村なのです」彼女は再び歩きだす。「うちの家もそう。驚くほど古くさいわけ。びっくりすると思うな。でもね、逆らっちゃ駄目。私も、うちでは良い子にしているの。わかるでしょう？」

「なるほどね」歩きながら郡司は頷いた。「どこでも、多かれ少なかれ、そういうのはある、というか、必要だと思うよ」

「人間、そもそも、多面的だし、切り換えが大事よね」

「多面的ね……」

「あの、ブッショー部って、何？」栗城がきいた。

「あれ、わからない？」玲奈が振り返る。「理科クラブみたいなの。どっちかというと、理科の中でも物理。メカとか電気とか」彼女は目を細めた。「ああ、メカって素敵だよね。私、大好き。でも、村には絡繰りとかって古いがらくたしかないわけ。二十一世紀なんだからさ、もっとチタンとか、カーボンとか、光ファイバとか、最新のテクノロジィを導入しないとね。大学に入ったら、絶対にロボットとか作って、メカに囲まれて暮らすんだ。そういうのが、私の夢。とにかく早くこの村を出ないとね。姉貴が羨ましい」

4

真知家の屋敷はたしかに大きかった。というよりも、全体像が見渡せないので、どれくらいの規模なのか把握できない大きさである。門は、どこかの山門みたいに立派で、仁王像が両側に立っていても驚かなかっただろう。今は開いている扉には、羽を広げた蝶の紋が彫られた金属板が取り付けられていた。それが真知家の家紋らしい。また、高い位置の梁には、大きな一枚板が斜めに掲げられ、《間もなく家を知る》と墨で書かれている。玲奈に尋ねたところ、家を知るは、《知家》であり、《ま》がない。だから、真知家という意味だという。

「なぞなぞが好きな家系だってこと？」郡司が尋ねると、

「私が好きなわけじゃないよ。どういうわけかね、この村の文化として、一ひねりしなきゃいけないっていうか、変てこな風習があるわけ」

「ああ、さっきの呼吸困難もだ」郡司は言った。

「そうそう、郵便局のは見た？」

「郵便局？」郡司は栗城と顔を見合わせる。なんのことか意味がわからない。

門を入り、庭の中を歩く。母屋ではなく、離れという建物へ案内された。離れといっても、普通の民家の大きさは充分にある。玄関を開けると、広い土間があって、奥に厨房らしい施設と、裏口も見える。土間から上がる座敷が二間。片方には囲炉裏《いろり》もあった。階段もあるから、二階もあるようだ。障子で見えないが、縁側が反対側にあるはず。歩いてくる途中で見えたからだ。座敷の中の壁際に、郡司たち二人の鞄が既に置かれていた。

「ここ」玲奈が言った。「まあ、好き勝手にすれば良いと思う。お風呂がそこの向こう側で、トイレはあっち」

「凄いなあ、良いのかなあ」郡司は口を開けたまま、周囲を観察した。

「こういうところに住むのが、夢だった」栗城が溜息をもらしている。「あぁ、良いなあ、この締め固められた土間、すり切れて艶が出ている柱、黒く煤《すす》けた天井、なんという理想的な。もう完璧だよね」

「夕食は、六時過ぎ。こちらへ運んできてあげるから。お風呂、いつでも勝手に沸かして入って良いよ。ただし、ガスじゃないから気をつけて。わからなかったら、誰かにきいて。そこの電話でね。母屋の誰かが出るから」

「あ、ありがとう」

「それは、姉貴に言って」

「あのさ、ご挨拶しなくて良いのかな？」郡司はきいた。

「誰に？」

「いや、その……、真知家の人に」

「いいよぅ、そんなぁ。気にしない気にしない」

「いやあ、でも、こんな立派なところ使わせてもらって、いろいろご厄介になるんだし、やっぱり、挨拶くらいは」

「あのね、そういうの、あまり受けつけない人たちなのね」玲奈は言った。「なんていうか、世俗を超越しているみたいな。姉貴見て、感じない？　ちょっと庶民とは違うでしょう？」

「あ、そういえば」栗城が言った。「花梨さんには、どことなく高貴な雰囲気が漂っていますね」

「そうね、貴族。だから、庶民には顔を合わせることもないわけ。電話をしても、出るのはここで働いている人たちだし、どこを歩いてもらってもかまわないけれど、まずうちの人たちに会うことはないと思う。自分の居場所に籠もってて、滅多に出てこないから」

「ふうん、それはまた、凄いなあ」郡司は感心した。

「あの、花梨さんは？　どこにいるんですか？」栗城がきいた。

「さあ、私も滅多に姉貴には会わないから」

「花梨さんの部屋へは、電話は通じないのですか？」

「連絡することがあったら、誰かに言えば、伝えてくれるから。まあ、そのうちここへ来るんじゃないの？」

「はあ、そうか……」栗城が残念そうに溜息をついた。

「さあてと、今からどうするの？　お風呂沸かす？」

「いや、明るいうちに、Mセメントの工場を見てこようかと……」郡司は言った。

「え、工場？　何をしに？」玲奈は首を傾げる。「だって、もう工場、動いてないよ」

「うん、跡地をね、撮りたいんだ」郡司は胸のカメラを持ち上げた。「廃墟っていうか、崩れかけた工場の設備や機械が、僕たちのテーマなわけ」

「テーマ？　ふうん、変なのぉ」

「さっきの道でしょう？」栗城が尋ねる。彼は座敷に上がって、自分の鞄を開けていた。「あのトラス橋を渡ってあちら側へ行く道」

「そうそう。だけど、歩いていったら三十分くらいかかるよ」

「大丈夫、歩くのは慣れているから」

「暗くなって、迷わない？」彼女が心配そうな顔できいた。

「大丈夫だよ。廃墟探索には、慣れているから」

「けっこう、あっという間に暗くなるからね」

「そうだね、山が近いから」郡司は頷く。

「日が暮れたら、灯りがないし。街じゃないんだから」

「うん、懐中電灯なら、持ってるし」栗城が言った。

「一緒に行ったげよか？」

「え？」

「面白そうだし、私も行っちゃ駄目？」

「あ、うん……、もちろん、全然かまわないけれど」

「じゃあね、あの橋のところくらいで待ってるから。今からだと、二十分後くらいだね」

「もしかして、また着替えてくるわけ？」

「うん、しかたがないよ。うちの人たちに気づかれるとやばいから」

5

真知家を出て、郡司と栗城は四本松の水車小屋の横を通った。儀貝先生の姿は見当たらなかった。集落を抜けてトラス鉄橋まで歩く。橋が見えてきた頃、後ろからバイクのエンジン音が近づいてきた。真知玲奈が来た、と思って振り返ると、バイクが二台だった。

郡司たちの横で停車し、玲奈はヘルメットを取った。セーラ服ではない。再びTシャツにショートパンツに変わっている。もう一人は男で、彼もTシャツに、ぶかぶかの半ズボンを穿《は》いていた。華奢《きゃしゃ》で幼い感じの少年である。

「あ、こいつ、太一《たいち》っていうの、山添《やまぞえ》太一」玲奈が紹介した。「べつに気にしなくて良いからね」

不安げな顔のまま、無言で太一は三センチくらい頭を下げた。

気にするなという意味が今ひとつ理解できなかった。おそらく、二人の関係を問うな、という程度のことだろう、と郡司は理解した。

鉄橋を渡らずに、T字路を真っ直ぐに進む。バイクの二人は先へ行っては、郡司たちを待っている、というプロセスで前進した。

「不良じゃないかな、彼女」栗城が言った。しかし、顔が笑っているので本気ではなさそうだ。

「根拠は？」

「バイクって、高校生が乗って良かったっけ」

「乗れるんじゃないかな。免許があれば」郡司は答える。「通学は駄目だろうけど」

時刻は四時半、まだ日の入りまでには二時間以上もある。今日のところは、まずは視察。全体の把握が目的だ。そして明日からの計画を、今夜二人で議論することになるだろう。

林の間を抜けて、さらに上っていくと、山腹に建物が見え始めた。薄い緑色の壁面、それに鉄塔のような構造物。送電線もある。近くの谷にも鉄橋が幾つか見えた。

「あ、鉄道がやっぱりあるね」郡司が鉄橋を指さして言った。

「いやあ、これはアタリじゃないかな。ああ、凄《すご》そう」栗城も息を弾ませている。

「こういう、最初のアプローチが、一番どきどきして楽しいよな」

「うん、まさにまさに」

待っている玲奈と太一に追いつく。バイクのエンジンを止めて、二人は道の脇の石に腰掛けていた。

「本当に、あれ？」玲奈がきいた。「ただの工場だよ」

「うん、あれあれ」郡司が答える。「どこか、工場の全体が見渡せるような場所はない？」

「ああ、あっちへ上れば中が見えるよ。塀も壊れているところ、私、知ってる。ときどき中で遊ぶから」

「何をして遊ぶの？」思わず郡司はきいてしまった。

「うん、トロッコに乗ったりとか」

「え！　そんなことができるの？」栗城が声を上げた。「凄いぞう、凄いぞう、そんな、まさかそんな美味《おい》しいものがあるなんて」

「美味しい？」玲奈が顔をしかめる。「でも、とにかくね、古い機械ばっかりだから。セメント被《かぶ》ってるから粉っぽいし、どれに触っても手や服が汚れる」

「良いなあ、油とかがまだ残っていたら、サンプルを採らなくちゃ。あの匂いがたまらないんだよな」栗城が目を細めて深呼吸をした。

玲奈たちは、バイクをそこに置いて歩くことになった。彼女はまたコーラのペットボトルを胸にぶら下げている。四人でさらに道を上っていった。

「トンネルとかもあって、あっちの山の方だけど」玲奈が指をさす。「そこなんかねえ、もうすっごい迷路。迷ったら一生出てこられなくなるから」

「あ、花梨さんがそれ、話していた。二人で入ったことがあるんだって？」栗城が言う。

「あ、そうそう、それは、まだ工場が動いていた頃で、二人とも小学生のときかな。姉貴が冒険しようって言いだして、ついていったら、迷っちゃって……。すっごい恐かった」

「それは、炭鉱の跡？」郡司がきく。

「そうだよ。そっちにも、トロッコ？　あれがあるよ」玲奈は歩きながら話す。「あとね、内緒だけれど、礒貝先生と私たち二人で、何度か、調査に入ったりしたんだ」

「二人って？」郡司が山添太一を見る。太一は無言で頷いた。「調査って何の？」

「うーん、地層とか」玲奈は首を傾げる。「よくわからない。礒貝先生が手伝ってくれって言うから、つき合っただけみたいな。トンネルの入口が瓦礫《がれき》で塞《ふさ》がれていて、それを退《ど》けるのに人手がいるからね」

「中でどんなことを調べたの？」

「べつに、なにもしてなかったよね？」玲奈が太一を見る。

「地層の調査じゃないと思う」初めて山添太一がしゃべった。

「嘘、じゃあ、何だっていうの？」玲奈が睨みつける。

「いや、何ってことはないと思うんだけど……」

「じゃあ、言うなよ」

「ごめん」太一は弱気な顔で首を竦《すく》める。本当に気が弱そうだ。

「面白そうな先生だよね、儀貝先生」二人が睨み合っているので、郡司はわざと明るく言った。

「うん、まあ、そうだね、変わり者だけれど」玲奈は笑顔になる。「奥さんもいないし、村では、ちょっと困った人って感じかな。だけど、儀貝先生のお祖父《じい》さんとか、そのまたお祖父さんとか、凄い人だったんだから」

「凄いって、どんな？」郡司は尋ねる。

「えっと、絡繰り師」

「カラクリシ？　ああ、絡繰りを作る人か」郡司は頷く。「職人さんだね？」

「それも名人。もう神様みたいな人だったんだって」

「へえ。なにか有名な作品でも残っているわけ？」栗城がきいた。「絡繰りってさ、お茶を運ぶ人形とか、あと、山車《だし》とかの上に乗ってる人形だよね？」

「そう、そういう小さいのもあるし、さっきの水車小屋みたいな大きなものも、あれも絡繰り。つまり、昔のマシンは全部絡繰りなわけ。儀貝家は、代々絡繰り師だったんだけど、最後が儀貝先生のお祖父さんで、その儀貝先生のお祖父さんは、戦争で捕虜になって、戻ってはきたんだけど、もう絡繰り作りはやめてしまったんだって」

「まあ、今どき、そんなもの作っていても、商売にはならないからね。儀貝先生は歴史の先生？」

「ううん、理科の先生」

「ああ、そうか、一応、理系の一族なんだ」

「私も工学部を受けるつもりだよ。最先端のエンジニアになるのが夢」

「僕たち、二人とも工学部だよ」

「あ、そうだよね。姉貴と同じだもんね。うーん、でも私、姉貴が工学部っていうのが、どうも信じられないんだぁ。なんでって感じ。あの人、ちゃんとやってる？」

「やっていると思うよ」

「なんかね、そんな柄じゃないからぁ。メカのことなんか全然だし。ただ、数学ができたから、受けてみたってだけじゃないのかなぁ」

花梨は長女だから、この村に戻らなければならないのではないか、という想像を以前に郡司と栗城は話したことがある。そのあたりをつっこんで玲奈に尋ねてみよう、と思った。しかし、彼女が立ち止まって指をさす。

小高い丘に出たところで、障害物の樹々を避けて望むと、工場の敷地の中が一部見えた。三角屋根の長細い建物と、ところどころに突き出た塔のような高い構造。鉄骨で組まれたフレーム、ドラム缶が並んだピット、建物の隙間《すきま》を縫うように張り巡らされた線路、メカの固まりのような巨大なストラクチャ。

「おお、凄いなあ」郡司は息をもらす。

「すっげえ！」栗城も声を上げた。

6

可能なかぎりのアングルで写真を撮影した。三脚を立て、望遠でも狙った。風がないので、撮影には最適だが、唯一残念なことは、日が山側にあるため、工場の敷地の奥半分が日陰になっていることだった。郡司は時計を見る。まだ時刻は早い。

「どうする？　少しくらい中を見てこようか」彼は栗城に相談した。

「そうだね、誰もいないし、たぶん大丈夫なんじゃないかな」

「中に入るの?」話を聞いていた玲奈が横からきいた。「だったら、あっちだよ。門は全部バリケードがしてあって、入れないようになっているから」

「入っても叱られないかな?」

「誰に?」玲奈が首を傾げる。

「誰にって、つまり、この土地の所有者に」

「ここの工場はね、真知家の土地を借りて操業していたの。今は、ただの空き地になっただけ」

「あ……、あそう、へえ、そうなんだ」郡司は唾を飲み込んだ。「地主さんなんだね、このへんの」

「そう、あっちの山とか」玲奈は指をさす。「こっちの山もだいたいうちの土地だよ」

「すっげえ」栗城が目を丸くした。

「でも、トンネルに入って叱られたって……」郡司はきいた。

「ああ、それは、危ないからだよ。いつ崩れるかわからないし、子供が入ったら、迷って出てこられなくなるから」

四人は雑草の急斜面を、工場の鉄柵のところまで下っていった。高さが三メートルほどの柵で、上部は手前にオーバハングして有刺鉄線が張られている。玲奈が横へ歩いていくので、郡司たちはそれに従った。

柵の中には工場の倉庫らしい建物があった。木造で窓がほとんどない。大きな鉄の扉が見えた。近くに錆びついた線路が雑草の中にところどころ現れている。倉庫の脇には、トロッコの車輪や車軸らしき鉄屑が積まれていた。

「良い感じだよなぁ」郡司は呟く。

「こうして見ると、雑誌に載っていたのは、全部、柵の外から撮影したものだよね」栗城は言う。「中に入れるとしたら、僕たちが初めて発見できるものがあるってことじゃん。これは、もうお宝写真満載かぁ！」

「お宝？」玲奈が振り返った。「お宝のこと、知ってるの？　あ、姉貴から聞いたのね。口が軽いよなぁ」

「ん？」郡司は前を向いた。何の話なのか、わからなかった。

鉄柵の下部が壊れているところがあった。玲奈はそこを潜《くぐ》って中へ入っていく。四人は敷地内を進み、建物へ近づく。まず、トロッコの錆びた線路を撮影した。きょろきょろと周囲を見回しながら、さらに奥へと入る。

「山添君も、ここへ来たことがあるの？」郡司は黙って歩いている太一に尋ねた。

「何度か」彼は短く答える。大人しい性格のようである。

「あっちに高い塔があって、それが一番面白いかも」玲奈が指をさす。

しかし、見るもの見るもの、どれも素晴らしい。郡司と栗城は興奮気味に顔を何度も見合わせた。

「ここらへんは、わりと最近の設備だね」郡司は分析する。

「そう？」玲奈が振り返った。「新しい？」

「昭和の三十年代後半かな。しかし、最近まで使われていたのは明らかだ」

「ああ、なんだ」玲奈が言う。「奥の山手の方がもっと古くって、レンガの建物なんか、うちのお祖父ちゃんが生まれるまえからあったって。炭鉱自体は、もっともっと古くって江戸時代からあったんだから」

「凄いよね」郡司は頷く。「これは、ちゃんと保存しておかないと。博物館を作ったらどうかなぁ」

「博物館？　こんなの、面白いって思う人いるかな。私は好きだけど、村じゃあ、誰も見向きもしないし。ね、太一はどう思う？」

「観光としては、良いかも」彼は答えた。

「まあ、そうかもね」玲奈は頷いてから、郡司を見た。「でも、太一の家は、向こうの谷沿いで温泉旅館をやっているから、この工場を目の敵にしてきたわけ。川が汚れるからって」

「ああ、そうだね。たしかに昔の工場はけっこう水を汚したかも」郡司は言う。「そういうのも、歴史の一つで、人間が学んだ教訓だから、ちゃんと資料として残しておかないと」

「古い工場の博物館なんかじゃあ、観光客はそんなに来ないんじゃないかな。あんまり都会の人が沢山来るってのもね、どうかとは思うけど」玲奈は難しい顔で言った。「旅館組合の人たちは、ここに遊園地を作りたいって言ってるらしいんだけれど、私は絶対反対」

「遊園地？　うーん、駄目だよね、そんな人工的なものを作っちゃ」郡司は言う。「まあ、僕たちには事情はわからないけれど」

「でも、これだって人工的じゃない？」玲奈は、腕をさっと振った。周囲に展開している風景は、まさしくインダストリィであり、人工以外のなにものでもない。

「いや、これはね、人間が自然に立ち向かった痕跡《こんせき》なんだ」郡司はメガネに手をやって説明した。「人工というのは、すべて自然に対峙《たいじ》したものだから、当然なんだけれど、でも、それをいったら、農業だって人工だよ。やはり、自然に真っ向から対峙している。ただいずれも、人間が生きていくための挑戦だったはずだし、自然の中での葛藤《かっとう》もあったんじゃないかな。今はこうして使命を終えているけれど、ここにある一つ一つの設備、機械、建物には、どれも人間の知恵と工夫が注ぎ込まれているんだ。これを後世に残すことは、今じゃないとできない。このまま放っておいたら、それこそすべて自然に還ってしまう。遊園地なんか、いつだってできると思う。そんなのは、コンピュータの中、バーチャルの世界でも作れるものだしね。でも、こんな錆びた鉄、いくらコンピュータ・グラフィックスを駆使したって、伝わらないよ、この手触りとか」

いつの間にか、鉄塔の骨組みに彼は触れていた。見上げるとずいぶん高い。

「そんなに、錆びてる鉄が好きなの？」玲奈が顔をしかめる。彼女は胸のコーラを摑み、キャップを取って、口へ運ぶ。一口飲むと、笑顔に戻った。「まあ、わからないでもないな。私だって、黒いオイルが染みこんだスティールとか好き。ぞくぞくする」

「これは、ディストリビュータかな」郡司は塔を仰ぎ見て言った。「コンベアで上まで材料を送って、一旦溜めて、調合を計量しながら、向こうへ送ったんだと思う」

「凄い、そんなの、見ただけでわかる？」玲奈が目を輝かせた。「さすが、工学部」

「いや、単なる想像」郡司は肩を竦める。

「あのマークが、Ｍセメントのマーク？」栗城が建物の壁面に大きく描かれた幾何学模様を指さした。

「あ……、違う。あれはね、村の人なら誰でも知ってるけれど、ここの山の上に小さな石碑があって、それに描かれている、お呪い」

「お呪い？」郡司もそのマークを見た。

　幾何学的な模様だ。蝶のようでもある。
「四つあるんだよ、マークが」玲奈が説明した。「石碑に描かれている四つなんだけれど、魔除《まよ》けじゃないかって言われてて、それで、みんな、その中で好きなのを、こうやって自分の家や建物に描いたりしているわけ。お祭りのときに、おでこに描いたりするし」彼女は額に指を当てた。
「ほかの三つは、どんな形？」栗城は壁のマークの写真を撮ってから振り返った。
「じゃあ、その石碑まで行く？」玲奈は指をさす。「あっちから上がったところだから」


「石碑って、いつ頃のもの？」栗城が歩きながら尋ねる。

「さあ、江戸か明治なんじゃないかな。太一、知ってる？」

「明治だと思う」太一が答えた。

「とにかく、百二十年くらいまえ」玲奈は言う。「今が、二〇〇六年だから、えっと、一八八六年か。えっと、明治維新っていつだっけ？」

「えっとぉ……」栗城は郡司の顔を見る。

「駄目だよ、僕たち理系だから」

「一八六七年」太一が答える。

「てことは……、明治二十年くらい？」玲奈が言った。

「どうして、百二十年なの？」郡司は尋ねた。「石碑には、明治何年って記《しる》されていないわけ？」

「それはね、まあ、話が長くなるなあ」玲奈は口を尖《とが》らせた。「姉貴から聞いてない？」

「何を？　石碑のこと？」

「違う違う」彼女は首をふった。「隠れ絡繰りのこと」

「は？　カクレカラ、クリノコト？」

「隠れ絡繰り」玲奈はゆっくりと発音した。

「隠れている絡繰り、つまり、インビジブル・マシン」

「それがどうしたの？」

「だからね、その隠れ絡繰りが仕掛けられて、今年で百二十年めになるわけ」

「ふうん」とりあえず郡司は頷いた。全然意味がわからないが。

四人は長い階段を上っていた。両側の急斜面には階段状の構造物が建てられている。傾斜を利用した設備のようだ。階段の上を跨ぐように幾本もパイプやトラスの骨組みが渡っている。

「その隠れ絡繰りは、どこにあるの？」栗城が質問する。

「わからない。誰も知らない。だから、隠れ絡繰りなんじゃない」

「それじゃあ、どうして、それが仕掛けられたってことがわかるわけ？」

「記録が残っているからにきまっているでしょう？　作ったのが、ほら、さっきの儀貝先生のお祖父さんのお祖父さん。儀貝機九朗《きくろう》」

「きくろう？」

「そう、機九朗。きっと、奥さん、気苦労が多かったでしょうね」玲奈は突然高い声で笑った。太一もにこにこと微笑んでいる。

「あのぉ、で……」郡司は尋ねる。「その隠れ絡繰りと、今から見る石碑がなにか関係があるんだね？」

「うん、だって、その石碑を作ったのが、儀貝機九朗だもの」

「ああ、なるほどね、わかったような……」郡司は言う。「ますます混沌《こんとん》とした謎に包まれたような……。難破《なんぱ》寸前だよね」

「それにしても、謎多き村だよね、ここ」栗城が言う。「もちろん、そういうの嫌いじゃないけど」栗城の顔が急ににやけてくる。「ここに住むようなことになったら、どうしようかなぁ」

玲奈が不思議そうに首を傾げていた。

7

ずいぶん上ったところに、小さな木造の鳥居があった。白い旗が幾本か立てられていて、それらの旗にも、例の不思議なマークが描かれているようだった。

「ああ、これか」郡司は旗に近づく。

「そうそう、それもそう。石碑のマークを使っているの」

　さっき見たマークの下に、さらに不思議な類似のマークが三つ並んでいる。意味はさっぱりわからない。そもそも意味などない単なる文様ではないだろうか。

「ここは、この山の神様を祀っているわけ。トンネルが崩れないようにって」

「そうだ、トンネルって、女性は入っちゃいけないんだよ」栗城が突然言った。

「え、なんで？」

「えっとぉ、なんでだっけ」首を傾げる栗城。

「奥さんのことを山の神って言うよね。山の神様は、つまり女性なんだ」郡司は説明する。

「だから、トンネルに女性が入ると、嫉妬《しっと》して怒りだす。それで落盤事故なんかが起こるって、信じられていた。だから、古来絶対にトンネルには女性を入れなかったってわけ。今でも、土木工事や地下鉄工事なんか、女人禁制のところがあるらしいよ」

「へえ、迷信じゃん、そんなの」玲奈が言った。

「迷信ってのは、それなりに合理的な根拠があるものが多かったりする」

「え、どんな根拠があるっていうの？」

「うーん、たぶん、危険なところへ女性を入れないためか、あるいは、女性の方が度胸があって、怖がらないから、逆に危険を察知するのが遅れる、とかだね」

「何、それ」玲奈は口を尖らせた。

「あの玲奈さん」彼女の後ろから太一が小声で呼んだ。時計を見ている。

「何?」

「あの、僕、もう帰らないと。門限があるから」眉を寄せて困った表情で太一が言う。

「ああ、そうかぁ、しょうがないなあ。はいはい、じゃあまた明日ね。気をつけて帰りなさいよ。転ばないように」

「さようなら」太一は玲奈に頭を下げ、それから、郡司たちの方にも小さくお辞儀をしてから、駈《か》けだしていく。あっという間に階段を下りて、姿が見えなくなった。

「階段を上るまえに言えば良かったのに」栗城が呟く。

「門限って、まだ六時じゃない」郡司は言った。

「ちょっとね、異常な家なんだ、あいつんとこ」玲奈が軽く言う。

「大人しそうな子だね」

「そう……、私がいなかったら、へなへな。幼稚園のときに、みんなに虐《いじ》められていたから、私が助けてやったんだけど、竜宮城とか連れてってくれないんだな、これが」玲奈はくすっと吹き出す。「ホテル竜宮城だったりして、ははは」甲高い声で笑いだした。「こりゃ、はは、凄いぞ、やばい、一本入ったわ」

郡司と栗城は顔を見合わせた。面白いとは思ったものの、本人に先手を取られて笑われてしまうと、時機を逸《いっ》する感は否《いな》めない。

時刻はまだ六時まえだが、気がつくと、あたりはもう明るくはない。少々肌寒いといってもも良い気温になっている。階段を上ってきて、汗をかいたせいかもしれなかった。

「で、石碑はどこに？」郡司が尋ねる。

「そうかそうか、そうだったね」玲奈が奥へ入っていく。「こっち。トンネルは、向こうだけれど」

林の中にちょっとした広場があり、正面に小さな建物があった。お堂のようである。屋根の上の両側に、不思議な形の瓦《かわら》がのっている。丸い形からウニのように尖った突起がいくつも突きだしているのだ。

「あの鬼瓦？　変わっているね」郡司はカメラを向けながら言った。

「あれはね、鎖鎌《くさりがま》の分銅じゃないかっていわれているけど」玲奈が説明する。「でも、金平糖《こんぺいとう》みたいでしょう？　だから、ここは金平様って呼ばれていて、実際に金平糖をお供えするんだよ。向こうにもう一つ社があって、そっち、花林糖《かりんとう》をお供えする花林様」

「え、花梨様？」栗城が反応する。

「そう、姉貴の名前は、そこから取ったのね、きっと。私が男だったら、金平にされていたかも」玲奈はまた笑った。「でも、さっきの郡司さんの話に似ているけど、ちゃんと効用があるわけ」

「効用？」

「甘いお供えものを置いておくと、子供たちがそれを取って、逃げていくでしょう。そうやって、危険なトンネルへは入らないように、こちらに注意を引きつける役目があったんだって。ね、これも、合理的な理由ってやつじゃない？」

「なるほど」郡司は頷いた。

「はい」玲奈はジャンプして両足を揃えて着地したあと、膝を折り、足許の石を指さした。「これが問題の石碑でぇす」

二十センチ角ほどの白い石が、地面から十センチほど出ているだけだった。

「これ？」栗城が言った。

「これはまた質素な……」郡司は呟く。

顔を近づけて、その文様を確認する。たしかに、さきほどの旗にあったものと同じだった。

「これさ、どっちが上なの？」顔の角度を変えつつ、栗城が確かめている。

「そんなこと、わからないよ、作った本人じゃないと」玲奈の返答はつれない。

幾何学模様としか言いようがない。石の上面にそれが小さく彫り込まれている。郡司は手で砂を払ってから、カメラを真上から向けた。

「儀貝機九朗の銘は？」郡司は尋ねた。

「あ、それは、ここにはない」玲奈が答える。「花林様の方にも、これと同じ石碑があって、そっちにね、カタカナでインキって三文字が彫ってあるの」

「インキ？」栗城が首を傾げる。

「うん、洒落ね。つまり、ンとソが似ているでしょう。だから、イソキ、つまり儀貝機九朗のハンドルネームってとこ」

「ああ……、なるほど」郡司は感心した。

「いちいち捻《ひね》くれてる感じがするなあ」栗城が苦笑する。

道に戻って、二百メートルほどさらに歩くと、その花林様の社が見えてきた。お堂の構造は、金平様とほとんど同じだが、瓦の形が違っていた。こちらは、ウニのような鬼瓦がない。問題の石碑が、建物の近く、同じような位置関係のところにあって、大きさも形も色もほとんど同じだった。玲奈が言ったように、《インキ》と読める片仮名が斜めに彫られていた。建物を正面に見る側からそう読める。

「てことは、さっきのも、この方向が正しいってことだね」郡司は石碑の前に跪《ひざまず》き、レンズを下へ向ける。

そのとき、どこかで物音がした。

郡司は立ち上がって、お堂の方を見る。栗城もそちらを向いた。玲奈が一番社に近いところに立っていて、少し遅れてこちらを振り返った。

「鴉《からす》かな」彼女が小声で言う。

また音がした。社の中になにかいるようだ。

「誰？」玲奈が声を出す。「誰かいるの？」

「誰か、住み着いてるんじゃない？」栗城が小声で言った。

鬱蒼《うっそう》と茂る樹木に囲まれ、あたりは薄暗い。特にその堂の中は、闇といっても良いほどだ。ゆっくりと近づいてみたが、格子の隙間からはなにも見えない。三人はさらに前進。玲奈と郡司が前に、栗城はその後ろに続く。階段を上がっていくと、ぎいぎいと軋《きし》む音が鳴り、いつ折れて壊れるかもしれないほど撓《たわ》むような気がした。一陣の風が樹々の枝葉をざっと掠《かす》めていく。

玲奈が扉に手をかけ、郡司の方を一瞥《いちべつ》した。

彼女が扉を引き開ける。

中はそんなに広くはない。

しかし、やはり暗かった。

突然、大きな物音とともに、左手からなにか飛び出してくる。

「わ！」

「きゃあ！」

白い大きな顔だった。

鬼のような。

玲奈はその場に尻餅をつき、郡司も後方へ退き、後ろにいた栗城とぶつかった。

「ひ！」栗城が叫んだ。

そこに立っていたのは、白い巨大な鬼の顔。しかし、その下は白いスカートだった。

高い笑い声が上がる。

「なあんだぁ!」怒った声で玲奈が立ち上がった。「やめてよねぇ、こういうの。もう、頼むわぁ」

「そう?」鬼のお面を外し、花梨の笑顔が現れる。「だって、肝試し《きもだめ》の季節じゃない? どうでした?」彼女は郡司たちを見てきいた。「涼しくなりました?」

「あ、いや……」郡司はまだ言葉が出なかった。

「花梨さん」栗城がそう言った。かと思うと、どすんという大きな物音。

郡司が振り返ると、栗城が階段を転げ落ちていく。

「あっ」花梨が声を上げた。

「いてて」地面に頭をつけた姿勢で栗城が呻《うめ》く。「あ、だ、大丈夫です。全然、大丈夫です。とっても涼しくなりました」

8

見上げた空はまだ明るかったが、森林はもう宇宙の闇へ沈もうとしている。しかし、花梨が加わった四人は、さらに奥へと入る道を選んだ。

花梨は、郡司たちが出かけたことを知って、運転手付きの車で工場へやってきたのだ。きっとトンネルの入口を見にいくだろうと予想して、先回りして待っていたという。

「あぁ、こんなにどきどきして楽しかったのって、何年ぶりだと思う？」花梨は満面に笑みを浮かべて言った。

「知るか」というのが妹のコメントだった。

「やっぱり、冒険よね、人生に必要なものは」しみじみと花梨は語る。

「人を脅かすのの、どこが冒険なんだよ」玲奈が言い返す。

「あ、そうそう。さっきね、もう一人いたじゃない。遠かったからよくわからなかったけれど、あれ、誰だったの？」

「え？　あ、うーんと、私の友達」玲奈は急に口調を変え、ぶるぶると首をふった。

それから、急に郡司と栗城の方へ顔を近づけて、もの凄くわざとらしく片目を瞑《つむ》るのである。

「男の子じゃなかった？」花梨がきく。

「うん、友達のね……」

「何て子？」

「お姉ちゃんの知らない子」

「ふうん。帰ったの？」

「うん。べつに、ちょっとそこで会ったから、ついてきただけ」

山添太一のことは内緒ということだろうか。バイクといい、内緒の多い玲奈である。事情はよくわからないので、口を出すことではないだろう、と郡司は考えた。

二つめの社の花林様から、さらに三百メートルほど入ると、上り坂の勾配《こうばい》が険しくなり、最後には石や丸太で簡素に作られた階段になった。踏み固められた地面から、しかし雑草が伸びている。もう今では人が通ることも少ないようだ。

最後には切り開かれた広場に出た。丸太で組まれた大きな構造物が右手にあり、左手は大木が立ち並ぶ。左へ地面は下っている。正面は植物で覆われた急斜面で、四角い木造の構造物がその斜面に取り付いた形で立ちはだかっていた。まず目立つのは大きな扉だ。近づくと、その部分だけは比較的最近作られたものであるとわかる。きちんとした造形ではなく、手っ取り早く蓋をした、というような応急措置に見えた。トンネルに人がむやみに入らないようにしているのだ。《危険につき何人も立ち入りを禁ずる》と文字が書かれていた。

「ここがメインの入口」玲奈が説明した。

「私たちが入って叱られたのも、ここだよね」花梨が言った。

「何人も大勢で入るのは駄目だけれど、一人くらいなら良いのかなって思うじゃない。この書き方」玲奈が注意書きを指で示した。

「なんにん、じゃなくて、なんぴとだよ」郡司が言う。

「ほかにも、もっと山の奥に、幾つか小さな出入口があるけれど、全部、このトンネルが途中で分岐しているだけみたい」玲奈が話す。「昔はね、この櫓から、ロープウエイみたいなもので、あっちへ荷物を運んだんだって」彼女は指を動かした。

櫓というのは、右手の構造物のことで、彼女があっちと示したのは左手の斜面のことらしい。隙間なく立っている樹々だが、一筋道が開けていることがわかる。かつてはそこにロープを通し、荷物をぶら下げて、山の下へ運んだのだろう。

「鉄道を使わなかったのかなあ」栗城が地面を見回している。

レールは見当たらなかった。

「傾斜的に無理だね」郡司は指摘する。

「トンネルの中に、レールがあったよね」花梨が言った。

「そうだっけ？　もう覚えてないなあ」玲奈がトンネルの前の扉に触りながら言った。「ここへ来るのも、ずいぶん久しぶり。懐かしいね」

「そこの隙間から、中を照らせないか？」郡司は扉の端を指さした。

「待って、ライト出すから」栗城はデイパックの中に手を突っ込む。

郡司も懐中電灯を取り出した。扉は粗末な作りのため隙間が多い。中を覗くことは簡単だが、とにかく真っ暗闇でなにも見えなかった。懐中電灯さえ入れることができれば、内部を照らせるだろう。栗城のライトの方が小型なので、それには適している。

栗城は、扉の横にあった岩の上に乗って、高い位置にある大きめの隙間からライトを差し入れようとした。ところが、彼が乗って、ライトをそちらへ持ち上げたとき、足許の岩が動き、彼の躰も傾いた。

「おいおい、気をつけろよ」郡司は、栗城の躰を下で支える。

栗城は扉にへばりつく格好になり、半分ぶら下がっていた。ライトも地面に落ちてしまい、それは玲奈が拾い上げる。

「ちょっと、どいて、下りるから」栗城が苦しそうな声で言った。

郡司と玲奈が後ろへ下がると栗城が飛び降りて、地面に立った。

「なんだか、変だぞ、この岩」栗城は、その大きな岩を触った。

「軽い感じだった」

「軽石なのかしら」花梨が言った。

三人が花梨を同時に見つめると、彼女はにっこりと微笑み返す。

郡司も確かめたが、栗城の言ったとおりだった。どこから見ても本ものに見える岩だが、力いっぱい押してみると少しだけ動く。これだけの大きさの岩が人間の力で動くはずはない。

栗城と力を合わせて、横から押してみると、意外にもずるずると岩は移動した。

「あ、中になんかあるぞ」押しながら栗城が言う。

「がんばって」花梨が高い声で声援を送った。

栗城がこの声に応えて力をいっそう発揮し、岩を五十センチほど移動することに成功した。

ライトで照らす。小さな木製のドアが現れた。

「凄いわ」花梨が胸の前で両手を組んだ。「秘密の入口ね」

「通用口ってこと?」玲奈が呟く。

「うーん、古いものではない」郡司は分析結果を述べた。「まだ作られて数十年だ」

扉には鍵がかかっていた。それはシリンダ形の数字錠だ。四段式のもので、四つの数字を合わせないかぎり開かない仕組みである。

「それを開ければ、トンネルに入れるのかな」玲奈が言う。「大きなカッタか、あ、グラインダを持ってくれれば、そんなの簡単に切断できるよ」

物象部にはグラインダがあるのだろうか、と郡司は想像した。たしかに玲奈が言うとおりだ。しかし、工具がなければ、取り外すことはとうてい無理である。

「だいたい、そういうものって、その人の生年月日とか、それとも電話番号だったりしない?」花梨がのんきな口調で言う。

「暗証番号じゃないんだから」玲奈が笑いながら言った。「これはね、買ってきたときにもう数字が決まっているんだから」

「忘れないように、どこか近くに数字が書いてないかな」郡司は扉の周囲をライトで照らして探した。

「僕、開けられるかもしれない」栗城が突然言った。「子供のときに開けたことがあるから」

「え?」郡司は場所を栗城に譲った。「どうやって?」

「凄いわ、ルパンみたいなのね、栗城さんって」花梨が言う。

この花梨の言葉が栗城を後押ししたのだろうか。彼は一心不乱に鍵に取り組んだ。見ていると、錠の上に突きだしたU型の金具を指で繰り返し引っ張りながら、リングを回している。

「ほんの少しだけれど、引っかかって上がる場所と上がらない場所があるんだ」栗城は真面目な口調だった。

郡司がライトを持って、栗城の手もとを照らす。

「でも、もうそろそろ帰った方が良くない?」玲奈が話している。

「あ、お星様が綺麗」花梨は真上を見ているようだ。「良いわね、やっぱり田舎は……。あ、ねえ、玲奈、あとで浴衣《ゆかた》を着ない?」

花梨が悠長な話をしている間も、栗城は頑張った。

「無理しなくてもいいぞ、今日のところは、諦めても」と郡司が提案したが、そのすぐあと、「開いた」という栗城の声。

五分ほどかかったが、数字錠は取り外された。木製の扉を引くと、中の暗闇が彼らの前に姿を現した。

「ああ、やっぱり、こちらからトンネルへ入れるようになっている」栗城が中を覗き込んで報告する。「足許は悪くない。入ってみる?」

栗城が横へ退き、郡司がさきに入った。入口付近は少し狭かったが、トンネルの本道の方へ出ると、そこは地面が平たく、天井も高い。ライトで照らし出される範囲しか見えないものの、奥へずっと続いている様子である。数メートル先に、土に埋もれた線路が一部だけ見える。

「おお……、良いねぇ」郡司は溜息をもらす。「これは、明日また、じっくり調査をしよう」

栗城が続き、そのあと玲奈と花梨も入ってきた。彼女たちのために、郡司と栗城が足許をライトで照らした。

「ピラミッドの中みたいじゃない?」花梨が言った。

「ピラミッドぉ?」玲奈がつっこむ。「行ったことあんの?」

「ああ、思い出したわ」花梨が奥へ行こうとする。「ほらほらぁ、ここにね」右手の壁に凹《へこ》んだ穴があった。「見て、この穴」

「あ、なんか、そういえば、そんなのが……」玲奈も近づいていく。

「ここの穴の中にさ、隠したんだよねぇ。えっと、ほら、玲奈、覚えてない？　瓶《びん》を入れたんだよ、ジュースの」

「覚えてる覚えてる」

「まだあるかしら」花梨は中を覗こうとする。

栗城が近づいていって、穴の中へライトを向けた。よくは見えない。

「栗城君、ねえ、取って。きっとあるはずだわ」花梨が言った。

「自分で取ったら？」玲奈が言う。

「駄目よ、ムカデとか、いるかもしれないじゃない」

「ムカデ？」栗城が言葉を繰り返す。

郡司もライトで照らして穴の中を覗いてみたが、数十センチほどのところで土で埋まっているように見えた。

「よぉし！」栗城が息を吐いた。気合いを入れたようだ。「花梨さんのためなら……」

穴の中へ栗城は左腕を入れた。腕が一本入ると、穴はほぼふさがってしまう程の径《けい》しかない。おそらく、かつては丸太のようなものが、ここに突き刺さって、トンネル内の構造を支えていた跡ではないか。

「あ、土の中になんかありますね」栗城は言った。

「ええ、子供のときだから、そんなに深いところではないと思うわ」花梨が言った。「出せそう?」

栗城はそれを引き出した。土を払ってみると、花梨が言ったとおり、コーラのガラスのボトルだった。表面の土を払い除けると、中に紙が丸められて入っているのが見えた。蓋は木のようなものが詰められている。

「わあぁ! 凄い凄い」花梨がまたお祈りのポーズで叫んだ。「私たちの宝物だわ」

「入れた入れた、これ、覚えてる」玲奈は嬉しそうな顔で、栗城からそれを手にした。「嬉しい!」

「今日の成果としては、まずまずだったんじゃないかな」郡司は栗城の肩に手をのせる。「君の勇気を僕は讃《たた》えたい」

しかしそのとき、ばたんという音が背後で響いた。全員がそちらを振り返る。

風で外の扉が閉まったのだろうか。

入ってきた方へ郡司は戻ってみた。たしかに扉が閉まっている。さらに、外で小さな金属音が鳴った。

「あれ、誰かいる?」後ろで栗城が言った。

玲奈がトンネルの出口を塞いでいる壁に走り寄った。隙間から外を覗こうというのだ。

「あ、誰か走ってった！　おーい！」彼女が叫んだ。「暗くて、よくわからないけど」

郡司は扉を開けようとする。しかし、なにかに引っかかって、開かない。

「え？　変だな」彼は呟く。「まさか……」

栗城も近づいてきた。場所を交代して、彼も自分で試してみた。

「外で鍵をかけられたのか？」

「そうとしか考えられないな」

ドアを叩いたり、躰で押してみたが、無駄だった。しっかりとした構造なので道具を使わずに壊すことは不可能だろう。

「おーい！」外に向かって玲奈がまた叫ぶ。「中にいるんだぞ！」

「出られないの？」花梨が近づいてきて言った。

「携帯電話持ってない？」栗城がきいた。

「ああ、持ってこなかった。充電しようと思ったから」花梨が言う。

郡司も持ってこなかった。普段あまり使わないから、鞄の中に入れたままだ。

「私も、バイクの中だ」玲奈が言う。

「バイク？」花梨がきいた。

「あ、いえ、違う違う、バッグの中」

「困ったな」郡司は呟いた。「向こうの木の壁も、素手では無理だよな……」

「体当たりするしかないか？」栗城が提案する。

「いや、無駄なことをして体力を消耗しないことだ」郡司は首をふった。「よく考えよう。なにか、テコにできるような道具があれば……」

「誰が、こんなことするんだ？」栗城が舌打ちをする。

「おーい！」玲奈がまだ叫んでいる。

「困ったわ」花梨が首を傾げた。

「あ、ええ、大丈夫です。花梨さん。僕たちがなんとかしますから」栗城が後ろを向いて言った。彼は郡司の顔を見る。「な？」

な、と言われても、困ったことには変わりない、と郡司は思った。

「まあ、僕たちが帰ってこなければ、真知家の人が気づいて、探しに来てくれるんじゃないかな」郡司は冷静に分析した。「花梨さんを車で送った人が、この工場に花梨さんが入ったことを知っているわけだし。まあ、それに、夏だから、凍《こご》えることもないだろうし。今のところ、そんなに危機的な状況ではない、と判断できる」

「くっそう！　誰だよ、こんな真似をするのは」玲奈は、まだ出口の壁に向いている。それを足で蹴ったりしていた。「どこのどいつか知らないけど、覚えてろよ！許さないからなあ」

「なにか、恨まれるようなことでもしたかな？」郡司は言った。彼は花梨を見る。

「心当たりはありませんか？」

「そうねぇ……」彼女は反対側へ顔を傾けた。

「嫌がらせだよ、きっと」玲奈が言った。「山添家の奴らにきまってる」

「え？」郡司は玲奈を見た。「山添家？」

「うん、下の谷で昔から旅館をやっている一味だ」玲奈が言った。「山は真知家、谷は山添家で、昔からの細かいいざこざがあったらしくって。でもなあ、こんなことするかなぁ、いくらなんでも」

「郡司さんたちが来たから、なにか勘違いをされたんじゃなくて？」花梨が言った。

「え、どんな勘違いを？」郡司は尋ねる。

「両家の財宝を探し当てるために、郡司さんたちが来た、そう勘違いしたのよ、きっと」花梨が言う。

「あ、そうか、それはありえる」玲奈が頷いた。「村へ来て、いきなりこんなところへ入ったから。しっかし、そんなにびびって見張っていたってことかぁ？　うーん、腹が立つ」

「あの、ちょっと、よくわからないんだけれど」栗城が言った。

「くっそう、どうしてくれよう」玲奈が唸《うな》る。

「困ったことだわ」花梨も言う。「もう、こんなこと、やめてもらいたい、本当に」

山添という名前は、さっきまで一緒だった山添太一の姓と同じであるが、それを玲奈に尋ねることは、今はやめた方が良さそうだ、と郡司は考えた。

それよりも、ここから脱出する方法を見つけなければ……。

「トンネルを奥へ入って、別の入口から出る、という方法はどうですか?」彼は提案してみた。

「それは危険だわ」花梨が即答した。「ずいぶん離れているし、それに途中で道が無数に分かれているの。間違った方へ進んだりしたら、ここへ戻ってくるのだって難しいくらい。だいいち、崩れているかもしれないし、人が歩くだけで、いつ崩れるかもしれないのよ」

「じゃあ、やっぱり、ここでじっと待っているのが一番安全かな」栗城が言う。「大声で叫んでも、誰にも聞こえないだろうし」

「冒険にはこの程度の危険はつきものだわ」花梨が言った。「スペクタクルだと思って楽しみましょう」

「スペクタクルって」玲奈が言った。「ああ、帰ってゲームがしたいよぅ。こんなところへ案内するんじゃなかったよぅ」

「ごめん、迷惑をかけて」郡司が謝る。

「あ……、いや、そういう意味じゃないよ。べつに、郡司さんたちが悪いわけじゃないもん」

「大丈夫、誰かが探しにきてくれるわ。ゆっくりとしていましょう」花梨が言った。

「この際だから、できれば詳しく事情を聞かせてほしいなぁ」郡司は言った。「その、何？　真知家と山添家のこととか、あと、さっき、財宝とかって言っていなかった？」

「私、てっきり、お姉ちゃんが話しているもんだと思ったけど」

「そうね、それじゃあ……」花梨はあたりを見回した。「どこかに座れないかしら」

「どこでも座ればいいじゃん」玲奈は言う。彼女は、胸のコーラを摑んで、それを一口飲んだ。「ああ、さあて、持久戦だな」

「貴女《あなた》だけ、飲みものがあるのね」花梨が言った。

栗城が近くに落ちていた板を持ち上げようとしていたので、郡司はそれを手伝った。二人は、出口の壁の近くにあった大きな石と、トンネルの壁面の窪《くぼ》みの間にその板を渡して臨時のベンチを作った。四人が座るには少し長さが足りない。栗城は鞄からタオルを出して、それを板の上に敷いた。

「あ、花梨さん、どうぞここへ」栗城が手招きする。

「あ、いいなぁ」玲奈が言う。

結局、女性二人が板の上に座った。懐中電灯を消し、いざというときに備えて、バッテリィは温存することにした。スイッチを消すと本当に真っ暗闇だった。しかししばらくすると、目が慣れてきて、出口の木の隙間から外の僅かな明るさが漏れているのがわかった。時刻はまだ七時まえ。まだこれからさらに暗くなるはずである。

「それじゃあ、何から話そうかしら」花梨がおっとりとした口調で言った。「そうだ、この古い炭鉱の中には、人を食べる竜みたいな怪物が棲《す》んでいる、という話はどう？」

「え？　嘘、そんなの私知らない」玲奈が驚いた声で言った。

「寒い間は冬眠しているけれど、そうね、こんな季節には起きているわ。それに、夜行性だから、暗がりから目を光らせて、炭鉱で働く人たちを一人ずつ、一人ずつ食べていたんですって」

「奥には行かない方がいいね」玲奈が言う。

「でもね、竜っていっても、そんなに大きな怪物じゃないの。もっと蜥蜴《とかげ》ぐらい小さくて、ね、人の背中にふっと、飛び移って……。あ！　玲奈ちゃん！」

花梨が玲奈の背中に手を伸ばす。

「きゃあ！」玲奈が堪らず立ち上がった。

「どう？　恐かった？」花梨が言う。

「え？　もしかして……」

花梨がほほほと笑いだす。

「ああ、もぉう、やめてよねぇ、そういうの。駄目なんだから、私」

「小さい頃から、全然成長してないのね、貴女って」

「ああ、びっくりしたぁ」

「あの、今のは、古くから伝わる話じゃあ……」栗城がきいた。

「いいえ、今考えたの」花梨は言う。「ごめんなさい、場を盛り上げようと思っただけ」

「盛り上げなくていいって！」玲奈が怒っている。

「さて、では、本当に本当の話をしましょうか。えっと、何から話したらいいかしら？」

「また、なんか危ない話、考えているでしょう？」

「ううん、もう真面目モードよ」

「うーんと、じゃあ、まずは隠れ絡繰りからじゃない？」玲奈が言った。「山添家も、それを気にしているんだと思う。だから、こんな嫌がらせをしたんだよ」

「それは、貴女の思い過ごしかもしれないわ」花梨が妹を窘《たしな》める。「そうね……、隠れ絡繰りのことは、村以外では、ほとんど知られていない、でも、ここの人たちなら知らない人はいない、ちょっとしたミステリィなんです」

第2章　そんなに昔から、と驚くような

人間の一生など短いものだ、とよく言われるところではあるが、しかし、人は動物の中では比較的長生きをする。寿命はどんどん長くなっている。一説によれば、二十一世紀のうちに平均寿命は百歳を越えるらしい。医学の発達によって、百五十年くらいまでは延びるのではないか、といわれているのだ。

1

暗闇の中で、花梨の澄んだ声がドラマのナレーションのように続く。ゆっくりと、そして落ち着いた発声で、まったく危機感もサスペンスもない。昔話を聞いているような錯覚に、郡司は襲われた。

隠れ絡繰《からく》りの話というのは、この村に存在する古くからの言い伝えだった。具体的

にどんなものかといえば、多くの人は、人形をイメージしているという。村のどこかにその絡繰り人形が隠れている。それがいつか突然動きだす、という話なのだ。子供たちはそれを恐れて、暗くなったら家に帰ってくる、という。

ところが、玲奈の通っている高校の教師、儀貝春雄《はるお》が、自宅の蔵の中を整理していたところ、古い記録を発見した。それは、春雄の先祖にあたる儀貝機九朗の弟子が残したもので、機九朗が実際に隠れ絡繰りを製造した、その記録だったのだ。

「どんなものだったの？」郡司は身を乗り出していた。「図面とかもあった？」

「保存状態が悪くて、紙がぼろぼろに傷んでたんだけれど、ええ、図面もあったよ」玲奈が補足した。「私たち、儀貝先生のお宅で見せてもらったことがある、実物をね。なんかねぇ、歯車とか、滑車とか、うーん、そういうこてこての装置の組み立て図が残っていたわけ」

「こてこて」栗城が繰り返す。

「で、何をする絡繰り？」郡司が尋ねる。

「あ……、それはわからない」玲奈は首をふった。

「ただ、記録によれば」花梨が説明を続けた。「その絡繰りはセットされると、自動的に時を刻んで、ずっと未来になって動きだす、というものだったらしいんです。儀貝機九朗は、誰にも知られず、秘密の場所でそれを製作し、また、誰も知らない場所にそれを隠したんです。それが、どんな装置なのかはわかりませんけれど、とにかく、密かに動いていて、長い年月の間、ずっと眠っているという絡繰りなんです」

「眠っているっていうのは、どういうこと？」郡司はきく。「いつかは起きるってことかな」

「そうです。百二十年後に目覚めて、動きだす装置です」

「百二十年？」栗城が声を上げる。「そんなに長い間、作動しているわけ？　そんなの無理だよ」

「さっき、石碑のときに、それ言っていたね」郡司は言う。「百二十年って」

「でも、儀貝機九朗といえば、絡繰りの神様ともいわれた名人です」花梨が話した。「そんな天才ですから、もしかしたら本当にどこかにあって、もうすぐ動きだすんじゃないかって、村ではそういう話に……」

「ちょっと待って、百二十年後って……、えっとつまり、それが作られたのは、いつなんです？」郡司は尋ねる。

「ですから、ちょうど百二十年まえ」花梨が答える。

「ということは、今年？　今年それが動くってこと？」郡司が言う。

「だから、山添家がやっきになってるわけ」玲奈が言った。

「そこがわからない。どうして、山添家が出てくるのかな？」

「えっと、それはですね」花梨がまた説明を始める。「その百二十年まえに、真知家と山添家が、礒貝機九朗に、その絡繰りの製作を依頼した、ということらしいの。両家が、かなりの資産を投じて、隠れ絡繰りを製作するように、天才機九朗に発注したんです。どうも、その年に、両家ともに跡取りが生まれて、そのお祝いもあったのではないかって聞きました。礒貝機九朗の奥さんが、お産婆さんだったんです。だから、跡取りが無事に誕生したお礼に、そんな大きな仕事を任せたのではないかと」

「私は、それだけじゃないと思うよ」玲奈が横から言った。「だってさ、百二十年後に作動させようっていうのは、つまり、なんかを伝えたかったわけでしょう？　それはやっぱり両家の財宝しかないと思うわけ。戦争があったり、疫病が流行したりして、将来どんなことがあるのかわからないけれど、なんとか生き残った子孫に、自分たちが蓄えたものを遺《のこ》そうとしたのよ」

「ああ、それで、お宝なわけか……」郡司は頷《うなず》く。

「そう、真知家と山添家は、この村では勢力を二分する旧家です」花梨が説明する。「ずっと昔から、なにかというと対立していましたけれど、このときだけは珍しく、両家が協力して、資産を投じたのです。実際にある程度の財宝が、儀貝機九朗にもたらされたことは、両家の記録からも明らかです。それは、隠れ絡繰りの製造費としてだったのか、それは不明です。ただ、現在の儀貝家には、そんな財宝の類《たぐい》は残っていません。となると、隠れ絡繰りと一緒に、それらの財宝もすべて隠されたのではないか、と想像するのが自然かと」

「うーん、だいぶ話が見えてきた」郡司は息を吐いた。

「本当にあったら、凄いな、それ」栗城が笑いながら言った。「隠れ絡繰りか……」

「あるよ、絶対」玲奈が言う。

「まあ、村の人は皆、半信半疑というところじゃないかしら」花梨が話す。「装置は、きっと大がかりなものだったでしょう。でも、そんなもの、どこにあるのかって。もし、あったとしても、土に埋まっているだけで、実際に動きだすことはありえない、というのが、おおかたの見方だとは思いますけれど」

「それで、山添家の人たちも、それを探そうとしているわけ？」郡司は尋ねる。

「いえ、べつに誰も探してなんかいません」花梨は言う。「そうよね？」

「うん、だって、どこをどう探せば良いのかわからないし」玲奈は説明する。「ヒントといえるものは、儀貝家の記録なわけで、それは村役場の資料館に保管されているけれど、見ても全然わからない。ただでも、まだ儀貝先生がなにか隠しているんじゃないかって……。それで、儀貝先生と私が仲が良いからって、あいつら、警戒しているかもね」

「え？」花梨が尋ねる。「仲が良いの？」

「先生は物象部《ぶっしょうぶ》の顧問、私は部長ですからね」玲奈が顎《あご》を上げた。

「それなら、私もかつてはそうだったわ」花梨が言う。何がそうだったのか、よくわからなかった。

「それに加えてさぁ」玲奈が続ける。「よりにもよって問題のこの夏に、真知家の長女が大学の男を二人引き連れて帰ってきたわけよ。そりゃあ、やっぱり警戒するんじゃない？　いよいよ本腰を入れて宝探しかって」

「べつにさ、両家で協力して探せば良いのに」栗城が言った。

「でも、仮に、真知家の敷地から出てきたら、それは真知家のものなんじゃないの？」玲奈が言う。「財宝に持ち主の名前が書いてあれば、返してあげても良いけど。それでも、一割は請求できるんじゃない？」

「そんなことよりもね」郡司が指摘する。「歴史的価値が高いものなんじゃないかな。どちらのものというよりも、つまり、みんなのものだと考えた方が……」

りと言った。
「だけど、山添の奴らに取られるくらいなら、出てこない方が良いな」玲奈はきっぱ
「どうしてそんなに憎み合っているわけ？」郡司は尋ねた。

「さあ……、よくはわからない」花梨が首をふった。「でも、昔からだし、子供のときから、何度も言って聞かされたら、誰でも自然にそうなるのじゃないかしら。もともとは、山手の土地を真知家が管理していて、林業で財を成したんです。山添家は、谷の土地持ちで、あちらは宿屋と、それから、川を使った運送で財を成したと聞きます。明治以降は、真知家は、鉱山と工場、山添家は、温泉旅館の経営、観光業ですね。でも、どちらも正直に言って、もう完全に斜陽なんだから、かつての資産をどんどん削っているのが現状でしょう」

「村長の選挙のときとか、大変だよね」玲奈が言った。

「そうね、啀《いが》み合っているのは確か。今は、ほら、山添家は、この工場跡地に遊園地を作れって言っているのでしょう？　無茶な話だわ。隠れ絡繰りが発見されて、財宝でも出てきたら、観光客を沢山呼ぶことができる、という胸算用をしているのかしら」

「ふうん、ありもしないものに、いろいろ利権が絡んでいるんだね」郡司は言った。

「いえ、あることはあると思うの」花梨が首をふる。「ただ、見つからないでしょうね」

もの音が聞こえた。小さな金属と、扉が動く音だった。

四人は息を止めて、耳を澄ませる。

誰かが走り去る足音が聞こえた。

「誰か外にいる」玲奈が小声で言った。

しばらく静かにしていたが、その後はもの音は聞こえない。

玲奈がそっと立ち上がって、壁の隙間から外を覗き見た。

「誰か、走っていった」玲奈が報告する。「盗み聞きされたんじゃない？　くそう！」

「扉を閉めた奴かな」郡司はそう言って、玲奈の横に立つ。

隙間から外を見たが、もう人影はなかった。郡司は、横の小さな扉を確かめにいくことにした。

扉が少し開いているのがわかった。近づいて、慎重に押してみると、なんの抵抗もなく扉が開く。外へ顔を出し、あたりの気配を窺《うかが》ったが、特に危険そうなものもなかった。

「開いてるよ」彼は報告した。

「あら、どうして？」花梨が近づいてきた。

「話を聞いて、僕らが、そんな人間じゃないってわかったから、それで開けてくれたとか」郡司が言った。

「誰かと間違えてたことに気づいたとか？」栗城も外へ出てきた。

「あぁあ……」玲奈も外に出て、両手を伸ばして背伸びをした。「ひと言謝ったらどうなの？　許してやるのに」

「さあ、それじゃあ、帰ってお食事をしましょう」ボトルを両手で持ち、花梨が楽しそうな口調で言った。「ちょうど良い時刻になったわ。それから、花火をしましょうね」

「しかし、今あったことは、一応、警察に届けるべきじゃないかな」栗城が提案した。

「ああ、そういえば、そうだ」郡司も賛同する。

「警察？　うーん、どうかしら、そんな表沙汰にしなくても、良いのでは？」花梨が意見を言う。

「いや、この村のことはよくわからないから、花梨さんに任せますけれど」栗城が苦笑いした。

立派な犯罪行為ではある、と郡司は思ったものの、それ以上は口出ししなかった。

2

山を下りていく階段の途中で、玲奈は、「寄るところがあるからさきに行く」と言い残して駈けだしていった。すっかり暗くなっていたので、彼女の姿はすぐに見えなくなってしまった。そのときは気づかなかったが、工場の外へ出たところで、思い出した。玲奈はバイクに乗ってきていたのだ。それを姉の花梨に見られたくなかったのだろう。

三人はのんびりと田舎道を歩いた。空が真っ黒で星が小さく鮮明だった。星座が本当に綺麗に、そして雄大に広がっている。

家に帰り着いたのは八時近い時刻だった。庭の小径《こみち》を離れへ向かって歩く。離れは既に灯《とも》りが灯っていて、中に入ると、座敷に食事の用意がすっかり整っていた。玲奈がそこに一人座っている。母屋へ寄っていた花梨が遅れて入ってきた。

「あれ？　早いわね、玲奈ちゃん」花梨が驚く。

「お姉ちゃんも、こっちで食べるでしょう？　運んでもらったよ」

「かぁ、すっごいなぁ」栗城が声を上げる。「ここ、旅館?」

「良かったね、ちゃんと帰ってこられて」郡司は靴を脱ぎながら言った。「遅くなったから、皆さん心配していたんじゃないかな」

「してたしてた」玲奈が言う。「怒ってたよ」

「謝ってこようか?」

「大丈夫大丈夫。私がちゃんと謝っておいたから。さあ、食べよう食べよう。あ、いけない、お飲みものは何がよろしいですか、ってきけって言われてたんだ」

「僕は、べつに、お茶で……」郡司が言う。

「僕も」栗城も答える。

「お酒、飲まないの?　ビール冷えてると思うよ」

「いや、アルコールはやめておくよ」

「あら、そう、健全なのね。大学生ってみんな大酒飲みかって思ってた」

そう言う玲奈の前には、コーラの瓶が立っていた。

「私も、今日はやめておく」花梨が座りながら微笑んだ。

「旅館でも、こんな料理、食べたことないよ」座った栗城がにっこりと笑いながら両手を擦《さす》った。「いや、旅館に行ったこともないんだった」

「さあ、どうぞ召し上がって下さい」花梨が言う。

そういうわけで、乾杯もなく食事は始まった。意外にも玲奈が、お櫃《ひつ》からご飯をよそってくれた。

「どうして、君がするの？」と郡司が尋ねたら、

「私が一番若い」というのが彼女の返答だった。明確だ。

四人は手を合わせて、「いただきます」をしてから食べ始める。

魚の刺身、色とりどりの山菜、鰻《うなぎ》、吸いもの、茶碗蒸し、それから天麩羅《てんぷら》だった。

「美味《うま》いなあ」と何度言ったかわからない。

花梨に、真知家の人に挨拶をしなくて良いか、と尋ねたが、その必要はない、私たちも一緒に食事をしないことの方が多い、という返答だった。

「お父様は変わり者で、自分の研究に夢中なの」花梨は話した。「お食事は自分の書斎で一人だけでとられることが多いわ。お母様も、同じ。お一人でお食事をすることの方が多いと思う」

「ふうん、家族の団欒《だんらん》とか、ないの？」郡司が尋ねる。

「いえ、べつに、会いにいけば、いつも和やかにお話ができますから、わざわざお食事のときに話をしなくても、という感覚なんじゃないかしら」

「お客様が来ると、賑《にぎ》やかで楽しいよね」玲奈が言った。

「お腹《なか》が空いていたから、美味しい」花梨が微笑んだ。「大冒険でしたものね」

「明日さ、儀員先生のところへ連れていってあげるよ。メカとか凄いのがあるから」

玲奈が言った。

食事もおおかた終わって、お膳を片づけてから、お茶を飲みつつ話は続いた。

「その、隠れ絡繰りのことだけれど……」郡司は花梨と玲奈を一度ずつ見てから話す。

「百二十年間、時を刻むってことは、その間、ずっと動いているっていうことなのかな」

「そうだと思う」玲奈が頷く。

「だとしたら、その動力源は何？」それが郡司の疑問だった。

「動力源？」玲奈が言葉を繰り返す。「うーんと、何かな。電気とかはなかった時代だから……」

「いや、電気は既にあったとは思うけれど、でも、そんなものが百二十年ももつとは思えないよ」

「そうかぁ……。じゃあ、ゼンマイとか？」玲奈が指を立てる。「ほら、古い時計とか、絡繰り人形って、ゼンマイで動いているでしょう?」

「一度ネジを巻いただけで、百二十年も動かない」郡司は首をふった。「ゼンマイに限らないけれど、百二十年もの間、人間が手を触れない、つまりメインテナンスもしないで、動き続けるメカニズムって、ちょっと考えられない、想像を絶する世界なんだけれど」

「だけど、天才儀貝機九朗なんだから、そこをなんとか工夫したんだと思うよ」玲奈が言った。彼女は果物のデザートをまだ食べていた。

「いくら天才でも、百二十年もまえの技術なんだ。今とは比べものにならない。当時の天才の知識と技術って、うーん、今の工学部の僕たちくらいかもしれない。違うかな?」郡司は栗城の顔を見る。栗城もデザートを食べていた。「ということは、たとえば今、百二十年後に、動くような仕掛けを作れって言われたら、どうする? そう考えれば良い。それをどうやったら実現できるか、それさえ思いつけば、隠れ絡繰りの隠し場所とかも、もしかしたらわかるかもしれない。つまりね、その装置に相応《ふさわ》しい場所、あるいは必要不可欠なアイテムがある場所、ということで限定できると思うんだ。やみくもに探すよりは、まず推理をすることが第一じゃないかな」

「さっすが、言うことが違うじゃない」玲奈が手を叩《たた》いた。「おお、大学生だ大学生だ」

「いや、こいつはね、大学生の中でも、とりわけ理屈っぽい方だから」栗城が片目を瞑《つむ》って言う。片目を瞑るサインが何を意味するのか、理解に苦しむところだが。

「第一の考えどころは、どうやって百二十年後に、機械を起動するか、だ。これには、大きく分けて二つの方法があると思われる」

「お、分類癖が出たぞ」栗城が囃《はや》し立てる。

「いや、簡単なことだ。時計のように、百二十年間、動き続けて、カウントをする装置を内蔵しているか、あるいはそうではなく、機械自体は動かず、外部のなんらかの変調を捉える機構だけを持っているか……」

「難しいね」玲奈が唸った。「ヘンチョーって?」

「まず、前者の例は、たとえば、歯車を沢山使って、動力を極端に減速する。そうやって百二十年後に、スイッチを入れるメカニズムだ。そのスイッチが何かはわからないけれど、とにかく、時を刻む装置自体が隠れ絡繰りの主たる機能、ということになるね。ようするに、時計のオバケみたいなものと考えれば良いかな」

「どうやって動くの?」玲奈が質問する。「さっき、動力のことをきいたでしょう?」

「そう、そこが問題だ。当時の技術レベルを考えれば、やはり、ゼンマイなどの、材料の弾性を利用したもの、すなわち、曲げられたものが元に戻る力を利用して、動く仕掛けか、それとも、重力か」

「重力？」玲奈が首を傾《かし》げた。

「うん、鳩時計なんかで、つり下げた重りで動くものがある。重いものが下がろうとする力を利用する。ポテンシャル・エネルギィという意味では、バネと同じだけれど」

「ふうん……。でも、そんなもので、百二十年も動き続けられるかなぁ」

「そうそう、そこが問題」郡司は頷いた。「いくらなんでも、百二十年は長すぎる。ゼンマイは伸びきってしまうだろうし、つり下げた重りも、下に着くか、ロープがいっぱいになってしまう。しかし、重力の利用という観点から考えれば、たとえば、そう、水車がある」

「あ……、水車」玲奈が手を一度叩いた。「そうか」

「水車は、川の水の流れを利用して動力を取り出しているわけで、あれも重力を利用した一つの形態といえる。ゼンマイや重りは、最初に人間が与えたエネルギィで動くわけだけれど、水車のネジは自然の力で常に巻かれているようなものだね。川の水が流れているかぎり絶えず供給される」

「ああ、そうだとすると、川の近くに絡繰りが設置されているってことになるのね」

花梨が言った。

「ええ、たぶん」郡司は数回小さく頷いた。「ただ、僕としては、その方法には疑問を抱かずにはいられない」

「え、どうして？」

「川って、百二十年も同じように水が流れているものだろうか。どのようにして動力を抽出するかにもよるけれど、大雨で増水したり、日照り続きで水が涸《か》れてしまったり。夏には台風も来るし、冬には凍結もする、大雪だってある。山崩れだって起こるかもしれない。ちょっとした小川の水くらいでは、百年以上も変わらずに流れ続けるなんて、ありえないのでは？」

「そんなの、わかんないじゃん、やってみなくちゃ」玲奈が高い声で言う。

「うん、しかしね、天才、儀貝機九朗ならば、それくらい見越していたんじゃないのかな。不完全なものを避けて、もっと確実な方法で考えるはず」

「うーん」玲奈は唸る。

「あの、二つめの方法は、どんなものなの？」花梨が尋ねた。

「あ、そうそう、もう一つは、隠れ絡繰りが、内部には時計を持たない機構を採用した、という可能性」郡司はメガネを持ち上げる。「どういうことかというと、外部に、百二十年の時を刻めるものがあって、それを感知して動く仕掛けだ」

「どんなもの？　たとえば」

「わからない」郡司はすぐに首をふった。

「なあんだぁ」玲奈が仰《の》け反《ぞ》った。

「たとえばの話だけれど、百二十年に一度だけ、実をつける樹があって、その実が落ちたら、スイッチが入るとか……」

「無理だよ、そんなのぉ」玲奈が首をふる。

「竹の花が、百二十年に一度咲くっていわない？」花梨が首を傾げた。「でも、花が咲いても、どうやって機械がそれを感知して動きだせるのかが問題だけれど」

「べつに百二十年でなくても良いんじゃないかな」栗城が発言した。「二十年に一度という現象でも、十年に一度でも、とにかく定期的にそれがあるならば、歯車を一つ進めて、カウントすればいいわけだよね。ずっと動き続けているのは動力面で難しいけれど、そうやって、外部の異変によってギアが一つ進む、というメカニズムなら、案外ありえるんじゃないかな」

「そうそう」郡司は指を一本立てた。「そうなんだ。僕が言いたかったのは、それだよ。つまり、そういう装置ならば、そういう装置だからこそ、場所が特定できる可能性が高い、ということ。その、定期的なイベントを起こすようなアイテムを思い浮かべることができれば、その近くを探せば良いことになる」

「はあ、まあ……、言いたいことは、なぁんとなくわかったけれどぉ」玲奈が首を捻る。「定期的なイベントを起こすアイテムって、何？　どうも具体的にイメージできない。えっと、一年に一回でも良いわけでしょう？　百二十回カウントすれば良いってだけだから……」

「あ！」花梨が声を上げる。

「お姉ちゃん、脅かさないでよ」

「私、わかったわ」満面に希望の笑みを浮かべて花梨が言った。

「嘘、教えて」

「夏と冬で気温が変化するでしょう？」花梨は説明した。「その寒暖の差を利用するの。暑いときには、ものは膨張して伸びる。寒くなったら縮んで短くなる。だから、それをカウントして、百二十回、歯車の歯を進めれば良いの。簡単じゃない。動力は、えっと、ほら、さっき郡司君が話していた重力ね。滑車に紐《ひも》を巻いておいて、重りをぶら下げれば、滑車は回転しようとするでしょう。それを利用して、歯車を少しずつ動かすの」

「寒暖の差で、どうやって歯車を一つ進めるんですか？」郡司は尋ねた。

「だから、えっと、あ、サーモスタットみたいに、二種類の金属を重ね合わせておけば、膨張係数が違うから、夏に高温になれば、片方が余分に伸びて、板が反り返るから、それで、歯車のストッパが外れて一つ動く。すると、そこで別のストッパが動きを止めて……、時計の振り子のとこの歯車みたいにね、で、今度は、冬になって低温で作動する装置が、そのストッパを外して……」

「なんかできそうで、できなさそう、それ」玲奈が言った。

「できるわよう」

「お姉ちゃん、理系だけのことはあるね、少し感心したことは認めるけど。でも、実際問題として、そんなに理屈どおりにいく？　私は無理だと思う。一回でもプラモデルを自分で作ってみたら、そういうのわかるって」

「貴女が作ったプラモデルって、ガンダムじゃなかった？」

「ガンダムだけじゃないよ。最近なんか、バイクだって直してるんだから」

「え？　どこのバイク」

「いえ……、学校のクラブ、えっと、教材でね」

「それよりも」郡司は話を戻す。「気温の上昇というのは、平均すれば一年でサインカーブみたいに推移しているけれど、でも毎日夜と昼で変動するし、ときどき季節はずれに暖かい日や寒い日もある。そういったものを見越して、機械を設計するのは、かなり難しいように思えるな。コンピュータ制御だったら、プログラムで処理ができるから、充分に可能だとは思うけれど、単純なメカニズムでは、ちょっとね」

「あ、じゃあさ、もっと気温に左右されない変動はどうかな？」栗城が言った。「うーんと、太陽の軌道が夏と冬で変わるから、それを利用するとか。あ、そうだ、植物みたいに、昼と夜の時間差で感知するとか」

「それだって、日々晴れた日や曇った日があるわけだし」郡司は首をふった。「だいたい、明るい暗いをどうやって感知する？　そんなセンサは当時なかったと思う」

「そうだよなあ、うーん、けっこう難しいなあ」栗城が腕組みをした。

「そうしてみると、自然に花を咲かせたり、紅葉したり、植物って凄いことをしているのね」花梨が言った。

「そんなことに感心してる場合？」玲奈が姉を睨む。

「一年で、水位が上がったり下がったりする池とかはない？」栗城がきいた。「冬は川が凍結して、水がなくなって、夏は満水になる溜池とかがあれば……」

「そうか。それよ、栗城君凄い！」花梨が手を叩いた。「その池になにか浮かせておいて、それで、機械の歯車を一つ進める仕組みなのね。池を探して、その近所にある小屋に、隠れ絡繰りがあるんだわ」

「そんな都合の良い池ないよ」玲奈が口を開けた。

「それも、やっぱり天候に左右されるんじゃないかな」郡司が指摘する。「台風になったり、毎年必ず同じように変化するかどうか、つまり百二十年もその現象が続くかどうか……。いや、続くと礒貝機九朗が信じたかどうか、だね」

「池じゃなくて、海はどうだ？」栗城が言った。「潮の満ち引き。あれは、月の引力の影響だから、周期は計算できるだろう？」栗城が言った。「海の近くだと、波の影響や、嵐のときの高波があるから、そういうのに影響されないよう、ずっと離れたところまでパイプで水を引いて、それで海面の動きを平均化して……」

「ここって、海からどれくらい離れているの？」郡司がきいた。

「そうね、ざっと百キロくらいかしら」花梨が答えた。

「そんな長距離を、パイプを引いたっていうのか？」郡司は栗城を見た。「だいいち、ここの標高って、何百メートルもあるはずだから、海面と同じレベルにしようと思ったら、地下何百メートルも穴を掘らないと駄目じゃないか」

「あ！　炭鉱だ！　あのトンネルの中だよ」栗城が声を上げる。

「いや、そんなに深くないって」郡司が言う。

「トンネルの奥深くに、隠れ絡繰りが仕掛けてあって、それがときどきぎいって音を立てるから、ドラゴンの伝説が生まれたんじゃないかな」

「あれは、私がさっき考えたお話ですよ」花梨が笑った。

「あ、そうかぁ」栗城も笑う。「やっぱり駄目かなあ」

「潮の満ち引きのような変動をカウントするには、やっぱり平均的なものとして捉える必要があって、どうしてもコンピュータによるプログラムが必要になるよ。ギザギザの折れ線グラフをスムージングしてサインカーブを見つけるのはね。機械で単純に測っても、それで直接作動させるなんて仕組みは不可能だ。だから、そもそも、そんなことを考えないんじゃないかな」

「難しいのね」花梨が溜息《ためいき》をもらす。

「まあ、そう、簡単ではないと思う」郡司は頷いた。「でも、こうやって考えていけば、辿《たど》り着《つ》けるような気はする。儀貝機九朗がどう考えたのか、というふうにトレースすることが、隠れ絡繰りを見つけ出す一番の正攻法だよ」

「うん、まあ理屈はわかったからさ」栗城が小さく首を縦にふった。「郡司も一つくらいなんか考えろよ」

3

離れの風呂を沸かして、郡司がさきに入った。窓からは、涼しげな虫の声が聞こえる。

「どう、湯加減は？」外で薪《たきぎ》を焚《た》いている栗城がきいた。

「うん、もう少し熱くても良いかも。ああ、でも、気持ち良いよ。良いなあ……、毎日こんな生活がしたいなあ」

「温泉旅館が高いからじゃなくて、敵対しているから、僕たちに勧めなかったんだね、花梨さん」栗城が言う。

「あ、そうか……」郡司は頷いた。「なんか、難しいよな、そのあたりには、余所者は立ち入らない方が良いね」

「先祖代々啀み合ってるなんて、シェークスピアの世界だよな」

「あ、それ、玲奈さんと、あの山添君のことか？」郡司は気がついた。「えっと、ロミオと……、誰だっけ？」

「え？　ハムレットか？」

「馬鹿、違うよ、ロミオの相手だから、女だよ」

「知らんよ。エリーゼ？」

「飲んでないか？　お前」

「おぉ、月が綺麗だなあ」という外からの栗城の声で、郡司は立ち上がって、窓の外を覗く。

「あ、本当だ」

「そろそろ出ろよ、早く入りたくなった」

「待て待て、頭を洗いたい」

幸い、薪を足す必要がなくなったので、郡司は風呂から上がって、座敷で寝転がっていた。網戸から涼しい風が入る。クーラが効いている、といっても良いくらいの涼しさだ。片手に団扇《うちわ》を持っていたが、すぐに動かす必要はなくなった。縁側に蚊取り線香が置かれているが、蚊も少ないように思われる。

「最高だよな」と一人呟き、天井を見上げた。

もちろん、頭の半分は、隠れ絡繰りのことを考えていた。湯船に浸かっているときもそうだった。さきほどの議論と同じように、いくつかの可能性は思いつくものの、どれもたちまち否定されてしまう。理屈では成立しても、確かな方法ではない、実現が技術的に難しい、と評価されてしまうのだ。

最も重要な問題は、精巧なメカニズムになるほど、百二十年の歳月による材料の劣化に耐えられないのではないか、という点だった。木材などの有機材料は腐ったり虫が食ったりする。ちょっとした歪《ゆが》みでも起これば、それで動かなくなってしまう可能性は高い。金属であっても、鉄は錆びてしまうから無理だ、潤滑に用いる油が固着することだってある。どうすれば、無理のないメカニズムを実現できるのか?たとえば、現代の技術をもってしても、百年以上の時間、ずっと連続して稼働するような装置がはたして作れるだろうか。少し想像してみたが、かなり難しいように思えてくる。電子部品はどれくらいもつだろうか。モータなどの駆動系のものも、かなり怪しい。

自動車だってせいぜい数十年しか動かないではないか。途中で修理をしたり、常にメインテナンスをしていれば可能だが、百年まえのものがそのまま発見され、すぐに動く状態だったなんて話は聞いたことがない。

百二十年まえには既に、蒸気機関も発動機もあったはず。電気だってあった。しかし、そんな新しい技術を使っただろうか。百二十年後に、という歳月を考えたとき、もっと信頼のおける、使い慣れた手法を採用したのではないか。

　そんなことをぼんやりと考えているうちに、うとうととしてしまった。栗城が風呂から上がってきた足音で目を覚ます。

「あれ、寝てた？」

「いや、ちょっと考えごと」郡司は起き上がった。

「ああ、最高だな、もう」栗城が畳の上に腰を下ろす。「いやあ、こんなに気持ちが良いのは久しぶり。人生の中でも、五本の指に入るな」

「まあ、そこまで言わなくても」

「あそうそう、一つ思ったんだけれど、そもそも、どうして百二十年なんだ？」頭をタオルで拭きながら、栗城が言った。

「え？」

「つまりさ、百年とかって、キリの良い数字じゃなくて、どうして百二十年後にしようって思ったんだろう？」

「ああ、なるほどね」郡司は口を開けた。「それは、考えなかったなぁ」

「いや、最初に聞いたときには、なにか曰《いわ》くがあるのかなって思ったんだけれど、花梨さんの話には、それらしいことが出てこなかったよね」

「うん、まあ、十二進法の十二と、十進法の十の公倍数ってことだから、そんなにキリが悪いわけでもないし」

「でもさ、あまり聞かないだろう？　五十年とか百年とか、アニバーサリィといったら、やっぱりキリの良い数字を選びそうなものじゃないか」

「日本には、十二支がある」郡司は言った。「それに、甲乙丙丁の十干がある」

「ああ、あるね、丙午《ひのえうま》とかってやつだろう？　あ、そうか、あれが一回りして、同じ組合せになるのが、百二十年ってこと？」

「いや、違う。十と十二で回るから、同じ組合せになるのは、六十年のサイクルだよ」

「えっと、そうかそうか。十干が六回、十二支が五回で同じになるわけね。駄目じゃん」

「うん、たぶん、昔は人間の寿命なんて、せいぜい長くても六十年と考えていたんだろうな」郡司は言う。「今じゃあ、百年以上生きる人も沢山いるんだから、もう少し増やさないと駄目かも」

「そんな意見出してる場合じゃないだろ」

「百二十年といえば、孫の孫の代くらいか。ようするに、もう誰も覚えていない、話が伝わらないような、ずっと未来、というような感じだったんじゃないか。もちろん、十二支十干が同じになる年を選んだという可能性は高いね。六十年では不足だと考えたんじゃないかな」

「花梨さんが、竹の花の話をしていたけど」

「あれは、僕は知らない。竹の花が珍しいという話なら聞いたことがあるけれど。でも、おおよそ百二十年に一度というだけで、ぴったり百二十年ってことはないんじゃないかな」

「だよな。あ、蟬なんか、十七年ゼミとか、いなかったっけ？」

「土の中にそれだけいるんだよ」

「あれは、十三年とか、十一年とか、素数になるんだっていうのを聞いたことがある」栗城が話した。「十年とか、十二年だと、六年周期の奴らとか、三年周期の奴らとかと同じ年に生まれる可能性が高くて、生存競争が過酷になるから、だから、お互いにぶつかりにくい素数になったって」

「ていうか、そういう種族が結果的に残った、という説だ」

「全然関係ない話かな？」栗城がにやりと笑った。

「関係ないな」郡司も微笑む。「話を戻そう。今日の話の中で、僕が一番、納得がいかないのは、動機だよ」

「動機？」

「どうして、隠れ絡繰りを作ったのか」郡司は言った。「手間暇かけて、そんな大がかりな機械を作った理由だ」

「それは、だって、財宝を子孫に渡そうという……」

「うん、もっともらしい話ではあるけれど、でも、子孫に財宝を伝えるならば、自分の家の蔵に入れておけば良いじゃないか」

「駄目だよ、それじゃあ、すぐに使ってしまう。贅沢《ぜいたく》をしてしまう。だからこそ、しばらくさきまで伝えよう、そこで初めて使えるように、と考えたわけだ。そうなると、信頼できる人間に託すしかない。それが礒貝機九朗だったんじゃないかな」

「でも、結局、そのまま財宝は消えてしまって、出てこない」

「いや、わからないよ、出てくるかもしれないじゃないか。今にもどこかで隠れ絡繰りが動きだしてさ」

「動きだして？」

「ん？」

「動きだして、どうなると思う？」郡司はきいた。「目覚まし時計みたいに鳴るのか?」

「ああ、やっぱり、目立つところに現れて、みんながびっくりするようにできているんじゃないかな」

「たとえば?」

「たとえばねぇ……、田圃《たんぼ》の中からぽーんとなにか飛び出してきて、そこに、ここを掘れって書いてあって、掘り出してみたら、ざっくざっく宝物だったとか」

「そんなのさ、もしも全然関係のない人間に発見されたら、どうなる? 大損じゃないか」

「あ、じゃあ、両家の人間にしかわからない場所に隠されているわけだ」

「礒貝機九朗が、宝物をどこかに隠すだけで済むことじゃないかな。それを黙っていれば良い」

「駄目だよ、百二十年も生きていられない。だから、誰かには伝承しないといけなくなる。でも、その二代目は、秘密を漏らしてしまうかもしれない」

「なんだ、そうなのか? そのために絡繰りに託したわけ?」郡司は言った。「ようするに、人間を信じない奴だったんだな」

「そもそも、最初に依頼した両家の人たちが、人間不信だったんだよ」

「うーん、しかしなあ、宝物を伝えるのに、どうして百二十年もかけたんだろう。べつに、両家とも、今でも大金持ちみたいじゃないか」

「だからそれは、財宝の多くを隠れ絡繰りのために取られてしまったから、あとは贅沢をしないで、勤勉に働いたおかげなんだよ」栗城が言った。「それも、宝物を隠した効果の一つってわけだ」

「おお、なるほどねぇ、なんか、君、詳しいな。もしかして、この村の出身なんじゃないか?」郡司はジョークを言った。

「こんな村に生まれたかったよぅ」栗城は溜息をついた。「あぁ……、花梨さんは、しかし、正直、少々僕には高嶺の花かもって思えてきた」

「え、弱気になったりして、どうしたの?」

「うん、こんな大金持ちのお嬢様がさ……」そこまで言って、栗城は黙ってしまう。ごろんと仰向けになった。

沈黙。

「あぁあ、眠くなってきたな」郡司も溜息をつく。「明日は、朝から調査だろ?」

「うん、そうだ」栗城が天井を見たまま言った。「写真とスケッチと測量だ」

4

翌朝六時半に郡司は目を覚ました。外はもう充分に明るく、鳥の高い声が煩《うるさ》いほどだった。その声で目覚めたような気がする。起き上がって、窓の方へ行き、網戸を開けてみると、外の空気がすっかり新しくなっているような気持ち良さだった。昨日のインプット情報をロードして、すぐに頭も暖まった。

顔を洗って戻ってくると、栗城も起きていた。

「気持ちが良いなあ。こんなに早く目覚めるのはどうしてだと思う？」彼が目を細めて言う。

「講義がないからじゃないか」郡司は答える。「バイトもないし」

「しかし、課題はあるな」栗城が言った。

「うん、課題か。宿題の課題じゃなくて、解決すべき課題ってやつか」

「そうそう、解決すべきだ」

「うん、まあ、いろいろ考えるまえに、情報をもっと集めることの方が先決かもしれない、と思えてきた」郡司は話す。「昨日は、まずは想像を巡らせて、目星をつけたところを探せば良い、と考えていたんだが、もう少し情報がないと、想像を巡らすことも難しい」

「儀貝先生のところへ行くのが一番か」栗城が言った。

「機九朗の資料は、村役場だって言ってなかったか。部外者に見せてくれるものだろうか」

縁側に出て、郡司は庭を眺める。広い庭園には、沢山の樹木が茂り、まるで森林公園のようだ。母屋の屋根や、庭園を囲んでいるはずの塀もまったく見えなかった。

そこにスポーツウエアを着た年輩の紳士が通りかかった。ジョギングをしていた様子で、ここが公園だったら、まったく自然なシーンではある。目が合ったので、郡司は頭を下げた。向こうも気がついて足を止める。そして、離れの方へ近づいてきた。高い位置に立っているのは失礼かと思い、縁側に膝をついて挨拶をすることにした。

「おはようございます。あの、昨日からご厄介になっている郡司です」

「はじめまして、栗城といいます」奥から彼も出てきた。

二人が畏《かしこ》まって挨拶をしたのは、その紳士の風格が、いかにも真知家の当主というものだったからである。鼻の下で左右に伸びる立派な髭《ひげ》が風格の主たる発信源だったかもしれない。

「ああ、どうもどうも」さらに近くまで来て、紳士は気さくに微笑んだ。「若者にしては早起きだね。花梨から聞いておりますよ」

「あ、あの、花梨さんのお父上でしょうか？」栗城が尋ねる。

「いやいや、彼女の祖父です。源治郎《げんじろう》といいます。どうかよろしく」

「よろしくお願いします」二人は声を揃えて頭を下げる。

祖父にしては、若く見える。五十代といっても充分に通る。白髪が混じってはいるものの、髪は豊富で上品だ。日焼けした肌も若々しい。

「工場を調べにこられたと聞きましたが、どんな目的で？」

「はい、いえ、ああいった古びた機械が、その、趣味なんです。変だとよく言われますけれど」郡司は説明する。「その、レトロな感じが、素晴らしいと」

「なるほど」源治郎は目を細める。「では、隠れ絡繰りの話も聞かれたのですね？」

「はい、昨夜。面白そうなので、もう少し詳しく知りたいと思いました」

「うん、ならば、儀貝君のところへ行くか、それとも……、山添の家へ行って、千都《ちづ》さんに会ってこられるのがよろしい」

「チズさんですか？」

「ああ、私と同年の人です。源治郎に紹介されたと言えば、会ってくれると思いますよ」

「ありがとうございます。でも、山添家とは、その……」郡司は言葉を選んだ。「真知家は、えっと……、その、なんというのか」

「対立している、と？」源治郎が笑顔のままそう言って顔を傾ける。

「ええ、なんかそんなふうに聞きました。違うのでしょうか？」

「うん、間違いではない」源治郎は頷き、一度後ろを振り返った。庭園を眺めたようだ。それから、ゆっくりとまたこちらを向いてから話した。「調査を行うに当たって、最も大切なものとは、客観性です。この村に来られて、隠れ絡繰りのことを調べられるならば、真知家だけの情報では偏《かたよ》りがある。山添の家へ行かれて、これこれこんな理由で調べている、と説明をするだけでも、今後のことがやりやすくなりましょう」

「あ、ああ、そうですね」郡司は頷いた。「ご助言、ありがとうございます」

「で、なにかね……」源治郎は二人に近づいて、顔を寄せ、片目を瞑った。「君たちのいずれかが、花梨のことを好いておるのだったら、ひとつ、私に内緒で教えてもらえないだろうか」

「いいえ、あの……、そんな」郡司は首をふった。

源治郎は視線を栗城へ移す。

「みんな、花梨さんのことは大好きですよ」栗城は言った。

「何を言っておるのか、そういう半端な意味ではない」源治郎が睨みつける。「将来を誓うような仲かね、ときいているのです」

「とんでもない」郡司は首をふる。

「いや、あの、まだ、そんな」栗城も否定した。

「うん、そうか」源治郎はまた笑顔に戻った。「それはそれは、ああ、詮索をして失礼しました。年をとりますと、人間誰でも気が短くなるもの。あ、では、これで」

「あ、どうも……」二人はまた頭を下げる。

源治郎は手を広げてにっこり微笑んでから、また駈けだす。庭木の間の小道へ姿を消した。

「ああ、びっくりしたぁ」栗城がどすんと縁側に腰を下ろした。

「変わった人だったなあ」郡司も言う。「しかし、山添家へ行ってこい、というのは、考えもつかなかった。たしかに、昨日のこともあるから、誤解を解くためにも、挨拶にいった方が良いかもしれない」

「やめておいた方が良くないか？」栗城が顔をしかめた。「そんなさ、仕事で調査にきたわけでもないし、あんな嫌がらせをされたんだから、直《じか》に行ったりしたら、よけいに拗《こじ》れたりしないかなあ」

5

朝食は、中年の女性が二人で運んできた。挨拶をしたが、彼女たちは頭を下げるだけで、ものを言わない。花梨と玲奈のことを尋ねてみたが、二人とも首をぶるぶるとふるだけだった。

そういうわけで、静かに食事をしたあと、出かける準備をしていたら、玲奈が現れた。

「おっはよう！　どう、調子は？」土間に入ってきて元気良く言う。「工場へ行くの？」

「うん、そのまえにね、一度、山添家へ行ってこようと思って」郡司は説明する。

「え、山添へ？」驚いた顔である。

「うん、今朝、お祖父《じい》さんに会って、そうアドバイスされたんだ」

「おじいさん？」

「えっと、源治郎さん」

「ああ、お祖父ちゃん？　え、何て？」

「だから、隠れ絡繰りのことなら、山添の家へ行って話を聞いてこいって。そう、千都さんに会ってこいって」

「ああ、あのばばあか」

「橋を渡った向こう側の道を、右へ川沿いに下っていけば良いんだよね？　わかるかな？」

「えっと、うん、たぶん……。いいよ、案内してあげるから」

「いや、悪いよ、それは」

「いいってば、夏休みで暇なんだから。もう出るの？」

「えっと」郡司は時計を見た。「まだ、ちょっと早いかな。あと三十分くらいしたら」

「わかった」

「電話していった方が良いかな？」

「なんで？」

「千都さんがいるかどうか」

「いるよ、いっつもいる。どこへも行かないから。温泉の方へ行ったら、絶対にいる」

「ふうん。どんな人？」

「そうね、なんか、山姥《やまんば》みたいっていうか」

「やまんば？」

「魔女。赤い派手な着物をきてて、化粧がびっくりするくらい濃くって、あ、黒い猫を持ってて」

「ふうん、そりゃあ、聞いただけで凄そうだなあ」郡司は評価した。

三十分後に門のところに集合する約束をして一旦別れる。玲奈によれば、花梨は午前中は家の用事があるという。何なのかは聞かなかった。

郡司と栗城は昨日撮影した写真をデジカメのモニタで見せ合い、それから、村の地図を広げて、工場の奥の二つの社や、トンネルの入口のだいたいの位置を書き込んでおいた。また、山添家の旅館の近辺の地形についても確認をした。

門から出て、道路の反対側、水路脇の石垣の上に腰掛けて待っていると、玲奈が一人で現れる。昨日と同じTシャツにショートパンツだ。胸にはコーラをぶら下げていて、黒い液体が満タンだった。

三人は、道を下っていく。

「礒貝先生のお宅はどのあたり？」歩きながら郡司は尋ねた。

「えっとね、四本松を真っ直ぐ行ったところ。竹林の中にある茅葺《かやぶ》きのめちゃくちゃ古い家」

その四本松のところまで来る。例の水車小屋が石垣の上にある。今日も、その中に礒貝がいるような気がした。道を左へ行くと、その礒貝家というわけだ。そちらは後回しということで、三人は右へ進む。道は緩《ゆる》やかに下っている。

「姉貴はね、午前中は、お父様と会ったり、お母様と会ったり、いろいろと忙しいみたい」玲奈が言った。

「あれ、昨日会ったんじゃないの？」郡司がきく。

「昨日は、だって、帰ってきてから、すぐに出かけちゃったでしょう？　晩ご飯のときも、離れだったし」

「朝ご飯とかも、一緒じゃないわけ？」

「うん。うちは、個人主義なんだ」

「個人主義ね」

「お祖父さんとも、一緒に食事をしたりしないわけ？」栗城がきいた。

「そうだよ。お祖父様とお祖母《ばあ》様は、また別棟だから、敷地は同じでも、同居しているわけではなくて……」

「広すぎるんじゃない？」

「私だって、普段は一人だよ。世話をしてくれる清美《きよみ》さんと話をするくらい。ご飯は一人で食べるし」

「ふうん、そういうものなのか……」郡司は唸った。「田舎の家族っていったら、みんなで囲炉裏を囲んで、というイメージだと思っていた」

「まあね、ほかのお友達に話を聞いたり、あと、テレビを見ていると、そんなふうだよね」玲奈が言う。「あ、でも、太一のところも、うちと同じだって。家族ばらばらで」

「ああ、山添君」

「そう、昨日、黙っててくれてありがとう。姉貴にもね、やっぱり言わない方が良いと思うんだ」

「山添君、同じクラスなの？」

「ううん。違う。学校もね、真知家と山添家のことを知っているから、ちゃんと別のクラスにしてくれるわけ。小学校からずっと、一度も同じクラスになったことない。でもねぇ、実はクラブが一緒なんだよね」

「ああ、物象部」

「そうそう。私が部長で、太一は平の部員。あいつね、私のことなら、なんでも言うことをきくから。なんていうか、超素直なわけ。山添の血にしては善良っていうか、まだ毒気に染まってないっていうか」

「酷《ひど》い言い方だなぁ」郡司は笑った。「そういうさ、山添家の悪口、小さいときから沢山聞いて育ったんだ」

「そう、たしかに、そうかも。あ、でも、お父様やお母様からじゃないよ。うちの人間がみんな山添のことを嫌っているみたい」

「うちの人間っていうのは、家政婦さんとか？」

「そう、あと、庭師さんとか、運転手さんとか、沢山いるけど」

「何人くらいいるの？」

「うーん、二十人くらいかしら」

「二十人？」栗城が高い声で繰り返した。「そんなに人を使っているの？　凄いね、会社みたいじゃん」

「そりゃあ、人件費だけでも一年で、どれくらいになるのかなあ」郡司は頭の中で計算する。一人三百万円としても、六千万円だ。「現在、真知家は、仕事はどんなことをしているわけ？」

「いえ、なにもしていない。工場が潰《つぶ》れてしまったから」

「お父さんは何をしているの？」

「お父様はね、絵を描いてる」

「え、画家なの？」

「どうかな、画家っていうほどではないと思うけど。趣味で描いているというより
は、絵の研究をしているみたいだけど。一日の大半はアトリエにいる」

「事業とかしていないの？」

「授業？」

「違う、ビジネス。不動産とか、投資とか」

「さあ、していないんじゃないかなぁ。会計士さんがいるから、財産のことは任せて
いると思うけど」

「あ、お母さんが、なにかされているんじゃない？」栗城がきいた。

「お母様はね、今はステンドグラスに夢中かな」

「ステンドグラス？　ステンドグラスを作るわけ？」

「違う、集めるの。買ってきて。ときどき見せてもらうけれど、あれ、もの凄く高い

んだよ。一つ五百万円くらいして」

「それは、仕事とはいえないんじゃないかな」

「仕事じゃないよ、趣味」

「そうかぁ……」郡司は頷く。人ごとながら真知家のことが心配になってきた。

「あ、お祖父さんは？」

「お祖父様は、もともとは大学に勤めていたの。もう退官されて、今はなにもしていない」

「大学の先生だったのか。一応じゃあ、働いていたんだね」

「でも、研究費が足りないからって、ずいぶん家から持ち出したって聞いたけど」

「財産減っていく一方ってこと？」

「うん、それはもう確実だね。山なんか、どんどん手放しているし、あの工場跡地も、じきに安く叩き売らないといけなくなるんじゃないかな」

「そうなるまえにさ、使用人を解雇するなり、もっと支出を減らさないと」郡司は意見を言う。

「それね、姉貴もそう言ってるんだけど。でも、実際難しいみたい。だって、私たちが小さいときからずっとお世話になってきた人たちだもの。私たちが生まれるまえから、真知家にいるんだから」

トラス鉄橋が見えてきた。その橋を渡って、バイクがこちらへやってくる。

「あ、太一だ！」玲奈が叫んで、片手を上げて振った。

バイクは近くまで来て停車する。ヘルメットを外すと、昨日の気の弱い少年の顔が現れる。

「どこへ行くの？」彼がきいた。

「びっくりすんなよ、お前んとこだよ。郡司さんたちをね、案内して」

「え、うち？　どうして？」

「山添千都さんに会いたいんだけれど」郡司は言った。

「お祖母様に？」太一は顔をしかめた。「あの、よした方が良いと思いますけれど」

「いやあでも、一度、ちゃんと話をしておいた方が良いと思ってさ」郡司は説明した。

「昨日のことだったら、僕、説明しておいたけど」太一はそう言うと、顔を伏せてしまう。

「おい、なんだよ、昨日のことって」玲奈がきいた。

「昨日、みんなと別れたあと、帰ろうと思ったら、工場の前に、染川《そめかわ》の車が駐《と》めてあるのを見つけて……」

「ソメカワ？」

「えっと、お祖母様の運転手」

「あのいかれた野郎」玲奈が舌を鳴らす。

「それで、変だと思って引き返したんだ。そうしたら、みんながトンネルに入っていったあと、染川が鍵をかけていた」

「あ、やっぱり！　あいつの仕業かぁ」玲奈が息を吐いた。「こうなったら、もう直《じか》談判《だんぱん》してやる。ちくしょう！」

「いや、染川も、きっとそんなに悪気があってしたことじゃないと思うんだ」

「馬鹿言え。悪気がなくてあんなことができるか？」玲奈は太一に詰め寄った。「閉じ込められたままだったら、死んでいたかもしれないんだぞ。立派な犯罪じゃないか、殺人未遂、少なくとも監禁罪だ」

「うん、それは、その、僕が謝るよ。あいつさ、ちょっと知恵が足りないから、軽い悪戯《いたずら》のつもりでやったんだと思う。きっと、トンネルにはほかに出口があって、少し苦労をさせてやろう、というくらいの気持ちだったんじゃないかな」

「じゃあ、鍵を開けてくれたのは、君だったんだ」郡司は言った。

「うん。染川が立ち去るのを待ってから」

「なんだぁ、じゃあどうして、ここそ逃げたんだよぅ」玲奈がきいた。

「だって、花梨さんがいたから……。僕が出ていったら、話が拗れるかと思って」

「あ、そうか……」玲奈は口を窄《すぼ》めた。「まあ、そこんところは、お前にしては、なかなか賢明な判断だ」

「どうして、その人は、嫌がらせをしたわけ?」郡司は尋ねた。

「たぶん、お祖母様に命令されているのか……」太一は答える。「単にお祖母様が口にしたことを、真に受けて、手柄を立てようとしてるのか」

「手柄」栗城が呆《あき》れて言葉を繰り返す。

「恐い思いをさせて、村から出ていくようにできないもんか、くらい言ったとか」太一の声が小さくなった。

「ああ……、なんという安直な」郡司は思わず評価をした。

「これはますます、会って、ちゃんと話さないと」栗城が言った。

「いえ、お祖母様には、僕が説明しました」太一が慌てて言った。

「何を?」玲奈がきく。

「うん、だから、郡司さんたちは、べつに、花梨さんのお婿さんでもないし、隠れ絡繰りを探しにきたわけでもないって。工場跡地に興味があって、あそこにあるみたいな歴史的資料で博物館を作ったら観光資源になるんじゃないかって話していたよって」

「へえ……、なんか、お前、それ、都合良く脚色してない？」玲奈が言う。

「でも、それで、お祖母様の機嫌も直ったようだから、もう、大丈夫だと思う。だから……、もう、会わなくても……」

「いや、それが、隠れ絡繰りを探したくなったのは事実なんだし、やっぱり会ってみないと……」郡司は言った。

「おう、私も久しぶりに会ってみたくなってきたぞぅ、あのくそばばあに」そう言うと、玲奈はコーラを口につけて飲んだ。「よおしぃ！　いったろかぁ！」

6

川沿いの道には、珍しくガードレールがあり、鉄筋コンクリート造の建物や駐車場もあって、多少は近代的な雰囲気だった。川の両側に石垣が積まれていたが、そのほとんどは苔《こけ》に覆われている。しばらく歩いていくと、人だけが渡れる吊り橋が架かり、対岸にも旅館らしき大きな建物が見えた。道路沿いには土産物屋が並んでいる。ちらほらと観光客らしい人々も歩いていた。しかし、賑やかというほどでは全然ない。今どきはシーズンではないだろうか。いずれにしても、寂れた温泉街であることはまちがいなさそうだ。

法被《はっぴ》を着た男が、提灯《ちょうちん》の飾り付けをしていたが、その建物の中へ、山添太一は入っていく。鉄筋コンクリートの大規模な構造物で、玄関の中も広かった。艶のある木材の看板に《風車荘》とある。紫色の暖簾《のれん》には風車《かざぐるま》の紋が描かれていた。山添家の家紋だろうか、それとも、この旅館の商標だろうか。

着物をきた女性が、太一を笑顔で出迎えたあと、こちらをちらりと見て、瞬《またた》いた。それから、玲奈をじっと見つめ、驚いたように目を見開く。

「あ、あの、失礼でございますが、なにか、お間違いなのでは？」彼女が言った。

「いや、この人たちは、お祖母様に会いにいらっしゃったんだ」太一が説明した。

「僕が案内するから」

「あ、あの、おぼっちゃま、でも……」

さらに、奥から何人か出てきたが、既に、玲奈は靴を脱いで上がっていた。大勢に睨まれているのは、玲奈のようだ。郡司と栗城も一度だけ頭を下げ、靴を脱いだ。

「スリッパを使っても、よろしくて？」玲奈が顎を上げてきいた。

「どうぞ、お使い下さいませ」着物の女が言った。「あとで、ちゃんと始末いたしますので」

「それは、どうもご親切に」玲奈は微笑んだ。

ロビィから幅の広い階段を上がっていく。艶のある木製で、ぎいぎいと音が鳴った。四人が上がっていくと、後ろから女たちの声が聞こえてきた。

「どういうつもりなんだろう」

「手に負えないお転婆だって、本当だったんだね」

たぶん、聞こえるように話しているのだろう。

二階の廊下を奥へ進む。やはり途中で掃除をしている女性が数人いたが、一様に目を見開いて立ち尽くす。その横を、太一、玲奈が通り過ぎ、少し離れて、頭を下げつつ、郡司と栗城が続いた。

「この旅館も良い感じだなあ」栗城が後ろで囁《ささや》いた。「ほら、ここから旧館だね。木造になった。写真が撮りたいよ」

「今は、辛抱した方が良さそうだ」郡司はアドバイスした。「なんか、揉め事でも起こそうものなら、座敷牢《ざしきろう》とかに入れられそうだな」

「うん、床がぱっと開いて、穴の中へ落とされるかも。そんな罠《わな》が仕掛けてあったりするんだよな」

「壁が回って、忍者が現れるとか」

何度も角を曲がり、高さも上がったり下がったり、と通路は続く。増改築を繰り返したことは明らかだ。片側にはときどき窓が現れ、中庭や山手の緑を望むことができた。反対側には襖《ふすま》があったりドアがあったり、そして何某《なにがし》の間と記された表札がその上に掛かっている。

突き当たりは、白い壁だった。大きな扉が閉まっていた。黒い鉄板に覆われた重そうな扉である。そこを太一が引き開けた。壁の厚さがもの凄い。

「何だ、これは……、あ、蔵かな?」

「ええ、そうです」太一が振り向いて答える。「もともと、蔵だった建物を改造して、連結したんですよ」

その部屋の中は、雰囲気ががらりと変わっていた。壁には、赤い布が張られている。天井からは、細かい飾り付けが垂れ下がっていて、それらがきらきらと光を反射した。不思議な匂いが立ち込めている。香を焚いているのだろうか。中央部に階段があり、見上げると、カラフルな欄間のような飾り付けの向こう側に、誰かがいるようだった。動いている。しかし、空気が白く煙っているのでよく見えない。

「何、これ……」玲奈が小声で呟いた。

「誰だい？」奥から嗄《しわが》れ声が聞こえてくる。

「お祖母様、僕です、太一です」階段の下に立って、太一が答えた。

「おお、太一か」声は一オクターブほど高くなった。「よしよし、今下りていくよ、待ってて」

「お祖母様に会いたいという人を連れてきました」

「え？」

煙の中から、着物姿の山添千都が姿を現した。長いキセルのようなものを片手に持っている。頭の毛を上に引っ張り、そこに鳥の羽のようなアクセサリィをつけていた。着物は赤というよりはピンクで、袖口にだけ、真紅の布地が覗《のぞ》いている。

「誰だい？」

「こんにちは、はじめまして。郡司といいます」

「僕は、栗城です」

「ああ、ああ、真知のところへ来たという、大学生だね」千都はそこで鼻から息を吐いた。笑ったように見える。しかし、つり上がった目は、二人をじっと睨みつけたままだ。「ああ、昨日のことならば、うん、太一から聞きました。ちょっとした誤解があったようだね。それは謝ります。どうか、許してやっておくれ。それで……、えっとぉ、そちらにいる、あんたは誰だい？」

「私は、真知玲奈です」玲奈が答える。さすがの彼女も少し緊張しているようだった。

「何？」千都の額の皺《しわ》が深くなった。彼女はじっと玲奈を睨み、それから、階段をゆっくりと下りてきた。手摺《てす》りに寄りかかるような斜めの体勢だったが、玲奈を見据えた目だけは、微動だにしなかった。

「あの、お祖母様……、玲奈さんは僕の友達です」太一が弱々しく言った。

千都は、ついに階段を下りきり、玲奈の方へ一歩近づく。距離は二メートルほどになった。

「ほう……、これは、久しぶりだわ。大きくなったねぇ。妹の方だね？　うん、姉さんによく似ている」

「お久しぶりです」玲奈は頭を下げた。

「なかなか度胸が据わっているじゃないか」千都はにやりと笑った。「男だったら良かったのにねえ。跡取りがいなくて、真知家は大変だ」ふっと彼女から視線を逸《そ》らせ、千都は、郡司たちの方へ近づいた。「で、何だい？　この千都に、何の用事だい？」

「はい、真知源治郎さんが、山添千都さんに会って話を聞いてはどうか、と勧めてくれたんです。僕たちは、もともとは、廃業した工場について調査をしにきただけでした。たまたま、真知花梨さんと同じ大学で、それで、彼女のところに泊まらせてもらうことになっただけです。でも、昨日、玲奈さんに工場を案内してもらって、奥の社へも行きましたし、儀貝機九朗の石碑も見せてもらいました。そこで、隠れ絡繰りの言い伝えを聞いたんです。だから、それは昨日初めて知ったことです。でも、せっかくだから、そちらについても、これから調べてみようと思います。もしかしたら、発見できるかもしれません。そうすれば、真知家にも、それに山添家にも、どちらにも悪いことではありませんよね？」

「さあね……」千都はキセルを口にくわえ、そのあと煙を口から細く吹き出した。「真知家は左前《ひだりまえ》だから、そんな昔の宝を掘り出そうとしているのかもしれないが、うちは、べつにどうってことはない。そんなものに、さほど興味はないよ」

「でも、邪魔をしたじゃないですか」玲奈が早口で言った。

「邪魔などしていない」千都は首をふった。「いい加減なことを言うもんじゃないよ。まあ、たしかに、うちで働いている者たちは、どういうわけか真知家のことを良くは思っていないようなんだ。ずうっと昔からそうだったね。それは、たぶん、そちらの家の使用人たちも同じことだろう？　え、どうだい？」千都は玲奈を睨みつけてにやりと笑った。「しかしね、私はなんとも思っちゃいないよ。太一だってそうだ、ちゃんと仲良くしているのだろう？　そんなちっぽけな人間じゃないよ」彼女はふっと煙を吐いた。「私は、もうあまり商売のことには口を出さないようにしている。下の者に任せているんだ。細かいことをいちいち主人が言っちゃあいけない。任せておいた方がうまくいくのさ。だからね、お嬢ちゃん、そんな反抗的で下品な口の利き方はよした方がいいだろうね。そんなふうじゃあ、真知家の品格に関わるよ。え、違うかい？」

「ごめんなさい」玲奈は頷いた。「言い過ぎたかもしれない。でも、昨日の夜は、トンネルに閉じ込められたんですよ」

「ああ、それは、さっき謝っただろう？　うん、うちの若い者が先走ったことだ。どうか許してやっておくれ。真知家が、隠れ絡繰りを見つけ出して、両家の宝物を独り占めにしようとしている、と勘違いをしたらしい。そんなことになったら、真知家は、あの工場跡地を売らなくなってしまうかもしれない。そうしたら、遊園地の計画もおじゃんになってしまう。それでは、ここの旅館関係者には痛手になる。自分たちの首がかかっているのだ、とそう考えたんだろうね、浅はかじゃないか」煙とともに千都はくくっと笑う。「しかしねぇ、人間誰しも、素直に自分の身が可愛いもんだ、え、違うかい？　どうして、その素直な感情を責められようか。可愛いものじゃないか、と笑ってやれば良いのさ」

「あの山は売らないと思います」玲奈は言った。「先祖代々、真知家の山なんです」

「うん、よしよし」千都は微笑みながら頷いた。「無理に取ろうなんて言っているんじゃないよ。私はね、あれを買って下さい、と頼まれたら、それは同じ村の者のよしみで、引き受けましょう、と言っているだけのことだ。うん、まあ、子供には、少し難しい話かもしれないね」

「僕たちが隠れ絡繰りを探すことは、問題ありませんか？」郡司は尋ねた。

「何の問題があろうか」千都は大きな口を横いっぱいに広げて笑った。「ただし、山添のものは山添のもの。万が一、隠れ絡繰りが出てきた場合には、その道理は忘れるでない」

「でも、そんな昔のことですから、どんな財宝が、どちらの家のものかなんて、わかりますか？」

「それは、わかるさね。当時から、両家はそんなに親しかったわけじゃない。いや、むしろ今以上に対立しておったはず。であれば、たとえひとところに財宝を集めたとしても、ちゃんと後世の者に区別がつくよう、別々に分けて、明らかにしておくはずだ。え、違うかい？」

「なるほど。それはそうですね」郡司は頷いた。「素晴らしい推理だと思います」

「ここを使って探すんだよ」千都は頭の横に人差し指を当てた。「やみくもに探したって、出てくるものじゃない。私はね、昔からそう言っているんだ。なのに、誰も見つけられないじゃないか。知恵が足りないんだ。しかし、今年はついに二度めの丙戌《ひのえいぬ》だ。もう、探さなくとも、絡繰りは自分で現れる」

「現れますか？」

「現れるとも。一度めの丙戌のときにも、皆が隠れ絡繰りのことで大騒ぎしたのだよ。どこかで動きだすんじゃないかってね。しかし、なにも起きなかった」

「見つかるという意味ですか？　それとも、今年、自動的に動きだす、ということですか？」

「うん、動くさね」

「でも、機械が壊れているかもしれません。百二十年のうちに」

「そうなれば、元の木阿弥《もくあみ》。なにもかもが無に帰すというわけだよ」千都はにやりと笑い、また煙を吹き出す。

「動きだす確率はどれくらいでしょうか？」郡司は尋ねた。

「は？　確率？」千都は難しい顔で首を傾げた。

質問が唐突すぎたかもしれない。あるいは、理系すぎたかもしれない。郡司は後悔した。

「用件はそれだけかい？」

「はい、どうもありがとうございました」

彼女は、玲奈の方へ視線を向け、じっと見据えたまま、キセルをふかせる。

「お嬢ちゃんの方は？」

「いえ、べつに……」玲奈は口を尖らせる。「私は、二人を案内してきただけですから」

「大変参考になりました」郡司は頭を下げた。「ここへ来て良かったです」

「うん、若いのに、なかなかしっかりしているじゃないか。それじゃあ、一つだけ良いものを見せてあげよう」

千都は階段の後ろへ回り、部屋の奥へ入っていく。四人はしばらく待った。奥でごそごそと音がしている。蔵の一階は、大きな箱が沢山置かれているが、おそらく収納ケースなのだろう。それらの陰に隠れ、千都の姿はまったく見えなかった。

「そんなに悪い人じゃなかったね」玲奈が小声で言った。

「うん」太一が嬉しそうに頷く。

千都が小さな箱を持って奥から現れた。

「ほらほら、これだよ、これだよ」彼女は、郡司たちの前にそれを差し出し、箱の蓋を開ける。

細かい絵が描かれた黒い漆塗《うるし》りの綺麗な箱だった。中には金色の鍵が一本だけ入っていた。

「この鍵を持って、間欠泉へお行き。太一、知っているね？　間欠泉の裏に湯の神様のお堂がある。その中にこれで開く小さな扉があるから、開けてみなさい。鍵をなくすでないぞ。見たら、またちゃんと鍵を閉めて、ここへ返しにきなさい」

千都は箱から鍵を取り出して太一に手渡した。

「これは、山添の家の者は、皆、知っている。太一もまだ小さい頃に一度見せてやったことがある。覚えているかい？」

「ううん」太一は首をふった。「覚えていないよ」

「なんだ、頼りのない跡取りじゃな」千都はむっとする。「それでは、良い機会だ、しっかりと見てきなさい」

7

通路を黙って歩き、階段を下りていくと、ロビィでは二十人ほどが彼らを睨みつけていた。

「どうも、おじゃましましたぁ」栗城が震える声で言った。

靴を履いて道路に最初に出ていったのは、玲奈だった。やはり、この建物の中にいたくない、と一番感じたのは彼女だったのだろう。ところが、

「きゃあ！」という悲鳴。

郡司が外へ飛び出すと、正面に玲奈が仁王立ちになっていた。駆け寄ると、彼女は目を見開き、鼻から短い息を吐いた。

「どうしたの？」

「これ」玲奈は脇腹のＴシャツを引っ張った。濡れているのがわかった。

郡司が振り返ると、玄関脇にバケツがあって、柄杓《ひしゃく》がそばに落ちていた。

「逃げてった」彼女は舌打ちする。「あいつ、染川だ。ちきしょう……」

水をかけられた、ということらしい。もしかしたら、玄関先に水を撒《ま》いていただけで、わざとではないかもしれないが、それならば、謝るのが普通だ。たぶん、その確率は低いだろう。

「まあ、ここは、我慢した方が良い」郡司は彼女に囁いた。

玲奈は大きく息を吸ってから、胸にぶら下げているコーラのキャップを捻り、ボトルを傾けて一口飲んだ。

「あぁ」彼女は溜息をつく。「そうだね」そして、微笑んだ。

栗城と太一も玄関から出てきた。

「どうしたの？」太一がきいた。

「なんでもないなんでもない」玲奈がスキップするように道へ出ていった。

「どこに、間欠泉なんてあるの？」郡司は太一に尋ねた。

「あちらです」太一が指をさす。

「地元の者は、欠陥泉って呼んでるやつ」玲奈が言った。

「ケッカンセン？」

「だって、出たり出なかったり、調子が悪いんだもん」

「それは、間欠泉なら、普通のことじゃあ……」

四人は、道を下って歩いていく。途中から谷を離れ、急な上り坂になる。最後には絶壁が現れ、細いジグザグの階段が上へ続いていた。その岩場を上っていく。そのあたりになると、もう近くには建物はない。上に出ると大木が密集し、木陰が涼しかった。自然歩道のように道が人工的に造られ、案内の看板も立っている。しかし、歩いている観光客は一人もいない。

左手には、さらに階段を上ったところに、休憩所のような小さな屋根が見えた。一息ついてから、四人はそちらへ向かう。玲奈が先頭で、彼女は身軽に駆け上がっていった。

「おう、見晴らし満点。早く早く」上で呼んでいる。

「ああ、息が切れるなあ」栗城が言う。「歳かな」

「うん、まだまだ若いもんには負けられんぞう」郡司は言った。

がさがさっという人が走る音が上から聞こえた。郡司が、ちょうど上まであがったときだ。

玲奈の背中に、誰かがぶつかるように襲いかかった。

「わぁ！」玲奈が声を上げて、その場に蹲《うずくま》る。

栗城と太一が急いで階段を駆け上がってきた。

しかし、玲奈の後ろに立っているのは真知花梨だった。

「ああ、お姉ちゃんか……」振り返って、見上げる玲奈。「びっくりしたぁ。どこにいたの？　やめてよぅ、もう脅かすのぉ」

「訓練だと思いなさい」花梨が微笑む。「貴女も、少しは肝が据わってきたんじゃない？」

「おかげさまで！」

「そうそう、その調子その調子。で、どうだったの？　千都さんに会えたの？」

「全然大丈夫だったよ」

どうも、キャラクタのよくわからない姉妹である。まだまだ奥が深そうだ、と郡司は思った。隣の栗城も唖然《あぜん》とした顔で固まっていた。

「あ、えっと」花梨が太一に気づいた。「もしかして、山添……」

「太一です」彼は花梨にぺこんと頭を下げた。

「玲奈と同じ学年の？」

「はい」

「あら、そう……、妹がお世話になっております」花梨は上品に頭を下げた。「どうかよろしく」

「いっちゃってる人でしょう？」玲奈が顔をしかめて小声で言った。

郡司たちは、千都からきいた話を簡単に花梨に説明した。

「それで、こんな方へ行こうとしているわけね」

「お姉ちゃん、どこから来たの？」

「ん？　吊り橋の向こうで、旅館を見張ってたら、みんな、こちらへ歩いていくから」花梨は指をさす。「あそこの獣道を駆け抜けて、そこの水道橋を渡って、上がってきたの。凄いでしょう？」

「もの凄いと思う。誰も真似ができないと思う」玲奈が言った。

花梨は短いワンピースに日よけの大きな帽子を被《かぶ》っていた。そんな格好で林の中を抜けてきたのだろうか。たしかに想像を絶するというか、想像図が頭からしばらく消えないというか、そんな印象だった。郡司も栗城も黙っていた。

その花梨が駆け上がってきたという小道を下っていくと、滝があった。川の向こう側へ渡る細い橋がある。下に太いパイプが通っていた。水道橋と呼ばれているのは、そこに水道が通っているからだろうか。その手前にちょっとした広場があって、大きな岩の周囲に鎖の柵が巡らされていた。奥の樹々の間にさらに道があるようだが、陰になって暗い。

「それにしても、誰もいないね」栗城が言う。

「うん、流行《はや》っていないね」郡司は山添太一に尋ねた。「お客さん、やっぱり少ない？」

「普段はほとんど誰も来ません。昔から馴染みの客が、ときどき来るだけです」太一は答える。

「斜陽だよね」玲奈が言った。「真知家も危ないけど、山添家だって、人のこといえないんじゃない？」

鎖の中に立て看板があって、間欠泉と三文字だけ書かれている。シンプルなものだ。

「え、これ？　これが間欠泉？」栗城が尋ねた。「どこから出るの？」

「この岩の上からです」太一が答えた。

「へえ……」栗城が背伸びをして上を見ようとしたが、もちろん、そんな高さではない。

「どれくらいのインターバルで出るわけ？」

「決まっていません」太一が説明した。「何日も、出ないこともあるし、誰も見ていないから、いつ出ているのかもわかりません」

「出るところを見た人はいるの？」郡司は尋ねる。

「私はないわ」花梨は言った。

「えっと、僕も一度もありませんよ」玲奈が言う。

「じゃあ、本当にお湯が出るのかどうかも、わからないんじゃない？」郡司は少し可笑《おか》しくなった。

「いや、目撃証言はあるんです」太一が弁明する。

「そういうのって、間欠泉っていうのかな」郡司は苦笑いして言った。「単なる迷信というか、幽霊と同じみたいな……」

「ええ、だから、間欠泉ではなくて、欠陥泉なんだよ、これは」玲奈も主張する。

「温泉の人たちは、認めたくないでしょうけど。パンフレットに書いてあるもんね」

「見たことがないといえば、えっと、お戌様だっけ？　それも、箱の中にいて、滅多に出てこないとかって……」郡司は昨日の花梨の話を思い出した。

「あ、あれもそう、私、見たことない」玲奈がすぐに言う。

「私もない」花梨が言った。「十二年まえに見たという人はいるけれど」

「え、十二年?」郡司は首を傾げる。

「そうか、戌年だから」栗城が言った。「千都さんもさっき、丙戌とかって言っていたね。この辺では、戌年にちなんだものが多いのかな」

「あ、そうそう、戌年に生まれると、お祭りのことで、いろいろ役目が回ってきたりするんだよね」玲奈が言った。「うちのお祖父様も、戌年だから」

「お祖母様も戌年だよ」

「え、じゃあ、二人とも、えっと、六十?」栗城がきいた。

「違う違う、今年で七十二」玲奈が言う。「さっきもさ、まえの丙戌の話をしていたでしょう? 六十年まえに、十二歳だったわけね? お祖母さん」

「そうだよ」彼女にきかれて、太一が頷いた。

「儀貝先生も戌年だよ」玲奈が言う。「今年、年男だって言ってた。えっと、三十六かな」

「四十八じゃない?」太一が言う。

「違うって、三十六だよ」玲奈が言い返す。

「どっちでも良いけどさ、えっと、どこに、その、湯の神様のお堂だっけ……」郡司がきいた。

「こっちです」太一が先へ歩きだす。

間欠泉の大きな岩を迂回《うかい》して奥の小道へ入っていく。急な上り坂が樹々の間を抜け、後半はまた石積みの階段になった。ずっと水が流れる音が聞こえる。道は滝の上に出るようだった。

森林の地面は今も枯葉で覆われている。ひんやりと空気が冷たい。林の先に明るい場所が見えてくると、水の音が近くなった。

左手に崖《がけ》が迫り、そこにも小さな滝があった。水の落下高は三メートルほどだが、さらにその上にも、奥へ下がったところにもう一段見える。滝壺《たきつぼ》を左に見て、木橋を渡った。あたりは鬱蒼とした森林である。しかし右手に、地面に細かい日が届く場所があった。そちらへ小道を歩いていくと、やがて黒い小さな小屋のようなものが見えてくる。

「あれです、湯の神様」太一が言った。

「湯の神ってことは、温泉の神様なんだね」郡司は尋ねる。

「はい。うちは、お盆とお正月には、ここにお参りします」

「へえ、こんなとこ、知らなかった」玲奈が周囲を見回しながら言った。「あんまり、こっちへは来ないからなあ。私の縄張りじゃないいんだよね」

お堂の扉を開けて中に入った。それほど古い建物ではなさそうだった。基礎はコンクリートで作られている。

室内は八角形で、中心に階段状に木の台が作られ、そこに、供えものが置かれていた。箱に入っているもの。籠《かご》に入っているもの。しかし、仏像のような拝む対象はなさそうだった。その台の裏へ太一は回り、そこで跪《ひざまず》いた。

低い位置に小さな扉があった。太一は片手に鍵を持っている。祖母から預かった金色の鍵だ。周囲はコンクリートで、扉だけが金属製だった。

「ここ、造られたのは、最近だね」栗城がカメラで撮影をしながら尋ねた。

「築、三十年ってところかな」郡司が言った。

「そういうの、最近って言うの？」玲奈は太一の後ろから覗き込んでいた。

「この近辺も、まだまだ素敵な自然が残っているわね」花梨はまだ戸口に立っている。涼しげな表情だ。「野鳥が沢山いるんですよ」

「開きました」鍵を差し入れていた太一が言った。

小さな扉を引き開ける。高さは七十センチほどしかない。中は暗く、よく見えなかった。

「懐中電灯」郡司が言う。

栗城がデイパックから素早くそれを取り出した。中を照らしてみると、そこにあるのは地面だ。つまり、お堂の下の地面が見えるだけだった。土というよりは砂である。

「なんだ、これ」郡司は言った。

「砂場か？」

「砂の中に、なにか埋まっていない？」花梨もこちら側へやってきて、後ろから覗き込んでいる。

郡司が床に這《は》い蹲《つくば》り、中へ頭と腕を突っ込んだ。砂は乾いていて、すぐに退けることができる。砂のすぐ下に、硬い地面があることが手応えでわかった。

「あ、ここになんかある」

手を動かして砂の中を探っていたところ、ほぼ中央部に四角い石を見つけた。周囲の砂を払い除けてみる。

「石碑だ」郡司が言う。「ちょっと、照らしてくれ、ここ」

栗城が肩越しに懐中電灯を差し入れる。郡司の手もとが明るくなった。

「あぁ、まただ」郡司は声を上げる。

「なんだ、どうしたんだ？」

「ここにも、あのマークがある」

「あのマーク？」

「これもたぶん、礒貝機九朗の石碑なんじゃないかな」

郡司は一旦立ち上がり、栗城が交代した。彼は、写真を撮るために、かなり長い間、床に俯《うつぶ》せの姿勢で、頭を中へ突っ込んでいた。

そのあと、玲奈と花梨も膝を折り、中を覗いた。太一も、こんなものがあるとは知らなかった、と話した。

栗城が撮影した写真を、モニタに表示させて、みんなでもう一度確認する。石碑に記されているマークはやはり四つだった。

「少し違うな」郡司が言う。「似ているけれど」
「全然違うよ」栗城も言った。「ただ、同じ作者が造ったものだってことはまちがいない。石碑の大きさとか、材質がまったく同じみたいだし、マークの雰囲気も似てい

る」

「お呪《まじな》いかしら」花梨が言う。

「ま、そんなところでしょうね」栗城が頷く。

「この村に、こういった紋章か、商標の店とか、ない？」郡司は尋ねた。

「さあ……」花梨は首を傾げる。

扉を閉めて、太一が鍵をかけた。郡司は天井を見上げて、構造を観察した。

「石碑が見つかったから、この場所にお堂を建てたんじゃないかな」郡司は考えを話す。「うーん、しかし、これは、なかなか面白くなってきた」

「え、どう面白くなった？」花梨が尋ねた。

「いや、全然、皆目なにもわからないけれど、謎が謎を呼ぶ展開というのか……」郡司はメガネを持ち上げる。「まあ、ある意味、挑戦されたような……」

「誰に、挑戦されたって？」栗城がきいた。

「儀貝機九朗だよ」郡司は答える。「このマークこそ、時を越えた挑戦状にちがいない」

「そうかな、単なる魔除《まよ》けか、それとも落書きじゃあ」栗城が溜息をつく。

「あぁあ、こんなことで、隠れ絡繰り、見つかるかなあ」玲奈は既にお堂の外に出ている。コーラを口にくわえて傾けた。「ふう……、まあ、百二十年も見つからなかったんだもん、私たちがちょっと探したくらいで出てこないかぁ」

第３章　あるかないか、それが問題では

　一般に、存在を証明することは、存在しないことを証明するよりもはるかに容易である。ただ一つそれを見つけ出せば良い。ただ一度それを目撃し、ただ一度それに触れれば良い。それが存在の証明になる。しかし、存在の証明ができないというだけでは、存在しないことの証明にはまったく不充分なのだ。それゆえに、悪魔、天使、精霊、霊魂のたぐいの存在を信じる人々が絶えない。

1

　四人は来た道を戻り、温泉街を再び歩いた。山添太一は、自分の旅館の前まで来ると、丁寧にお辞儀をしてから中へ入っていった。あの祖母の千都に鍵を返しにいったのだろう。

「さっき、水をかけられたんだよ」玲奈が言った。

太一がいる間は、彼女はその話をしなかったのだ。

「あ、なんか、声が聞こえたの、そうだったのか」栗城が言った。

「私、見てたよ」花梨が言う。

「あったま来るよな」歩きながらも、玲奈はまだ、風車荘の方を睨みつけている。

「でも、すぐに逃げていったじゃない」花梨は笑顔である。「逃げていくっていうのは、悪いことをしたって、自分でわかっているってことでしょう？」

「こそこそして、大っ嫌い、ああいうの」

正午に近い時刻になっていたので、食事をすることになった。しばらく歩いたところにある蕎麦《そば》屋に四人は入った。

「あっらぁ……、真知さんとこの！」出てきた年輩のメガネの女性が、花梨を見て目を丸くする。「まあ、ひっさしぶりでない？　あっらまあ、ボーイフレンド？」

「お久しぶりです」花梨は上品に頭を下げる。このあたりの切り換えというか、堂に入った仕草が、なかなか真似ができないところである。

「おばさん、私も久しぶりだよぅ」玲奈が前に出る。

「ああ、あんた、下の子？」

「こんにちは」

「大きなったねぇ」彼女は奥へ向かって叫んだ。「ちょっと、あんた！　出てきんさいな、真知さんとこの、お嬢さんが二人も揃《そろ》って来られたで」

　奥から白い前掛けをした男が顔を出した。

「おお、花梨さんかい。これは、まあ、べっぴんさんになったで」

　そのあと五分ほど、郡司と栗城を完全に無視した会話がなされたため、食べるものを決める時間はたっぷりとあった。四人とも、山菜山掛け蕎麦を注文する。

「村で外食するなんて、ありえないもんね」玲奈が言った。「なんか新鮮」

「これから、どうするの？」花梨が尋ねた。

「礒貝先生のところへ伺おうかと」郡司はそう言って、玲奈を見る。「突然行っても、かまわないかな？」

「あ、そっかぁ、電話しておこうか？」彼女はさっと立ち上がった。「ちょっと失礼」

　席を離れ、玲奈は店の外へ出ていった。すぐに、彼女が話す高い声が聞こえてくる。

「郡司君と栗城君、なにか思いついた？」花梨は二人を見比べるように交互に視線を向けた。「隠れ絡繰りのこと」

「いや、だって、まだ昨日聞いたばかりだし」郡司は言う。「もう少し情報を集めてみないと」

「今まで、村の誰も見つけていないものを、部外者の僕たちが見つけられるかなぁ」栗城が手拭《てぬぐ》いで顔をふきながら言った。「僕たちが有利な条件って、特別にないわけだし」

「だけどね、ツタンカーメンだって、イギリス人が発見したじゃない」花梨が言う。

「地元の人も、それに墓荒らしの泥棒も、何千年も見つけられなかったのに」

「あれだって、何年も方々を掘り続けて、ようやく発見したんじゃなかったっけ」栗城は郡司を横目で見た。「やっぱり、どこかに埋まっているって感じなのかな。ね、どんなふうにイメージしている？」

「そうだなあ、そっくり地面に埋めてしまうってことは、ないんじゃないかな」郡司は考えながら答える。「地下だと、水に浸かってしまう心配があるから、大雨のときでも大丈夫なように、水捌《は》けが良い場所に設置しないかぎり、難しいと思う」

「かといって、建物の中にあったんじゃあ、すぐに見つかってしまうよね」栗城が言った。「となると、やっぱり山の上とか、それとも、洞窟みたいな秘密の場所とか」

「滝の裏とかは？」花梨が言った。

「え、そんな場所があるんですか？」栗城が身を乗り出した。

「いえ、よく映画で出てくるでしょう？」

「なんだ」

玲奈が戻ってきた。

「先生いたよ。大丈夫だって」腰掛けながら彼女は言う。「温泉の近くにいるって言ったら、御手洗団子《みたらしだんご》を買ってこいって、命令されちゃった」

「あ、お土産だね」郡司は頷いた。「お金は僕たちが出す。あ、ここのも、もちろん僕たちの奢《おご》りで」

「え、本当に？　わぁ、ラッキィ」玲奈が両手の指を二本ずつ立てて言った。

「いえ、そんなのは……」花梨が首をふった。

「大丈夫大丈夫、それくらいはさせてもらわないと。泊めてもらったうえ、あんなご馳走《ちそう》をいただいて……」

「でも、隠れ絡繰りを見つけてもらえるかもしれないんですもの」花梨はにっこり微笑んだ。「私は、正直に言うと、そんな機械が本当にまだ機能しているなんて思えない。でもね、たとえ壊れていたとしても、見つけ出すことができれば、みんな元気が出るわ。村の復興にはなると思うの」

「たしかに、ちょっと寂れている感じではあるかも」郡司は言った。それから、声を潜《ひそ》める。「ここだってさ、お昼時だっていうのに、僕たち以外に客がいない」

「今朝、お父様とお話をしたんだけれど、このところ、何人か工場跡地を見にくる人がいたそうだって」花梨が話した。「たぶん、郡司君たちが持っていた、あの雑誌の記事を見て来たんじゃないかしら」

「そういう人たち、あの旅館に泊まっていったのかな」栗城が言った。

「いえ、泊まらないと思うわ」花梨は首をふった。「今は、自動車で来て、写真だけ撮って、帰っていってしまう。こんなところに宿泊するようなことは、まずないんじゃないかしら。一番賑《にぎ》わうのは、紅葉の季節だけれど、それでも、年々人出は減っているそうだし」

「難しいよね、あまり大勢が詰めかけて自然が破壊されるのも困るし」郡司は言う。

「かといって、人が来ないとやっていけない商売もある」

奥からお盆に蕎麦をのせて、年輩の夫婦が出てきた。

「はい、お待ちどおさまです」

テーブルにどんぶりを並べたあと、主人の方はすぐに引っ込んだが、女将《おかみ》はにこにこと四人を眺めている。話がしたそうな雰囲気だ。

「お戌《いぬ》様のお祭りで、来なさったかい？」彼女はきいた。「今年は本戌だで、いつもより盛大になるでね」

「盛大っていっても、知れてますよね」玲奈が言った。

「いいや、そんなことを言ったら、罰《ばち》が当たるで。若い人がもっと祭りに対して積極的にならな。で、あんたたちも、わざわざそれで、東京から？」

「え、僕たちですか？」女将と目が合った栗城が困った顔で郡司を一瞥《いちべつ》した。「いやあ、あの、僕らは、その、工場を見にきたんです」

「ああ……、このまえも、何人か来とったでね。ほう、あんなもん見て、何が面白いだかね」

「いや、面白いですよ」

「隠れ絡繰りを探しに来る人は、いませんか？」郡司はきいてみた。

「隠れ絡繰り？　ああ……」女将はそこで吹き出した。「あれは、言い伝えで、ほりゃあ、本気にしたらいかんで」

「そうですか」

「うん、まあ、そういうもんがあったかもしれんけどな、でも、もうとっくに失ってしまっとるで、どこぞに埋まっておるだけだわさ」

「それでも、そこに宝物があるかもしれないんでしょう？」栗城が言った。

「ま、それも、そういう言い伝えがあるだけだでなあ。ほう、まさか、あんたら、そんなことを本気にして、ここまで来なさったかね？」

「おい」奥から主人が呼んでいた。怒った顔で女将を睨みつけている。

「ほんじゃあ、ごゆっくりしていって下さいませ」女将はにっこりと微笑んで頭を下げた。

蕎麦は、出来立てで熱かった。味の方は、まあ期待どおりというか、それ以上でもなく、どこでも食べられる普通で無難な味だった。

2

儀貝家は、真知家に近い山手にある。昨日、儀貝と会った四本松の水車小屋の角を曲がらず、真っ直ぐに入った道だった。途中、鬱蒼《うっそう》とした竹林を抜け、さらに山が深まる手前に、今までこの村で見たうちでも最も古風な民家らしき建物が佇《たたず》んでいた。巨大な屋根は急勾配だ。その端は分厚く、切りそろえられた細かい草か木の枝のようなものの集合体だった。屋根自体に一メートル近い厚みがあるのだ。入口が開いていたので、玲奈が最初に中へ入った。

「先生！　来たよう！」彼女が高い声で呼んだ。「こんにちはぁ！」

「はーい」と遠くで返事が聞こえる。「裏におるで、こっち、こっちへ来てくれぇ」

四人は、一旦入った土間を通り抜け、裏口の扉を開けて、また屋外に出た。建物の裏手で、竹林の手前に平たい土地が開けている。さらに左手には平屋の粗末な建物が建っていた。粗末というのは、トタン張りの屋根や壁が、どことなく歪《ゆが》んでいて、今にも倒れそうな印象だったからである。

「こんにちは」郡司たちは、儀貝にお辞儀をする。

「おお、花梨さんか、久しぶりだね」儀貝は、真知花梨に目を留めて微笑んだ。

「ご無沙汰しております」彼女も頭を下げて微笑んだ。

儀貝は昨日と同様、汚い白衣を着ていた。ストーブと耕耘機《こううんき》が合体したような、見たこともない機械の前に立っていた。傾いた煙突から煙がもうもうと吐き出され、ぱちぱちと音を立てている。付近の地面には、薪《まき》が散らばっていた。夏なのに、外でストーブを焚《た》いているのだろうか。

「あれ、これ完成したんですか？」玲奈が尋ねた。

「うん、まだ調整をしているところだ。試運転だよ」儀貝は答える。

「何の機械なのですか?」花梨が尋ねる。

「これは、薪割り機だ」儀貝が答える。

「蒸気薪割り機だよね」玲奈が言った。

「ジョウキ?」郡司は一歩近づいた。「あ、蒸気エンジンで動くんですね?」

「そうそう、ここに薪を入れて火を燃やして……」儀貝は、ストーブのような部分を指さした。たしかに、火が燃えている。熱そうだ。「それでボイラの湯を沸かす。その蒸気の圧力でピストンを動かし、こっちの、ここで、斧《おの》が上下する」

「本当だ。薪割りをするんだ」栗城がそちらへ回って、覗き込んだ。「凄いなぁ」

「あ、そっちは危ないから」儀貝が言った。「今、稼働中だからね」

切り株のように丸くて大きな木の台の上に、短い丸太が立ててあった。機械が動きだし、十秒ほど唸ったあと、突然振動した。

「うわぁ、壊れそう」栗城が言う。

斧が振り下ろされた。置かれていた薪が両側に飛ぶ。割れたようだ。それが飛ぶから危ない、という意味だったようである。

「よし、成功成功」儀貝が嬉しそうに言う。

「薪を割って、どうするんですか?」郡司は尋ねた。

「ん？　だから、割った薪を使って、これを動かすんだよ」儀貝が答える。

「それじゃあ、なんか、意味がなくないですか？」栗城が笑った顔できいた。

「そうだ、それを教えるための教材なんだよ、これは」儀貝が話す。「似たようなことを、今、人間はしていないかい？」

「まあ、部分的にはあるかもしれませんね、たしかに」郡司は言った。

「先生、御手洗団子、買ってきましたよ」玲奈が持っていたビニール袋を持ち上げて言った。

「おお、そうかそうか」儀貝は軍手を脱いだ。「よおし、ではお茶を沸かさなくては」

「お茶を沸かすんじゃなくて、お湯を沸かすのでは？」玲奈が言う。

「そういう揚げ足取りをしては駄目だ」儀貝は、そう言いながら、建物の中へ入っていく。

「あ、私、手伝います」玲奈も飛び込んでいった。

栗城は、蒸気薪割り機を撮影していた。郡司は、庭の奥にある建物に近づいた。そちらにも、得体の知れない装置が沢山あった。開発に失敗した装置の残骸《ざんがい》なのか、それとも、完成が待たれる途中の状況なのか判然としない。一般の人の目には、粗大ゴミにしか映らない、ということは共通しているだろう。ただし、郡司には、どれも素晴らしく魅力的に見えた。自分も、田舎に籠もって、一人こんな生活がしたいものだ。そういったぼんやりとした憧れを以前から抱いている郡司であるが、ここにあるのは、具体例の一つだ、と直感できた。

建物の中に入り、靴を脱いで座敷に上がった。中央に囲炉裏《いろり》があるが、その横に低いテーブルが置かれていた。その周囲に座布団を置き、郡司と栗城、そして花梨が座った。天井は高く、外の光が方々から漏れている。雨漏りがしないのだろうか、と心配になるほどだった。

土間で湯を沸かし、お茶の用意をしていた儀貝と玲奈が、しばらくして加わった。急須《きゅうす》から湯飲みにお茶を注ぎ入れ、皆の前に玲奈が並べた。儀貝は既に美味《うま》そうに御手洗団子を食べている。

「先生、またお昼ご飯食べてないんでしょう?」玲奈が言った。

「ちょうど、腹が空いていたところで、助かったよ」儀貝は微笑んだ。「で、何をしにきたんだね、みんな」

昨日からあったことを大まかに説明した。主に郡司が話し、花梨と玲奈が幾度か補足をした。

「うん、なるほどなるほど」儀貝は頷く。御手洗団子は三本めである。「隠れ絡繰りを探し出そうとは、見上げたものだ。これまでにも、ことあるごとに皆に言っているのだが、誰も見向きもしない。物象部の部員でさえもだ」

「だってぇ、どこをどう探せっていうんです?」玲奈がきいた。

「それは探すまえに考えることだ」儀貝は言った。「そこが一番大事だと思うね」

「儀貝先生こそ、自分の先祖が作って隠したものなんだから、もっと率先して探したらどうなんですか?」

「うん、まあ、それは言えているな」儀貝は頷いた。「しかし、それが、難しい問題をはらんでいる」彼はゆっくりと首を左右にふる。「いいかい。僕が一人で探して、そして発見してしまったら、どうする?」

「どうするって?」首を傾げる玲奈。

「みんな、どう思う? 真知家の人や、山添家の人たちは、どう思う?」

「喜ぶんじゃない?」玲奈が答える。

「そうかな……。こいつは儀貝家の子孫だ。きっと知っていたにちがいない、と思わないか」

「思ったって良いじゃない」

「いやいや、そうなったら、出てきた財宝が、本当にそれで全部なのか、ちょろまかしているんじゃないのかって、きっと疑われることになるだろうね」

「そんな心配をなさっているのですか？」花梨が言った。「うちの者は、けっしてそんな……」

「お金が絡んでくると、ろくなことにはならないものだよ」儀貝は湯飲みを口につけ、音を立ててすすった。それから、窓の方へ視線を向け、目を細めて外を眺める。

「もちろん、協力は惜しまないよ。ただしかし、僕はね、隠れ絡繰りが見つかってほしいとは、正直思っていない。密かに隠れていたからこそ、今まで長くこうして語り継がれたんだ。絡繰りとは、元来そういうものなんだよ。仕組みがわからない。だから面白いんだ。中を開けてしまったら、もうそれは単なる装置、単なる機械にすぎない。夢から覚めてしまう」

郡司と栗城も御手洗団子を一本ずつ食べた。花梨は手を出さなかった。玲奈は胸にかけていたコーラを飲んでいたが、結局一本を手に取った。儀貝は既に四本を平らげている。

五人はお茶を味わい、会話はここで途切れた。儀貝が何度か溜息《ためいき》をもらす。郡司が沈黙を破った。

「あの、どうして、百二十年後、という設定にしたんでしょうか？」

「え？　いやあ……、僕がしたわけじゃないからね」

「でも、儀貝先生はどうお考えですか？」

「うーん、まあ、同じ丙戌《ひのえいぬ》の年にしよう、というつもりがあったんだろう。しかし、六十年では短すぎる。まだ生きている人間がいるかもしれない。百二十年ともなれば、人間の一生をはるかに超えた歳月になる。そういう時間の長さを選んだんじゃないだろうか」

「時間の長さですか、人生に対しての……」

「たとえば、インドの占星術では、運命のサイクルは百二十年とされている。ヴィムショタリー・ダシャーといってね。やはり、これくらいが人間が生きられる限界だ、と古来考えていたんじゃないかな。今でも、百歳を越えるお年寄りは何万人もいるけれど、百二十歳となると、あまり聞いたことがない。百二十というのは、十進法と十二進法が交わる数だし、沢山の約数を持つ数字でもある。自然にそれが選ばれたのではないだろうか」

「そういえば、十二支も、占星術の星座も十二か……、あ、そもそも一年が十二カ月だ」玲奈が言った。

「儀貝機九朗が遺したもので、この家に伝わっているものは、なにかありませんか?」栗城がようやく口をきいた。

「うん、それはもちろんある」儀貝は頷く。「主なものは、村役場に預けてある。しかし、あまり参考にはならないよ。コピィがとってあるから、あとで見せてあげよう。隠れ絡繰りを作るための図面というか、かなりまえの段階だと思われるスケッチのようなものが残っている。ただ、全体像はまるでわからない。もしかしたら、全然見当違いの図面かもしれないし」

「隠れ絡繰り、という言葉は、書いてあったのですか?」郡司は尋ねた。

「いや、それは、言い伝えであって、文章として残っているものは今のところ見つかっていない。だいたい、絡繰り関係の図面はほとんど残っていないんだ。やっぱり、そもそもあれは、秘密のメカニズムだったんだろう。極秘の技術だからこそ価値があったわけだ」

「儀貝機九朗が作ったといわれている、あの石碑は、誰が見つけたんですか?」栗城がきいた。「炭鉱の社に二つ、それから、さっき見てきましたけど、間欠泉の奥に一つ。あの三つですか?」

「あれを見つけたのは、僕の祖父だよ。戦後間もない頃で、戦地から引き揚げてきた祖父が見つけた、と聞いた。なんでも、戦争で捕虜になっていたときに、ふと子供のときのことを思い出したそうなんだ。お祖父さんの機九朗から石碑が村に三つあると、聞かされていたんだよ。ちょうど丙戌の年に、それを村の皆に知らせるようにって言われていたんだ」

「つまり、今から六十年まえのことですね？」

「そうなるね」

「一九四六年？」玲奈が首を傾げている。

「じゃあ、三つで全部なんですね？」郡司はさらに尋ねた。

「というか、一つは自分のサインだった。見たかい？」

「見ました。インキって書いてあるのですね」郡司は頷いた。「向こうの間欠泉の方も、そのとき見つかったのですか？」

「そうだと思う。それで、山の方は、真知家が社を近くに建てた。温泉の方は、山添家がお堂を造ってくれた、というわけだ」

「うーん、一方はお堂の外にあるし、もう一方はお堂の中心にありましたね。これは、どうしてですか？」

「まあ、それくらい、両家の考え方が違うというか、同じ事をしたがらない、というわけだよ。ずっと、仲が悪いからな」

突然、大きなもの音がした。家の外だ。

「薪割り機か？」儀貝が顔を上げた。

足音が聞こえる。玲奈が機敏に立ち上がり、窓へ走った。「あ、あいつだ！」

郡司たちも窓へ向かう。儀貝が土間に飛び降り、裏庭へ出る戸口に駆け寄って、引き開ける。

「こらあ！」大声で叫び、儀貝は外へ飛び出していった。

郡司が見たときには、竹藪《たけやぶ》の中に消える人物の後ろ姿しか見えなかった。

「大丈夫？　何か壊されなかった？」玲奈が窓からきいた。

「いや、大丈夫そうだ」外で儀貝が答える。「たぶん、窓で盗み聞きをしていたんだろう。びっくりした。薪割り機の圧力がまだ残っているから、動きだしたんじゃないかと思ったよ」

「誰だった？」郡司は玲奈に尋ねた。

「あいつ。山添のところの染川」玲奈が答える。

「まったく……」儀貝が家の中に戻ってきた。「染川か。困った奴だなあ。どうも、僕が観察したところ、敵対しているのは、真知家と山添家の人たちというよりも、両家で働いている人間たちなんだよ」

「あ、そうそう」玲奈が小さく頷く。「今日、千都さんに会って、私も、もしかしてそうかなって……」

「ずっと、お互いに会っていないせいだよ」儀員が溜息をつく。「君たちみたいに、会って話せば、全部解決する」

「だと良いですけど」玲奈が顔をしかめた。

「さあて、それじゃあ、あっちへ移動だ」土間に立っている儀員が言った。

「あっちって？」まだテーブルにいる花梨が首を傾げた。「あそこ？」

「凄いところがあるんだよね」玲奈が嬉しそうに言う。

「向こうの、あのおんぼろ小屋でしょう？」花梨が素直に表現してくれた。

「僕もそう言おうと思って、必死に思いとどまったところです」郡司もエンタテインメントのために、思い切って口にしてみた。

3

裏庭の端にある小屋は、儀員が自分で建てたものだという。そういわれてみると、ハンドメイドの味はあった。しかし、表面に張られたトタンが揃っていなかったり、ペンキが塗ってあるところとそうでないところがあったり、一部には透明のプラスティックの波板が張られていたり、とにかく全体的にいえるのは、不揃いであること、だった。

「建築の材料っていうのは、固まった単位で購入すると安いんだ」礒貝はそう説明した。

「ああ、なるほど。では、その単位で買って、途中で足りなくなった結果なんですね？」栗城が頷きながら言った。

「違う違う。そうやって購入して、あちこちで家を建てたり直したりするじゃないか。その余りものをもらってきて作ったんだよ。ほとんど材料費にはお金をかけていない」礒貝は頭を掻《か》きながら説明した。

「じゃあ、どこか見えないところに凄《すご》い設備があるんですね？　どこにお金をかけたのですか？」栗城が続けて質問。

「いや、どこにもお金はかけていない。だいたい、金がないからね、かけようにもかけられない。そんな金があったら、母屋を修繕しているよ。あっちは雨漏りで大変なんだ。ここは、ガスもないし、水道もない」

「え、水道も？　水はどうしているんですか？」

「いや、山から引いてきてる。そこにパイプがあるだろう」儀貝は建物の横の土手を指さした。

太さ五センチほどの灰色の塩ビ管が一本、大地に転がっていた。

儀貝がドアを引き開け、小屋の中へ入っていく。玲奈、花梨、そして郡司たちが続いた。室内には、数々のがらくたがところ狭しと置かれていた。人がぎりぎり通れる隙間しか残されていない。すれ違うのはほとんど無理だ。木箱や段ボール箱が天井近くまで積み上げられているところもある。自動車のエンジン、タイヤ、バンパもある。自転車やバイクの部品と思われるもの、テレビやパソコンの残骸、そのほか、かつて電化製品だったもの、それに、かつて家具だったものも。

「凄いなあ、リサイクル・センタみたいだ」郡司は感想をもらした。「オークションに出したら売れますよ」

「ネットオークションだろう？　売っているよ」儀貝は返事をする。「しかし、発送の手間がかかってしかたない。あれが面倒だから、少しずつしか出せないよ。拾ってくる方が多いから、全然減らない」

「捨てたら良いじゃないですか」玲奈が言った。

「どうもね、いつかはきっと劇的に役に立つときが来そうな気がしてね」

「気がするだけだと思う」玲奈がつっこんでいる。

部屋の中央部にベニア板で囲われている一角があった。大きな箱というか、小さな部屋というか。天井までは届いていないものの、人の背丈くらいは充分にあった。幅も両手を広げたほどはある。

「何ですか、これは」郡司が質問する。

「こちら側に来るとわかるよ」儀貝が奥へ行き、天井からぶら下がっていた蛍光灯の紐を引いた。障害物が多いため、この近辺は薄暗かったが、点灯したライトで少しはましになった。

ほかの面は単なる板だったが、奥の面にはアルミ製のドアがあった。儀貝がポケットから鍵を取り出して、ドアノブに差し入れて回した。

「このドアも拾ってきたんだ」儀貝は言う。「凄いだろう？」

「もしかして金庫ですか？」郡司は半分冗談で尋ねた。

「まあ、それに近いね」儀貝が口を斜めにして答える。

ドアを開け、儀貝はその中へ入っていく。続いて玲奈が入った。

「あら、凄いですね」花梨が呟《つぶや》く声。

「でしょう？」振り返って玲奈が嬉しそうに言う。

ドアの中には、螺旋《らせん》階段があった。地下へ下りていけるようだ。花梨に続いて、郡司と栗城も中に入り、階段を下りていく。多少窮屈《きゅうくつ》なものの鋼鉄製のしっかりとした螺旋階段だった。

「この階段も自作だよ」下から儀貝の声が聞こえる。「溶接を覚えて、最初に作ったのがこれだ」

「大丈夫なんですか?」花梨がきいている。

「まあ、普段は自分一人だけだからね。こうやって大勢が一度に通ると、強度的に少し心配ではある」

「今頃言われてもな」後ろで栗城が囁《ささや》いた。

何事もなく階段を下りた。地下室の広さは、儀貝がスイッチを入れ、遅れて蛍光灯が灯るまでわからなかった。

「うわぁ、素敵!」花梨が両手を合わせて言った。

「へえ……」栗城も溜息をもらす。

部屋は十畳以上ある。周囲の壁には木製の棚。並べられた低いテーブル。それらの棚にもテーブルにも、おもちゃがいっぱい並んでいるのだ。自動車、機関車、船、そして飛行機。大きさは様々で、十センチほどの小さなものから、なかには一メートル近くもある大きなものまである。原色が多くカラフルだが、古いものらしく、よく見ると、塗装が剝《は》げ、黒ずんでいるものもあった。プラスティックや木製ではない。すべて、ブリキ製のようだった。

「凄いコレクションですね」郡司は感想を述べる。「先生の趣味なんですか?」

「うん、まあ、ほとんどはそうかな。親父やそのまた先代が持っていたものも多い。そう、儀貝機九朗も、ドイツ製のおもちゃを取り寄せて遊んでいたらしい。これなんか、その一つじゃないかと思う」儀貝は、棚の上の段に置かれている機関車を指さした。「これは、十九世紀後半に作られたおもちゃだ。燃料はアルコールだね。蒸気の力で動く」

「十九世紀後半っていうと、百二十年くらいまえですか?」郡司はきいた。

「えっと、一八九〇年頃のものだから、そうだね、近い」

「そうか、じゃあ、隠れ絡繰りが作られた頃に、もう、ヨーロッパの子供はこんなもので遊んでいたんですね」郡司は近くへ寄って、その機関車を眺めた。その棚に並んでいる一群は特に古そうだった。

「いや、こんなもので遊べる子供は、もの凄いお金持ちだったと思うな。王族とか貴族とか、とにかく大富豪のね」儀貝が言う。「今でこそ、庶民の誰でもが、おもちゃを普通に買える時代になったけれど、これも、工業技術が発達して、ものを大量に、安く生産することができるようになったおかげだ。世の中は確実に豊かになっている。物質的に豊かになることは、人の心を安心させ、落ち着かせる。平和であることの必要条件だと思うね。残念ながら、充分条件ではないけれど」

「いいな、こんなのが欲しかったなあ」栗城がテーブルの飛行機に顔を近づけている。

「私も、お人形なんかより、こういうおもちゃが欲しかった」花梨が言う。「女の子だと、なかなか買ってもらえないんですよね、何故だか」

「そうそうそうそう」玲奈が言う。「あれって、おかしいよね。私、バイクが欲しいなあ」

「バイク?」花梨が振り返って妹を見る。「買ったらいいんじゃないの」

「うん……」玲奈がにっこりと頷く。「大人になったら」

「こうして、見ているだけで和むだろう?」儀貝が言う。「手に取ってみたり、動かしたりすると、思わず微笑んでしまう。それがおもちゃの機能なんだ。日本にだって、昔からおもちゃは沢山あった。絡繰りの多くは、べつに生活に直接役に立つものではない。全部おもちゃだといって良いだろうね」

部屋の端に、一箇所だけ棚がない部分があった。凹んでいたので初めは見えなかったが、そこに扉があった。儀貝はそのドアを開けて、隣の部屋へ入っていく。

「次はこちら」彼は、隣の部屋の電気をつけてから言った。

4

今度の部屋は少し狭かった。工作機械が置かれている。作業室のようだ。天井には大きなフードがあり、換気を行うためのものらしい。大鋸屑《おがくず》が床に散っている。大きな電動糸鋸《いとのこ》、ドリル、さらに壁には無数の工具が掛かっていた。引出しが並んだ棚も多い。どれも新しそうではない。相当に使い込まれたものばかり。オイルの微《かす》かな匂いがした。

「ここは、僕のワークショップ。実は、ここの地下室を作ったのは親父でね、ほとんどの道具は親父の代からのものなんだ。しかし、見せたいものは、この奥だ」儀貝はさらに奥へ入っていった。「この辺、暗いから足許に気をつけて」

その部屋の奥に一段下がった部分があり、儀貝がステップを下りていった。そこにも古い扉があった。儀貝が鍵を開けて中へ入る。

「あ、そこは、私も初めて」玲奈が言った。

「倉庫じゃなかったんですか?」

「うん、まあね。初公開だ」儀貝はさらに奥へ入っていく。「こちらは、けっこう古い。あ、そこ、頭に気をつけて」

　扉の中はトンネルのようになっていて、天井が低く、裸電灯がぶら下がっていた。床には板が敷かれているが、床というよりは、ただ地面に置かれた板、といった方が近い。壁には石が積まれている。トンネルは少しカーブして奥へ続いているため、先は見えなかった。

　儀貝、玲奈、花梨、そして郡司と栗城が一列になって進む。五メートルほど行ったところで、一度直角に近い角度で折れ曲がっていた。天井は一段と低くなり、郡司は少し頭を下げないと歩けなかった。

「先生、ここ大丈夫ですか?」前で玲奈がきいている。

「たぶん、大丈夫だと思うけど」

「女が入っても大丈夫ですか?」

「そんなことは関係ないだろう」

「だって、山の神様が怒ったりしませんか。嫉妬《しっと》して?」

「何に嫉妬するんだい?」

「美貌《びぼう》ですよ、美貌」

「誰の？」

進行が止まった。突き当たりにまた扉があるようだ。

「ここはね、つい最近、鍵の開け方がわかった部屋なんだ。トンネルに荷物がいっぱい置かれていたから、ここまで辿《たど》り着《つ》けなかったんだよ」

儀貝が扉の鍵を開けているようだ。

「それが鍵なんですか？」玲奈がきいている。

扉が開いた。

「先週、ようやくここまで電気を引いたところだ」儀貝がそう言いながら、電灯のスイッチを入れた。扉の中で照明が灯る。

中に入ると、今までで一番小さな部屋で、ひんやりとした空気が籠もっていた。

「わぁ、なんか昔っぽい空気」玲奈が言う。

「大丈夫、そこに換気の穴もある」儀貝が天井を指さした。「窒息することはないよ」

「地下、何メートルくらいになるんですか？」郡司は尋ねた。

「大したことはない。八メートルってとこじゃないかな」

「でも、崩れたら最後、全滅ですね」玲奈が言う。

「おそらく、百年ほどまえに作られたものだ。炭鉱の職人さんを連れてきて、掘ってもらったんだろう。土を外へ運び出す装置を作った、という記録もあった。今でいうベルトコンベアみたいなものだ。その残骸らしい部品も残っているよ」

「これは、何ですか？」花梨が正面の壁際に置かれている木製の装置を指さした。入ったときから、それがこの部屋で最も目立つ存在だった。壁に一メートル四方ほどの大きさの装置が置かれているのだ。壁にぴったりと張り付いているのか、あるいは壁の中に一部が埋まっているのか、それはわからない。骨組みは黒ずんだ木製。しかし、接合箇所はすべて金属で補強されている。大きな絡繰り装置のように見えた。

「え？　もしかして、これが隠れ絡繰り？」玲奈が高い声で言った。「先生、そうなんでしょう？」

「あまり、大きな声を出さないでくれ」儀貝が冷静な口調で言う。

「どうして？」玲奈は天井を見た。「崩れるんですか？」

「違う、外に声がもれたら困る。換気口があるからね」

「そうか、染川がいるかも……」玲奈が眉を寄せた。

「これは、儀貝家、極秘中の極秘なんだ。門外不出だよ。はは、出そうにも出せないけれど」

冗談を言っているのか、本気なのか、今ひとつわからないものの、とにかく彼の口から出てくる言葉に、全員が期待していただろう。

「まず、この機械だが、これが見つかったのは、まだ半年ほどまえのことなんだ。寒い日に見つけてね。凍っているんじゃないかと思えたほどだった。それから、毎日ここへ来ては、じっくりと観察した。そして、これが何をする装置なのか、ようやくわかった」

「やっぱり、隠れ絡繰りだった？」玲奈が小声で言った。

「いや、違う」儀貝は首をふった。「まあ、慌てないで。話を聞きなさい。実は、この装置を見つけるまえ、ずっとまえに、僕は親父から不思議なことを聞いていた。親父が死んだのは、十年ほどまえだけれど、それ以前には、この地下へは入れてもらえなかった。儀貝家にとって、ここは、そういう神聖な場所だったんだ」

「え、じゃあ、僕たち、良かったですか、入れてもらったりして」

「いや、僕はべつに、そういった伝統を形だけで継承しようとは思っていない。その時代、その個人が、自分の価値観で判断をすべきものだ。祖先から受け継がれたものは大切だけれど、それは精神であって、規則や物質ではない。まあ、とにかくね、親父は僕に、よくこう言っていた。もし困ったときには、丸くて、四角くて、三角のものを作れば良い、と」

「は？」玲奈が目を細め、小さな口を開けた。「丸くて、四角くて？」

「そう、三角のものだ」

「どういうことですか？」郡司は尋ねた。

「いや、もちろん、僕もわからなかった。というか、抽象的な意味、あるいは比喩的な意味だと、そのときは理解した。つまり、頑《かたく》なにならず、柔軟に発想し、一つのものに拘《こだわ》るな、囚《とら》われるな……、丸くもあり、四角くもあり、三角であるものを目指せ、という教えだね」儀員はにっこりと微笑んだ。「世の中、わりとこういったふうに感じることは多い。人々が要求するものは、えてして最初から矛盾しているんだ。丸くて四角くて三角のものを作れと要求されることがままある。祖父の代までは、うちは職人の家だったから、仕事を依頼されるときには、おそらくそんな無理難題を突きつけられたこともあったんだろう。しかし、そういった要求に応えて、ものを作っていかなければ道は開けない、ということが言いたかったんじゃないか、と僕は考えていた。ところがだ、この装置を調べていくうちに、父のその言葉が、けっして抽象的なものではなく、本当にずばりそのもの、具体的な意味だったんだ、と気づくことになったわけだ」

儀貝は、その古い装置の前で屈《かが》み込み、四人を順番に見た。みんな彼の話に聞き入っていた。続きを待っている。

「ここに穴があいている。丸い穴だ」儀貝は装置の前面にある直径八センチほどの穴を指さした。装置は骨組みが剝《む》き出しなので、穴といっても、その部分にだけ張られた板にあけられた穴だ。少し角度を変えれば、内部をほぼ見渡すことができる。

「この穴にぴったり入る丸い形の棒を作って、差し入れてみたんだ。すると、ほら、横から見えるあの部分、あそこで、周囲の突起が押されて動く、すると突き当たりの突起がはずれて、一番奥まで差し入れることができる仕掛けになっている。これ、つまり何だか、わかるかな?」

「鍵ですね」郡司は機械を見ながら言った。「大きいけれど、普通の鍵の仕組みとよく似ています」

「そう、これは紛れもなく鍵なんだ。施錠《せじょう》システムってことだね」

「へえ……、でも、入口の形にぴったりに棒を削れば良いだけでしょう。簡単じゃないですか」玲奈が言った。

「いや、これで終わりじゃない」儀貝は立ち上がり、装置の横に回った。「さっきの穴の行き止まりがこちらから見える。覗いてごらん」彼が指さしたのは、装置の側面右側にあいた穴だった。

　四人は順番に屈んで、それを覗いた。その穴は、前面のものよりも明らかに小さい。しかし、装置の中央付近から、つまり穴の途中から、四角い断面になっていることが覗くとわかった。ほぼ正方形に近い形である。

「この穴から棒を差し入れて、さっき奥まで入ったものを、今度は横から押してやるんだ。だから、横方向へ四角い穴をスライドして通ることになる」

「ああ、なるほど」玲奈が言った。「つまり、前から入れたときは円形で、横から押されたときは四角じゃないといけないわけですね。うーん、それってつまり、筒の形かな？」

「円柱体ですね」花梨がいった。

「そうそう。円柱形のものを前から押し込み、次に、横からそれを押してやって、さらに奥へ入れる。今度の通路は四角にぴったりの大きさでないと最後の突起が外れない」

「円柱体を作って、試してみたんですか？」玲奈がきいた。

「まだ話は終わっていない」礒貝がゆっくりと言った。「ここまで進むと、かなり見にくくなるが、押し込み用の次の穴は、今度はここになる」彼は装置の上の面に開いた小さな穴を指さした。「これは、覗いてもちょっと見えない。そうだね、このあたりから見ると、なんとなくわかるかもしれないが」側面の左側へ移動して、膝を曲げて下の方を指さした。「つまり、今度は三角になっている。上から押し込む道が、今度は三角形なんだよ。ということは、結局、前から見たら円形、横から見たら四角、上から見たら三角形の形で、しかもぴったりのものを作って、それぞれの穴から押してやると最後まで届く。そういう鍵なんだ」

「へえ、凄いなあ」郡司は横から覗きながら言う。「こんなもの、よく作りましたねえ」

「うん、少なくとも、親父が作ったものではない。もっともっと古い仕掛けだ。おそらくは、百年くらいまえのものだと思う」

「ということは、儀貝機九朗?」栗城が言った。

「うん、たぶん、この精巧で独創的な仕掛けは、機九朗の作だと思ってまちがいないだろう」儀貝は頷いた。

「凄いじゃないですか」玲奈が声を弾ませる。「それじゃあ、これが、隠れ絡繰りに、なにか関係のあるってこと?」

「それはわからないよ」儀貝は首をふった。

「で、ここに鍵を通して、これを開けると、何が起こるんですか？」郡司は尋ねた。

「うん、良い質問だ」儀貝は、郡司の鼻先に指を突きつける。「だがしかし、その答は……」彼はそこで言葉を切って、ゆっくりと左右に首をふった。「まだ、わからない」

「どうして？」玲奈がすぐにきく。「やってみたら、わかるじゃないですか」

「うん、言うは易く、行うは難し」儀貝は腕組みをして、難しい顔で目を細める。

「なかなか、そんなにぴったりのものが作れないんだよ。もうずっとチャレンジしているんだが、いまだにうまくいかない。軽く二十個くらいは作ったと思うが、駄目だ。最初は簡単だろうと、適当に作って試してみたんだが、少しでも大きいとつかえてしまって入らない。少しでも小さいと、今度は緩すぎて、途中で傾いてしまうか、あるいは突起を充分に押せなくて、鍵として機能しない。とにかく、もの凄い精度の工作技術が要求されるというわけだ。今は、少し腰を落ち着け、ジグを作り、きちんとした加工を行う方針に切り換えたところだよ。乞うご期待」

「なあんだぁ……」玲奈が大きな溜息をもらした。「先生、ずいぶん引っ張ったじゃないですか」

「鍵が開いたら、どうなるのかしら」花梨が首を傾げる。

「おそらく、この装置自体が、手前に開くようにできているのだと思う」儀貝が両手を手前に向けて示した。

「あ、これが、扉なんだ」玲奈が壁を見て言う。

「凄いなあ」郡司も溜息をもらした。「凄すぎる」

「どこか、ずるをして、開けることはできないんですか？」玲奈が装置を覗き込んで言った。

「完全に壊してしまう以外にないだろうね。しかし、壊すわけにはいかないじゃないか。機九朗の作でも傑作中の傑作であることはまちがいないし、文化財としても相当に価値の高い代物だ」

「うーん、気になるなあ」

「というわけで、今日はここまでだ」儀貝が言う。「お疲れさま」

「結局、なにも得られなかったような……」玲奈が言う。

「いえ、そんなことない」郡司が言う。「もの凄く参考になりました。儀貝機九朗がどの程度の技術を持っているのかも、だいたいわかりましたし」

「うん、そう言ってもらうと、僕も嬉しい」儀貝が微笑んだ。「では、上でコピィを見せよう」

5

母屋に戻ると、儀貝は梯子《はしご》のように急な階段を上がっていき、天井裏から竹細工の箱を持って下りてきた。その中から、厚紙が表紙のファイルを取り出し、郡司たちに見せてくれた。それらは、今は村役場にある資料をコピィしたもので、いずれも、儀貝機九朗本人か、あるいは機九朗の弟子が書き残したもの、とのことだった。ただ、本来はもっと多くの書きものがあったはずであり、どうして、その一部だけがこの家の蔵に残っていたのか、その理由はわからない。蔵は、老朽化して崩れる危険性があったため、既に取り壊された。そもそも、そのときに整理をしたおかげで、これが見つかったらしい。

「僕の想像だけれど、機九朗が書き残した資料として、やはり、絡繰りのメカニズムを説明したものがあったはずで、かなり極秘資料だったろうし、当時は非常に価値の高いものだったはずだ。だから、それは、普通の場所に保管されるとは思えない。どこかに隠されたんじゃないかな。真知家や山添家の財宝とともに、隠れ絡繰りと一緒に眠っているかもしれないね」

「そもそも、隠れ絡繰りは、機九朗がまだ若い頃に作ったものですよね？」郡司はきいた。

「そうだよ」儀貝は頷く。

「だとすると、そのときには、資料的なものは、あるいはなかったかもしれません。でも、歳をとってから、自分の技術を伝承しようと思ったとき、生きている弟子にそれを伝えるか、それとも、子孫に直接書き記そうか、と考えた。もし、後者ならば、隠れ絡繰りと一緒に保管するのが適当ですよね。ただし、それをするには、隠れ絡繰りがセットされたあとにも、アプローチできる場所になければならない、ということになります。秘密の場所であったとしても、機九朗自身は、そこへ行くことができた、と」

「それは、当然、そうだと思う」儀貝は頷く。「とにかく、ある程度の期間は、つまり、機九朗が生きている間は、たびたび様子を見て、絡繰りの具合を見ていたはずだ。メインテナンスをしていた、ということだよ。不具合が生じれば、改造をして、完璧なものに近づけたかもしれない。それくらい、大変なプロジェクトだったはずだ」

「なるほど、そうですね」郡司は頷いた。

「それから、どこにセットしたものかはわからないけれど、相当に大規模な装置だと想像できる。そんなものを、たった一人で製作することは不可能だし、もし一人でやったとしても、誰にも気づかれずに長時間籠もることも不可能だ。これには、機九朗の弟子たちが絶対に協力したはずで、そうでなければ無理だったと思う。だから、信頼のできる弟子たちにも、固く口止めをしただろうね。その秘密がどこかに漏れていたら、今頃、とっくに隠れ絡繰りは見つかっているはずだから、やはりこれも、機九朗が信頼された頭領《とうりょう》であり、カリスマだったという証拠じゃないかな」

「もし、資料もすべて隠れ絡繰りの近くに収められたのだとしたら、この資料は、どうして、ここに？」栗城が尋ねた。

「うん」儀貝は頷いた。「そうなんだ。つまりこれは、下書きか、あるいは書き損じ、それとも、単なるアイデアであって、実現しなかったもの、という可能性もある。ちょっとした、スケッチだったかもしれない。ようするに、これをあまり信じてはいけない、ということだね」

「なんだぁ……」玲奈が口を尖《とが》らせた。「まえに見せてもらったときは、先生、そんな話じゃなかったですよ。私、これが隠れ絡繰りの図面の一部だと信じていたのに」

「その可能性を完全に否定するつもりはない」儀貝は淡々と言った。「とにかく、はっきりとしたことは、わからない」

コピィは実物を縮小したものだった。原本は、墨と筆で描かれた大きな図だったため、縮小しても鮮明だった。枚数は三十枚ほどある。ファイルをテーブルに広げて、全員が身を乗り出して一枚ずつ見ていった。

歯車のかみ合わせについて描かれたものが多い。いろいろな形や角度の歯車だ。また、その歯車自体の機構を詳細に示したものもある。どんな手順で作られるのかが、想像できる図面といえる。

「こういった図面は、組立図とか、取付図と呼ばれる部類だね。寸法などを示した正式の製作用の図面ではない」議員が説明する。彼は、さきほど食べ残していた御手洗団子を片手に持っている。「現在では、図面といえば、平面、立面のように、上から見たところ、横から見たところを、ほぼ実物に比例した縮尺で描くのが一般的だ。ただ、この時代になると、そういった図面が残っているものは非常に少ない。一部の金属部品だけだといって良いね。つまり外注をして、たとえば、鍛冶《かじ》とか鉄砲職人や錠前職人とかだけれど、ほかの職人に作らせたものだから、正確な図面が残っているだけかもしれない。ここには、そういった種類の図面は一枚もない。やはり、アイデアを残すためだったのか、それとも、弟子や後世への伝承が目的だったのかな」

歯車の次は、継ぎ手と呼ばれるものだった。普通の継ぎ手は、木の部品どうしを組み合わせて接着する技術であるが、この場合は、関節というのか、回転を許したり、伸縮に対して追従《ついじゅう》するような各種の仕掛けであった。

さらに最後の五枚ほどは、蒸気機関の仕組みについて描かれたもの、風力や水力を利用した動力について描かれた図だった。タービンのような形のものも描かれている。ゼンマイに関するものは一枚もない。

「なるほど。動力か……」郡司は図面を見ながら唸った。「隠れ絡繰りが動きだすためには、なんらかの動力を使う必要がありますね」

「昨日の話では、重力かバネによるポテンシャル・エネルギィを利用する、というところまでは推論が進みましたけど」花梨が話した。「先生のお考えは、いかがですか？」

「それはなかなかレベルが高いな」儀貝が口を窄《すぼ》めて、うんうんと小刻みに頷いた。

「さすがに、理系の大学生が集まっているだけのことはあるか」

「私もいましたけど」玲奈が横から言った。「物象部の部長としてひと言言わせてもらえば、そんなの常識でしょう」

「僕、今日、間欠泉を見たとき、温泉を利用できないかなって考えたんですけど」栗城が話した。

「あの欠陥泉か」議員が言う。「いや、あんな不確かなものに頼っていたんじゃあ、百二十年なんて、とうてい……」

「いえ、そうじゃなくて」栗城が説明した。「たとえば、お湯は常に沸いているわけですから、それを動力にすることはできますよね。温度が高ければ、その熱を利用して、エネルギィは取り出せますから。えっと、たとえば、僕がイメージしているのは、スターリング・エンジンとかですけれど」

「うん、それは可能だね」議員が頷いた。

「スターリング・エンジンなら、このまえ、試験管で作りましたよねぇ」玲奈が言う。「だけど、あんな弱々しいのじゃあ、ちょっと、実用にはならないんじゃないかな」

「どんなもの？　スターリング・エンジンって」花梨が尋ねる。

「熱くなると空気が膨張するから、それを利用して、ピストンを動かすの」玲奈が簡単に説明をした。

「ふうん。べつにそんなことしなくても、太陽発電すれば良いのじゃない？」花梨が言った。

「百二十年まえには、太陽電池なんかないよ」玲奈が口を尖らせる。

「スターリング・エンジンは、そんな昔からあったの？」

「えっとぉ……」玲奈は困った顔になる。

「あるある」儀貝が代わりに答えた。「蒸気エンジンよりは少し新しいけれど、既に二百年近い歴史がある。ガソリンエンジンやディーゼルエンジンだって、百二十年まえにはもう実用化しているよ。電気もあったし、もちろんモータもあった」

「そうか、私、絡繰りだからって、木でできた歯車ばかり想像していましたけれど……」花梨が言う。「もっと、近代的な機械に近いものだった可能性もあるのですね」

「それは、そうかもしれない」儀貝は頷いた。「たまたま、絡繰り職人だったから、伝統工芸として、木工による細工が主流になっているけれど、さっき見せたおもちゃなんか、既に当時、世の中に普及していたものなんだ。金属でできていて、燃料を入れて火をつければ、自走する。そういうものが、おもちゃとして、工場で生産され、箱に入ってお店で売られていたんだからね」

「もの凄く小さいものだ、という可能性はないのでしょうか？」花梨がテーブルの上で、両手で三十センチほどの大きさを示した。「たとえば、これくらいのもので、時計みたいに精巧に作られている。えっと、そうなると、動力は電気のモータですね。その電気は、川の流れを利用して水車で発電する。ただ、隠れ絡繰りの本体は非常に小さいもので、ちょっとしたところに隠されていれば、見つからない……。そんな可能性はどうですか？」

「インプットはそれで良いとしても、アウトプットは、どうなるのかな？」儀貝がき返した。

「アウトプット？」花梨が小首を傾げる。「ああ、つまり、装置が作動したときに、何を動かすのか、ということですね？」

「そう、隠れ絡繰りが、百二十年の時を刻むとして、その動力に水力でも電気でも、どちらかが使われるとして、では、スイッチが入ったあとには、何をするのか」儀貝が語った。「一番難しいのは、そこだと思う。つまりね、百二十年間動き続ける機械よりも、百二十年間は止まっていて、百二十年後に動き始める機械の方が、実現するのがはるかに難しい」

「どうしてです？」玲奈がすぐに尋ねた。

「金属だったら錆びたり腐食したりする。木製だとしたら、腐ったり変形してしまうだろう。動き続けているものであれば、動力の一部を使って油も補給できるし、虫も食わない。埃《ほこり》もたまらない。でも、止まっていれば、百二十年の年月の間に、自然に還《かえ》ろうとする力が働く。どんな材料だって劣化するんだ。よほどの工夫がないかぎり、簡単にできるものではないよ」

「僕も、その点が一番気になっていたところです」郡司は考えを話すことにした。「小さいものではたぶん無理でしょうね。つまり、精密なものほど腐食に弱い、錆びたり、腐ったりすることによる変形が相対的に大きくなるからです。したがって、どうしても、ある程度の大きさがないと無理だと思うんです」

「うん、同感だ」儀貝が頷いた。「しかし、大きくなると、今度は、隠すのが難しくなる。百二十年間見つからずに隠しておける場所となると、それはもう……」

「地下ですか？」郡司は言った。

「そう、地下しか考えられないのではないかな」

「うーん」郡司は唸った。「そうなると、探すのは、いよいよ難しいってことになりますね」

「ただし、保険をかけていた可能性があると思うんだ」儀貝は、お茶を飲みながら言った。御手洗団子は既にすべて食べ尽くされていた。

「保険って？」玲奈が反対側に首を傾けた。

ね？」

「保険というと……」郡司は言った。「ああ、つまり、動かなかったときのことですね？」

「そうだ」儀貝が郡司を見据えた。「そりゃあ、もちろん、動くつもりで作ってはいるだろう。しかし、機械はあくまでも機械だ。百二十年間、自分がつき合うわけにもいかない。万が一、予期せぬトラブルによって、それが止まってしまう、あるいは動きださない可能性もある。機九朗ならば、絶対にその可能性を考えていたはずだ」

「どういうことですか？」花梨が尋ねる。

「もし、地下のどこかに埋めたか、あるいは山の奥に隠したとしたら、万が一動かなかった場合、すべてが無に帰してしまう。だからまず、少なくとも百二十年後に動きだす、ということは確実に伝えなくてはいけない」

「それは、現に伝承されていたわけですよね」郡司は頷いた。

「そう、そしてさらに、ここからが保険になるけれど、万が一のことを考えて、なんらかの手がかりを残したのではないか、と僕は考えている」

「ええ」郡司は頷いた。「僕も、そう考えました」

「作り手の心理として、おそらく、そうすると思うんだ」儀貝は言った。「うん、まず、まちがいない」

「てことは、やっぱり、さっきの丸四角三角？」玲奈が顔を上げた。「あそこの中に、隠れ絡繰りのヒントがあるってことなんじゃないですか？　先生」

「うん、たぶん……」儀貝は玲奈を見つめて頷いた。「希望的観測かもしれないが」

話は、ここで終わった。儀貝は、今日も今から木工だ、と話していた。地下の装置の穴にぴったりと合う丸くて四角くて三角の鍵を製作するのだろう。お茶の後片づけをしてから、四人は退散することにした。

6

その日はその後、花梨・玲奈姉妹とは別れ、郡司と栗城は、村役場を訪ねた。役場は比較的駅に近い。一本松の地蔵がある角から、鈴鳴神社とは反対方向へ入る。田園の中をやけに新しい道路が通っていて、突き当たりの広々とした敷地に鉄筋コンクリートの新しい建物がぽつんと建っている。真新しいアスファルトの駐車場に車が十台ほど並んでいた。

もちろん、目的は資料館を見せてもらうためだった。ところが、係の人間が休みのため、明日にしてほしい、と言われてしまった。そもそも、閲覧は予約制で、平日の午後三時までと決まっている、とのこと。しかたなく、明日の午前中に予約をして、大人しく引き下がることにした。

外に出て、しばらく道を戻ったところに、古い商店がある。そこで飲みものを買うことにした。自動販売機はない。店の中へ入ると、ジュースの瓶が水槽に沈んでいるのだ。そうやって冷やしているらしい。

「なんか、凄いな、これ」栗城は写真を撮った。

老婆が出てきたので、お金を支払いながら、話をきいてみた。

「ああ、あんたらかね、真知ん屋敷へ居候《いそうろう》しとるんは」

こんなところにまで噂が広がっているのだ。栗城はジュースを手にして、店の外に出ていった。

「いえ、居候っていうのは、ちょっと違うと思いますけれど」郡司が答える。「まあ、ええ、ご厄介になっているのは確かです」

「なにしに来なさったん?」

「えっと、工場がありますよね。今はもう動いていませんけれど。あそこの写真を撮りにきただけです」郡司はそちらの方角を指さして説明した。「あの、そうしたら、隠れ絡繰りのことを、あちこちで聞いて、今、村役場の資料館へ行ってきたところです。今日はお休みでしたけど」

「ああ、役場のな……、ほう、で、隠れ絡繰りを見に、来なさったのか」

「ええ、見たいですけど、でも、どこにあるかわからないわけですよね？」

「今年はお戌様だでな、山車《だし》が出ましょうぞ」

「ああ、お祭りですか。いつですか？」

「祭りは、明々後日《しあさって》だな。日曜日だ。だが、山車は秋になってからだでね」

「あ、そうですか。お祭りは、どこでやるんですか？」

「どこでもやる。やらんところなんか、どこにもあらせんで」

「そうですか。ふうん、あ、どうもありがとう」

郡司も店の前に出る。田圃《たんぼ》の方へ下りていた栗城が上がってきた。よく見ると、二人ともコーラの瓶を持っていた。

「あれ、君、コーラなんか好きだった？」郡司がきいた。

「お前だって」栗城が笑う。「玲奈ちゃんだよな、サブリミナル効果っていうんじゃなかったっけ」

「いや、いわないと思う」

時刻は午後三時。日差しはまだまだ絶好調である。その場でコーラを飲み干し、瓶を店に返してから、とりあえず、街道へ戻り、反対側に延びている道を少し入った。橋があって、ずっと先には鳥居が見える。栗城が先へ歩いて、そちらへレンズを向けていた。

「神社、見にいくか？」郡司はきいた。

「いや、工場へ行こう」栗城は戻ってきた。

「うん、神社には隠れ絡繰りはないだろう」

「どうして？」

「一番初めに探す場所だから」郡司は答える。

「ああ、それはそうだな」

「そんな見つかりやすいところに隠すはずがない」

「天才は捻《ひね》くれ者だからな」栗城が笑った。

「探す方も、捻くれて探さないと」

街道を山の方へ歩く。道を反対方向へ行けば駅だ。もう村の地理はだいたい把握してしまった。ようするにこの道が、村のメインストリートなのである。

トラス鉄橋の手前で、温泉の入口にある観光案内の看板を写真に収めた。橋を途中まで渡ったところで、少し休憩する。

「どう？　この村なら、一生住んでも良いと思った？」郡司は尋ねた。

「うーん、難しいところだなあ」栗城は口に空気を溜めて、頰《ほお》を膨《ふく》らます。

「あれ？　ずいぶん気に入っているふうだったじゃないか」

「いやあ、ちょっと厭《あ》きてきた」

「え、もう？」

「うん、今のところ、まだまだ充分に面白いし、もっといたいと思うけれどね。でも、一生ここにいると想像すると、ちょっと不安にはなるかな」

「まあ、田舎っていうのは、そういうもんかな」郡司は頷いた。「こうやって、たまに来たりして、天気が良い日には、明るくて爽《さわ》やかだけれど」

「そうそう、雨が降るだけで、寂しくなるよな」

幸い、雨の予報は出ていない。炎天の日が続くようである。

工場跡地へは、真知玲奈が昨日教えてくれた場所から中に入った。昨日はざっと眺めただけである。もちろん、見ていない場所、歩いていない経路もあるので、二人は写真を撮りながら、ゆっくりと工場の敷地内を散策した。

建物はまだどれもしっかりとしているように思えた。壊れて崩れそうなものはない。ただ、窓が割れていたり、ドアが外れていたりする箇所は幾つかあった。大きな建物の中を窓から覗くと、黒ずんだ大型の機械類が残っている。

　こういった場合、あくまでも現状を維持するのが、彼らのエチケットである。壊れかけている扉でも、それを取り除いたり、無理に開けることはしない。触らないで中に入れる場所があれば、そうっと入って写真だけを撮る。けっしてそこにあるものをほかの位置へ動かしたりはしない。それは一種の自然破壊と同じようなものなのだ。自分たちが愛する自然がここにあって、それを間近に見られる、自分の記憶や記録に収めることの幸せを感じる。これもまた、自然に親しむ心と基本的には同じものだ。

　ほぼ工場の全域を回ることができた。栗城は、全体の配置図と、それぞれの区画について、設備や運搬機器の配置をノートに書き込んでいた。撮影した写真を、どの位置で撮ったものかも記録しているようだ。こういった作業を、彼は苦もなくこなす。すっかり慣れているのだ。栗城のこの趣味は、彼が小学生のときからだという。郡司よりもずっとキャリアが長く、筋金入りのマニアといって良いだろう。

「この工場の敷地内に、隠れ絡繰りがあるってことはないだろうね」郡司はふと思いついて言った。

「それはないだろう。もしあったら、建設するときに、発見されるはずだ」栗城が答えた。「建物から離れた場所ならば、話は別だけれど」

「こんな平面的な敷地が最初からあったわけじゃない」郡司は山の方を指さした。「ほら、あの崖のところから下は、人工的に削られているし、こちらはたぶん盛り土をしている。もとは傾斜地で、上のあのあたりのように、森林だったはずだ」

「しかし、炭鉱は古い。江戸時代からあったんだから」

「そう」郡司は頷いた。「明治になっても、まだ盛んに掘られていたらしいね」

「ということは、やっぱり、炭鉱のトンネルに隠れ絡繰りを隠すことも、まず難しいと考えて良いのかな」

「大きなものを設置すれば、すぐに見つかってしまう」郡司はメガネに片手をやり、山の方を見上げた。「炭鉱には常に、職人も労働者も沢山入っていたはずだから」

「まあ、でも、それはどこでも同じじゃないか」

「うん」郡司は大きく頷いた。「そうなんだよな。しかし、隠れ絡繰りをどうやって作ったのか、製作過程を想像することで、ある程度範囲が絞れる可能性はあるかな」

「施工現場がどこだったか」栗城が言った。

「まず、やはり大前提として、隠れ絡繰りは、相当に大きなものだと僕は思う。だから、今はこれを仮定しての話になるけれど、秘密裏に自分の工房で部品を作っていたにせよ、最後は設置現場で組み立てないといけない。調整も必要だ。何日もかかる大がかりな作業だったはずだし、そこまで運び込むのだって、目立たないはずはない。それを普通の人が見れば、すぐに噂になったと思うんだ」

「それはそうだなあ……、たとえば、地下に埋めるにしても、そこに穴を掘る必要があるわけで、そんな大工事をしていたら、村中の話題になってしまう。やっぱり、人里離れた場所じゃないと、不可能なんじゃない？」

「いや、僕は、むしろ逆だと思う」郡司は言った。

「え、どうして？」栗城が眉を顰《ひそ》める。

「山の奥へ運び込んだりする方が目立つよ。町中だったら、家を建てる工事だとか、水路を造るのだとか、まだ名目を立てることができる。村人たちは、隠れ絡繰りなんていう壮大な装置が作られているとは、想像もしていないわけだ。知っていたのは、真知家と山添家の一部の人たちだけなんだから」

「そうか……」栗城が頷いてから、突然目を大きく見開いた。「そうだ！　その真知家と山添家は、儀貝機九朗に金を支払ったわけだろう？　だったら、どんなものが実際に作られたのか、自分たちでも確かめたはずだ。作ったのか作らなかったのかもわからない、そんな状態で納得したとは思えない」

「おお、なるほどねえ」郡司は頷いた。「その洞察はなかなか鋭い。そうか、金を支払った以上、進捗状況も確かめたくなるのが人情だ。そうなると、両家の当主くらいは、隠れ絡繰りの作業現場を見にきていた、という可能性は高いな」

「だろう？　製作途中であっても、やはり見せたんじゃないかな。設計と製作には長い年月がかかったはずだし、その途中で、進捗状況も説明する必要がある。それは、やはり施主と施工者の常識だ」

「そうか、そうなると、工房で製作に入る以前にも、図面を見せたりして、両家の当主に対してプレゼンが行われたかもしれない。うん、これくらいのことはしているだろう」郡司は考えながら話す。「これこれこういった原理で動きます。確実に百二十年後に目覚めさせてみせましょう。だから、これを製作するためには、これだけの時間と、そして費用が必要です。そういう説明をしたはずだ」

「そのときに、どこに設置するのかも、きっと話しているはずだよ」栗城が言った。

「どうして？」

「どこに設置するかが、隠れ絡繰りがちゃんと機能するかどうかに関係しているから」

「川の流れを動力にするとかか？」

「わからないけれど……、あ、そうそう、動きだしたときのことを想像させるためには、場所はこのあたりに設置します、と話すのが普通じゃないかな」

「うーん、まあ、しかし、その時点では未定だったかもしれない。候補を幾つか挙げただけとか……」郡司は言った。

「そうか、でも、土地の使用許可を取る必要はなかったのかな」栗城は唇を噛《か》んだ。

「いや、当然、その土地は、両家どちらかのものだったはず」

「それとも、誰のものでもない、川とかか」

「百二十年の未来まで、その土地が、ほかのことに利用されない、という保証というか、条件が必要だよね。これも、両家の当主に相談をしたにちがいない」

「そんなに長い間、土地がそのままであり続ける、といえば、お寺か社ってこともありえる」栗城が言った。

「うーん、どうかな。寺や神社は神聖な場所だ。そんなものを置かせるだろうか。檀《だん》家《か》が黙っていないよ」

「いや、敷地のどこかなら、可能じゃないか？　檀家より、両家の方が力が強そうだ」

「村の有力者には、秘密の根回しが行われたかもしれない」

「大勢になると、秘密がもれそうな気がするな。やっぱり両家どちらかの土地という可能性が高いんじゃあ」

「両家のどちらかの土地で、つまり、当主が協力をしていたとしたら……」郡司が話す。「それを子孫にどうやって伝える？　この場所には未来永劫、なにも建ててはならん、なんて遺言を残したら、それこそ、なにかあるってわかってしまうだろ？」

「現に今、そんなものは残っていそうにないじゃないか……。ちょっと待てよ」栗城が腕組みをして、顎をさすった。「まず、隠れ絡繰りが依頼されてから、設置されるまで、つまり、製作期間として、どれくらいかかったと考えている？」

「僕は、そうだね、十年くらいかな」

「ああ、それは僕もそうだ。やっぱり十年は最低かかるよな」

「絶対にかかる」郡司は頷いた。「試作をしたり、試行をしたり、模型を作ったり、場所を探したり、材料を集め、部品を作る、また作り直す。当時の技術からして、それくらいは当然だ。十年でも短いよ」

「だとしたら、当主がその間に代わることだってあるわけだ」栗城が指摘した。

「ありえるね。それで？」

「いや、やっぱり当主一人の秘密でっていうわけにはいかないいんじゃないかと思って……。少なくとも次の代の跡取りには、言い残しておかないと」

「でも、そんなことしたら、すぐに確認されるんじゃないかな」郡司は言った。「もし地下にあるなら、財宝が一緒に埋めてあるわけだから、掘り出されてしまう」

「掘り出すとなったら、両家でやらないと。それに、当主だって、自分一人の秘密にしておくかな。誰かには話すんじゃないか？」

「そう……」郡司は溜息をもらし、呟いた。「それをしないで、秘密にしておきたいような、なにかがあった」

二人は歩くのをやめて、工場脇で横倒しになっているドラム缶に腰掛けることにした。その場所が、建物の陰になって涼しそうだったからだ。

「えっと、何て言った？」栗城がタオルで汗を拭いた。

「いや、特に、しっかり考えたわけじゃない」郡司は欠伸《あくび》をした。少々頭がぼうっとしている感じだ。「ちょっと疲れたな。ずいぶん一日で歩いたような気がする」

「いや、なんか、今さ、郡司、面白いことを言ったんだよ」

「ん？　えっと、何だったかな」郡司は思い出す。「ああ、つまり、当主や跡取りが絶対に秘密にしておきたいような、なにかが、隠れ絡繰りと一緒に納められていたんじゃないのか、ってこと」

「それだよ、それ」栗城が指をさした。「それは、なんかしっくりくるなあ」

「でも、抽象的だよ、まったく」

「いや、まあ、とにかく、これは一筋縄ではいかないって感じだよなあ」栗城が上を向いて首を左右に折り曲げた。「まあ、一筋縄でいくようじゃあ、とっくに見つかっているかぁ」

7

トロピカルジュースみたいな夕暮れの空や、樹のシルエットまで鮮明な山のアウトラインを眺めながら、二人は真知家に戻った。

夕食時には、花梨と玲奈がやってきた。食事を運んでくれたのは、もちろん真知家の従業員であるが、この日は年輩の男性が二人で、白い前掛けをしていた。料亭の板前のような雰囲気である。これだけの人間を抱えているのだから、人件費は大変だろう、と郡司はまた思った。

料理は、昨日と同様、目も眩《くら》むようなご馳走。皿の数も多く、彩りも豊富だった。

「毎晩こんな食事をしていたら、死ぬんじゃないかな」栗城が言った。

「お気に召しませんか？」花梨が尋ねる。

「いえいえいえ、とんでもない。こういう死に方なら、望むところかも」栗城が真面目な顔で語る。「だけど、大変だと思うなあ、毎日こんなのを作るなんて」

「簡単な料理でも、凝った料理でも、働くことには変わりはないんです」花梨が言った。「えっと、あまり素敵な話題じゃありませんけれど」

「ああ、なるほど」郡司は花梨が言いたかったことがわかった。「あの板前さんたちに支払う人件費は変わらない、という意味？」

「ええ、そう」花梨が頷いた。

「人を減らすこと、できないの？」栗城がきいた。

「この家が潰《つぶ》れるまで、できないと思う」花梨が小さく頷く。

「潰れちゃえばいいじゃん」玲奈が明るく言った。「お金があるうちはせいぜい贅沢してさ。もう駄目となったら、全部売り払って、みんなで街へ引っ越して、マンションで暮らそうよ」

「私は、それでも良いわ。貴女も大丈夫でしょう。でもね、お父様やお母様はどうするの？　お祖父様はどうするの？　誰がこれからの面倒を見るの？　貴女、そんなことできて？」

「考えるのよそうよ、そんなこと」玲奈が口を尖らせる。

「うーん、なんか、料理を目の前にしているので、申し訳なくなってきた」郡司は言った。

「あ、ごめんなさい、そんなつもりは全然ないんです」花梨が首をふった。「本当にごめんなさい。どうしてこんな話をしてしまったのかしら」

彼女が泣きそうな顔をしたので、郡司と栗城が慌てて、彼女たちと別れたあとの話を、明るい口調で語った。

「お役所って、そうだよねぇ」玲奈が指摘した。「誰だ？　資料館の担当者」

「えっと、平野《ひらの》さんじゃなかった？」花梨が言う。

「ああ、そうかそうか。よく魚釣りにいってるからな、平野さん」

村が小さいので、知り合いばかりのようだ。

「でも、建物は新しかったね」郡司は言う。

「うん、あれは一昨年だったか、建ったばかり」玲奈が指摘する。「あ、そうそう、あそこの役場の工事のときに、幽霊騒ぎがあったよね」

「え、私は知らない」花梨が妹の顔を見て言った。

「あれ？　じゃあ、私の学校だけで伝わったデマかな」

「どんな話？」郡司が尋ねる。

「いえ、全然、詳しい話は知らないけど、村役場の工事をしていて、あるとき、作業が遅れたのか、夜遅くまで工事をしていたら、幽霊が出たらしいっていう。それで、ほかの街から来ていた職人さんたちが何人か帰っちゃったんだって」

「仕事が大変だから、帰ったのじゃない？」花梨が言った。

「そうかもしれない」玲奈が頷いた。「私が知っているのはそれだけ。明日、平野さんにきいてみたら？」

「そうする」郡司は刺身を食べながら頷いた。

「あぁ、今日もまた、どれも美味しいなあ……」栗城が息をもらした。「幸せ、幸せ」

「あとは、また工場へ行ってきたわけ？」玲奈が尋ねる。

「うん、かなり写真を撮った」郡司は頷く。「それでも、まだまだ全然撮り足りない感じ。測量をしたいし、図面を描いたりもしたい。滅多にあんなところへ入れる機会ってないからね」

「そんなに面白かったら、なにか、動かして遊んだらどうかしら」花梨が言う。「電気がもう来ていないのかな。クレーンとか、それから、フォークリフトとか動かしたら？」

「花梨さん、凄いことを言いますね」栗城が目を輝かせて言った。

「危険だよ、そんなの」玲奈が言う。

「あら、貴女らしくないことを言うじゃない」

「いや、たしかにクレーンは危ないと思う」郡司は言った。「そんなことはしなくても、そうだ、建物の中に入って、写真を撮る許可がもしもらえたら……」

「オッケイオッケイ」玲奈が首を縦にふった。「そんな許可なら、私が、はい、許可します」

「ええ、誰も文句は言いませんよ」花梨も微笑んだ。「ただ、たしかに気をつけてもらった方が良いかもしれない。なにかが崩れてきたりとかして、怪我《けが》をしたら大変です」

「でも、工場の方は適当に切り上げて、隠れ絡繰りを探しましょうよぅ」玲奈が言う。

「いやぁ、まあそれは、僕たち二人が歩き回ったところで、どうこうなるものではないんじゃないかな」郡司は難しい顔をつくった。「考えてはいるけれど……」

第4章　熱も冷め、諦め気分が支配して

成長も上達も発展も、それが上り調子のときにエネルギィが供給されているのではない。それ以前の段階に、成長せず上達もせず発展もしなかった低迷期があって、そのときの努力の蓄積が原動力となっているのだ。逆に、成長し上達し発展している最中に怠った努力が、再度の低迷期を招くだろう。ものごとには準備期間、潜伏期間が必要である。理由や原因は現在にはない。少しまえを探してみれば思い当たるものが見つかる。

1

翌日の午前十時に、郡司と栗城は村役場を再訪した。

担当者は平野という名前で、四十代の色の黒い小柄な男だった。真知姉妹が話して

いたとおりである。しかし、魚釣りだったのですか、といった和やかな話ができる雰囲気ではなかった。にこりともしない難しい顔で二人を睨んだ。

部屋中に棚が並んだ資料室へ通され、この近辺にある、とだけ教えてくれた。しかし、手当たり次第勝手に手をつけるわけにもいかない。まずは、どんなものがあるのかと眺めているうちに、平野が再び現れ、儀貝機九朗に関するものはこの箱だよ、と急に親切な口調で言うのだ。最初から教えてくれれば良いのに、と思ったのだが、

「今、真知さんのお嬢様から電話があった」と平野がひと言話した。「あんたら、真知さんの友達かね？」

「ええ、あそこに泊めてもらっています」郡司が答える。

「それをさきに言わないかんわな」平野は片目を僅かに細くする。

電話をかけてくれたのは、たぶん花梨だろう。そのおかげで、少し親切になったというわけだ。

「中のものは、全部開けて見ても良いのですか？」

「あっちのテーブルで、慎重にゆっくりと広げる」平野が言った。「また、順番にそのとおり箱に戻しておく。お願いします」

「わかりました。あ、撮影は駄目ですか？」

「あ、駄目駄目。見るだけ」

平野は部屋から出ていってしまった。

「きかなきゃ良かったかな」郡司は呟いた。

「こんな管理で大丈夫なのかぁ」栗城が囁いた。

言われたとおり、テーブルの方へ箱を持って移動した。そこで、資料を一つずつ箱から取り出し、テーブルの上に広げる。糸や紐で綴じられたものもあるし、また一枚一枚の紙が束ねてあるだけのものもあった。

ほとんどは、毛筆で書かれた文字。ところどころに、簡単な図がある。朱が使われ二色になっている部分もあった。

最初は、半分も読めない、という印象だったが、だんだん慣れてくると、文字が頭の中で認識され、読解できるようになる。しかしどれも、人形絡繰りに関する文献か、あるいはまったく絡繰りとは無関係の文章のように思われた。糸を用いて、人形を操る方法を詳しく書いた絵もあった。大きな紙に書かれ、折り畳まれているものも多い。

「祭りの山車《だし》に乗っている人形かな」栗城が呟く。

「うちの実家の方にもあるよ」郡司は言った。彼の実家は名古屋である。「毎年山車を町内の消防団が引くことになっている」

高校生のときに一度だけ、誘われて参加したことがあったが、祭り自体が、あまり好きではない。そういったはしゃいだ雰囲気がどちらかといえば、郡司は苦手だった。しかし、山車の上に乗っている小さな絡繰り人形には興味を抱いた。山車の中に入って、その操作をするための無数の糸や取っ手を見せてもらったこともある。おそらく、かつては日本のどこにでもあった伝統技術なのだろう。もっと古い時代には、現在の手品のような、不思議な見せもの、つまりイリュージョンとして人気を博したのではないか。

箱の中の最後のファイルは、昨日、礒貝の家でコピィを見せてもらったものの原本だった。和紙に墨で鮮明に描かれた図解である。非常にしっかりとした和紙で、現在の普通の紙よりも、むしろ破れにくく信頼性が高いと思えるほどだ。これならば、さらに百年後にも残っているだろう。今世間で使われているコピィ紙などは百年もそのまま残るとはとても思えない。黄ばんで風化してしまうからだ。

もう一度、一枚ずつ絵を見ていったが、こちらにだけある絵はなかった。

二人は箱に元どおりに資料を収め、その箱を棚まで返しにいった。ここへ来て一時間ほどが経過していた。部屋を出て、通路を歩き、事務所へ平野を呼びにいく。

「資料の箱、戻しておきました」郡司は報告した。

「あ、はいはい」平野が返事をする。「ありがとうございました。あの、もう、良いですか？」

「どうも、お疲れさま」

ドアを閉めて、通路を進み、ロビィから屋外へ出た。

「大丈夫かなあ。確認もしなかった」栗城が舌打ちする。「のんびりしているっていうか、やる気がないっていうか……。あんな貴重なものなのに、あれじゃあ、いつ紛失するかわからない。誰だって簡単に盗み出せるよ」

「うん、でも、ここじゃあ、あの程度のものは、全然珍しくないってことかもしれない」郡司は言った。「工場の跡地だって、僕らには宝の山だけれど、村の人たちにはやっかいながらくた。処理に困るだけのもの。あれだけ古いものが当たり前に残っているんだから、たかが百二十年まえの資料なんて、大したことないって考えているんじゃないかな」

「本当に大事なものだったら、村の資料館なんかに預けないかもね」栗城が言った。「真知家にも、山添家にも、もっともっと昔の由緒ある品々が沢山眠っているんだよ、きっと。儀貝先生のところにだって……」

「ああ、あのコレクションは凄かったよな。あれは、相当に価値のあるものだと思う」

「総額で、いくらと見積もった？」栗城がきいた。

郡司は十秒ほど考えた。昨日見せてもらったばかりのものだ。おもちゃの年代と状態、そして数である。

「そうだね。一番古い機関車が、まあ四十万円くらいじゃないかな。安いものは数万円。これは買い値だ。今、あれをオークションに出したら、全部で、ざっと二千万円くらいかな」

「買ったときは、その十分の一以下だっただろうね」

「儀貝家には、もっと代々の宝物があるんじゃないかな」

「でも、屋敷は残っていないようだったね。あの古い民家は、代々儀貝家が暮らしているにしては、質素だよ。単なる農家というか、山小屋というか」

「絡繰りの職人だったというだけで、資産家ではなかったということじゃないのかな。それとも、財産を食い潰す子孫がいたとか」

「まあ、おもちゃを集めるような道楽者がいれば、一代で財を失うってこともあるかも」

昨日コーラを買った古い商店の前を通りかかった。暗い店内の椅子《いす》に、あの老婆が座っているのが見えた。郡司はそちらへ近づいていき、挨拶《あいさつ》をした。

「こんにちは」

「ほう、また、あんたらか」

「今日も、役場に行ってきたんです。資料を見せてもらいに」

「ジュースを買うのかね？」

郡司と栗城は顔を見合わせた。

「はい、じゃあ、買います」

水の中に沈んでいるコーラの瓶を老婆に出してもらった。タオルで丁寧に拭いてから、金属製の栓《せん》抜きを使って、キャップを外す。この頃では、栓を抜くような場面にはほとんど出会うことがない。

二人は代金を支払ってから、冷たい瓶を手にした。

「そうだ、そこの村役場を建てているとき、幽霊が出たんだそうですね？」郡司は尋ねた。

「幽霊かね、おお、そう、出たな」

「あ、ご存じなんですか？」

「わしは見とらんけどが、見た者はおるで」

「誰が見たんですか？」

「ああ、あれはぁ……」両手を背中に回して、老婆は躰を起こすような姿勢になる。

「うーん、工事んときに働きにきとった隣町の者だったか。腰を抜かして、帰っていってまったで、はあ、ごつい躰をしとるわりにゃあ、肝《きも》が小さいでいかん」

「どんな幽霊ですか？」

「いや、知らんけども、おお、なんじゃ、夜中にことこと足音がしとって、それが近づいてくると」

「女の幽霊ですか、男の幽霊ですか」

「知らん」老婆は首を横にふった。「わしが見たわけでないで。まあ、そういやあ、夜中に変な音がするなんてことは、べつに珍しいこっちゃないでね。ほんなもんは、昔からだ。どこかで、キツツキが樹を叩いとるかもしれんし、はあ、キツネかタヌキが、どこぞで悪さをしとるのかもしれんわ」

「おばあちゃんも、そんな音を聞いたことがあるんですか？」郡司が尋ねた。

「おお、そりゃあ、あるよ」

「夜中に？」

「夜中でも、昼間でも」

「へえ、外で？　どこらへんで音が鳴るんですか？　近くですか？」

「そりゃあ、わからん。気にしたことがないで」

それ以上の情報は得られなかった。そもそも得られた情報も、意味のあるものかどうか疑わしい。

二人は空の瓶を返して、その店を出た。

2

一本松の地蔵の角から、反対側へ延びる道は、橋を渡って真っ直ぐに神社へ向かっている。今そこで、祭りの準備らしき作業をしていた。さきほど通りかかったときは、なにもなかったので、まだ始まったばかりなのだろう。旗を立てるためのポール、提灯《ちょうちん》を吊るためのワイヤ、それに電源などの工事を、十数人の若者が行っている。さらに奥では、屋台を建て始めている。今はまだ仮構造を組み立てる段階のようだ。小さなトラックから荷物を下ろしている風景も見られた。

「お祭りが明後日《あさって》なんだ」郡司は言う。

「いつまでここにいる？」栗城がきいた。

「まあ、お祭りまではいよう」

「そうだね」栗城は頷く。「隠れ絡繰りは、ちょっと、わかんないもんな」

「うん。出てくるまで待っているわけにもいかないし」

道を歩いて街を抜け、トラス鉄橋の手前まで来たら、橋を二台のバイクが渡って近づいてきた。郡司たちの前で停まり、ヘルメットを外す。思ったとおり真知玲奈、そしてもう一人は山添太一だった。

「山添君も、家には内緒なの？　バイクのこと」郡司はきいた。

「はい、いちおう」彼は情けなさそうな顔で頷いた。

「二人とも、そのバイクはどうしたの？　古そうだけれど、中古品を買ったわけ？」

栗城が尋ねる。

「壊れているのを拾ってきて、部室にある機械で部品を直したんだよ」玲奈が説明する。「儀貝先生に指導してもらってね。ちゃんとナンバも取ったし。だから、これは学校の備品なの。こうして乗っているのは、クラブ活動ってわけ。実験、実験」

「ふうん。学校にもばれたら、危ないんじゃないかな。事故でも起こしたら、儀貝先生の首が飛ぶよ」

「事故なんか起こさないもの」

「うーん、そういうのが危ないんだから」郡司が指摘する。

「保険はちゃんと加入したよ」

「まあ、そういう問題じゃなくてね」

「あ、そうそう、そんなことより、郡司さんたちを探していたんだから」

「どうして？」

「儀貝先生がね、ついにあの鍵を開けたの。さっき、電話があって、行ってみたら、開いたって」

「え、本当に？　あの、丸四角三角の」

「そう。行く？」

「うん、もちろん」

「じゃあ、さきに行って待ってるね」

二人はバイクをターンさせ、橋を戻っていった。

「乗せてってくれたら、助かったのに」栗城が汗を拭《ぬぐ》いながら溜息をつく。

「二人乗りは駄目だよ」郡司は言った。

橋を渡って、しばらく坂道を上っていく。四本松のところまで来ると、左手の坂を花梨が一人歩いて下ってくるところに出会った。日傘を差し、優雅に散歩をしているような歩調である。

「どちらへ？」花梨がさきに尋ねた。

「礒貝先生のところです」郡司が答える。

「ああ、私も……。あの鍵が開いたんですってね。電話があったの」

「玲奈さんからですか？」

「いえ、礒貝先生から」

「花梨さんも、礒貝先生をよく知っているんですか？」栗城が尋ねた。

「ええ、私も、同じ高校の出身だし、やっぱり、物象部の部長だったの。礒貝先生が顧問で」

「ああ、そうなんだ」郡司は頷いた。そうなのかな、と想像はしていた。

「実はね、礒貝先生が直したバイクを運転させてもらったことがあって、あれは面白かった。これ、誰にも内緒よ」

「あ、あ、そうですか」郡司は栗城と顔を見合わせた。「あの、これは、もしかして、話した方が良いのかな。実は……」

「玲奈がバイクに乗っていること？」

ようと思う」

「あれ、知ってたんですか」

「だって、昨日、見ちゃったから」花梨は微笑んだ。「でも、知らない振りをしてい
「危なくない？　注意くらいした方が」郡司は言った。

「実はね、私、つい最近に普通二輪の免許を取ったの」花梨は嬉しそうな顔で話した。「オートマティック限定じゃなくて」

「え？　普通二輪って、四百まで乗れるやつ？」栗城が言った。

「ええ、それでね」花梨は肩を小さく持ち上げる。「バイクも、買っちゃった」

「へえ、凄いなあ」

「内緒よ」

「あ、ええ……」

「内緒にしておいた方が、本人は気をつける。だって、もし事故なんか起こしたら、何を言われるか。それは妹も同じ。本人が一番よくわかっていることだから」

なるほど、そういう理屈を話そうとしていたのか、と郡司は感心した。しかしそれにしても、真知花梨がバイクに跨《また》がっている姿というのは、ちょっと想像ができない。

沈黙が数秒ほど続いた。隣の栗城も宙を見つめるような視線だった。想像しようとし

ているのにちがいない。

三人で竹林を抜ける坂道を上っていき、儀貝の家に到着した。案の定、バイクはどこにも見当たらない。花梨が来るから、どこかへ隠したのだろう。

「こんにちは」扉が開いていたので、中に入っていくと、奥の扉の外に玲奈が立っていた。

「こっちこっち」彼女が躰を弾ませて裏庭へ手招きしている。胸でコーラのペットボトルが揺れていた。

土間を通り抜け、再び屋外。裏庭に儀貝の姿はなかった。離れの小屋の中、あるいは例の地下だろうか。

「どうだったの？」花梨が尋ねた。「開いた？　中に何があったの？」

「まあまあまあ」玲奈が両手を広げた。「慌てなさるな、お姉様」

ところが、その嬉しそうな玲奈の顔が、突然変わった。視線は、郡司たちの背後へ向いた。

「こらあ！」彼女が叫んだ。

振り返ると、建物の陰に男がいる。逃げようとした。

「待て！」玲奈は、そちらへ駈《か》けだした。

男は立ち止まってこちらを見る。

「なんで逃げるの？　どうして、そんなこそこそするんだ？」

「あいや、その……、ちょっと、そこ、通りかかったもんだで」顔をしかめながら言った。山添家の運転手をしている染川という男だ。

小太りで髭が濃い。眉も太い。ハンティング帽を被っていた。郡司たちを見て、眉を顰《ひそ》め、嫌そうな表情を露《あら》わにした。

「このまえも、盗み聞きしていたでしょう？」玲奈が言う。

「いや、そんな、そんなこたあ、しませんですよ」

「してた」玲奈が言う。

「こんにちは」花梨が前に出て、頭を下げた。「お久しぶりでございます。覚えていらっしゃいますか？」

「あ、はあ、もちろん……」染川が慌てて頭を下げる。

「妹の無礼は、どうかお許し下さい」花梨が頭を下げる。「なにか、理由があってなさっているのですね？　よろしければ、お教えいただけないでしょうか？　私もこの村を離れまして、事情が充分にわかっておりません。あるいは、そちら様の失礼になるようなことを、気がつかずしているかもしれません。ご指摘いただければ改めますけれど……」

「い、いえいえ、その、そんな」ぶるぶると染川は首をふった。「と、とんでもない、いや、あの……、ぼっちゃまが、中に……」

「ああ、太一君」玲奈が言う。

「妹と太一さんは、仲良くおつき合いさせていただいているようですね」花梨が言った。「私も、とても喜んでおりますの」

「え?」玲奈が目を見開く。

「誰も思い出せないような昔のことを、いつまでも引きずっていてもいけませんでしょうから」花梨が微笑みながら、ゆったりとした口調で話す。「ええ、また近いうちに、改めてご挨拶に伺いたいと存じます。お家主様にどうかよろしくお伝え下さいませ」

「あ、は、はい……」染川は頭を下げ、帽子を取って、もう一度頭を下げ直した。

「それでは、これで失礼いたします」花梨もにっこりと頭を下げた。

染川は逃げるように駈けだしたが、途中で一度転び、起き上がってこちらを向き、またお辞儀をしてから、走り去った。

3

「お姉ちゃん、凄いよねえ」裏庭の小屋の中に入ったところで、玲奈が呟くように言った。「いざというとき、恐いのなんのって」

「恐い？　私が？」花梨が首を傾げる。

「なんかね、さすがに真知家を背負って立つだけの風格がある」玲奈が言い、自分でうんうんと頷いた。「私は無理だな、全然風格ないもんなあ」

「そのかわりに、貴女は甘やかされているじゃないの。自由奔放で私は羨ましいわ」

「あの、それって、フォローになってる？　えっとぉ……」口を窄《すぼ》めて、玲奈が不安そうな顔。

部屋の中央から太一が顔を出した。

「儀貝先生は？」玲奈がきいた。

「下にいるよ」

螺旋階段を下りる。地下のコレクションの部屋で、儀貝がゼンマイの機関車を走らせていた。じいじいと音を立てて、小さな機関車が客車を三両引いて、円形の線路を何周も回った。

「これも、百年くらいまえのおもちゃだよ」礒貝が説明した。「イギリスかドイツで作られたものだ。今でもちゃんと動く」

「ゼンマイって、近頃はもうないですよね」郡司は言った。「もの凄く小さいミニカーに残っているだけかな、バックさせてから前に走るやつ」

「ネジを巻く時計もなくなっちゃったし」栗城が言う。

「うちにまだ幾つもあるよ」玲奈が言った。「うちが変なのか」

ぐるぐると線路を回っていた列車が、速度を落とし、やがて停車した。

「隠れ絡繰りも、ゼンマイ仕掛けってことは、ありえない？」ようやく止まった機関車に花梨は顔を近づけている。

「ネジを巻いたままにして、百二十年も置いておけないよ」郡司が指摘する。「材料が鈍ってしまって、元に戻らなくなるんじゃないかな。なんとかっていいますよね、そういう現象」

「クリープ現象、あるいは応力緩和」礒貝が答えた。

「百二十年って、やっぱり凄い時間なんですね」花梨が溜息をつく。

「人間が作った機械の歴史が、それだけ浅いってことじゃないかな」郡司は言った。

「さてと……、もったいぶってもしかたがないか」儀貝は微笑んだ。

「開いたんですよね？」郡司は尋ねる。

「うん、昨日、みんなに話をしてから、妙に気合いが充実してね、夜を徹して削ったんだ」彼は白衣のポケットから、小さな白いものを取り出した。

郡司がそれを受け取る。白木で作られたものだった。前から見ると円形、横から見ると四角、そして上から見ると三角。彼はそれを角度を変えて、片目を瞑《つむ》って眺めた。そして、待っている栗城に手渡した。

「ああ、そうか……、こうなるんだ」栗城もしげしげと眺めて言った。

「紙コップで、そんな形のものがあるわね」花梨が横から覗き込んで言う。

そんな紙コップを、郡司は見たことがなかったので、コメントできなかった。

儀貝のあとに続いて、隣の工作室を通る。床には、真新しい大鋸屑《おがくず》が散乱していた。昨日より一段と多い。一つの形を作るために、これだけの削り粉が出たのである。

古いトンネルの中を進み、例の絡繰りの部屋まで来た。もう、誰ものを言わなかった。儀貝が前に立ち、装置前面の穴から、その鍵の木型を入れる。そして、先に丸めた布を取り付けた棒で慎重にそれを押し込んだ。玲奈がすぐ横で膝を折り、懐中電灯を手にして、装置の奥を照らす。ほかの者は少し離れた位置で見ていた。近づくと、照明の陰ができてしまうからだ。僅かな金属音が鳴ったあと、儀貝が息を吐いて立ち上がった。

「これで、第一関門突破」そう言いながら、彼は装置の横に回った。

同じ棒を横の穴から差し入れ、中に取り残されている木型を横から押した。装置は骨組みだけであっても、数々の仕組みが組み込まれている。木型が動く様子は、ところどころの隙間から覗ける。しかし、完全には見えない。しいんと静まり返ったなか、また僅かな金属音が鳴った。そして、儀貝が溜息をつく。手応えがあったようだ。

「OK、これで第二関門突破」

儀貝は今度は反対側へ移動し、装置の上から棒を差し入れた。前面の隙間から玲奈がライトで光を入れる。

「この最後の三角が難しかった」儀貝は言った。「途中で引っかかると、戻すのがとても難しいんだ。力を入れると、下方向だから、勢いがついてね。捻ったりすると噛んで動かなくなってしまう」

息をのんで見ていると、小さな音が聞こえた。その直後に、ことりと、足許にその木型が転がり出てくる。礒貝はそれを拾い上げた。

「これで、お役ご免というわけだ」彼はそれを皆に見せてからポケットに仕舞った。「ちょっと下がって」

全員が部屋の壁際へ後退。礒貝は、装置の左側の骨組みを両手で掴み、脚を大きく開いて踏ん張った姿勢でそれを引っ張った。回転するように、すなわち装置自体が扉のように手前に出てくる。それと同時に、壁を覆っていた分厚い板が、文字どおり扉のように開いた。

五十センチほど開いたところで、礒貝は力を緩める。

「ここまでしか開かない」彼はみんなの方を振り返って言った。「本当はもっと、九十度まで開く設計だったと思う。でも、たぶん、床が撓《たわ》んだせいじゃないかな。地面が下がってしまったんだ。その歪《ひず》みで、ここで、ほら、装置の下が床を擦《す》ってしまう。いくら装置を精巧に作っても、部屋や地面が、百年間ももたないってことだね」

扉の中に小さな部屋が現れた。一畳の広さもないだろう。隙間が五十センチほどしかなく、内部には灯りもない。したがって、二人ずつ懐中電灯を手にして中に入った。

まず、花梨と玲奈が入った。そのあと交替して、郡司と栗城が一緒に入った。

まるで大きな木箱の中にいるようだった。なにもない。棚もない。何一つ置かれていない。空っぽである。

「これで、そこを閉められたら、棺桶《かんおけ》だね」栗城が囁いた。

「なにもないですね」郡司は言った。

「反対側だよ」外から玲奈の声。

「反対？」

二人は狭い場所で躰の向きを変えた。だが、べつになにかがあるわけでもない。

「あ、ここ」栗城が指をさした。

郡司がライトを当てると、墨で書かれた大きな文字だった。

「えっと、風か？」栗城が言う。

できるだけ後ろに下がって、全体を見る。文字は上下に四つ並んでいた。

風静蝶休

「風、静か、蝶、休む、か」郡司は読んだ。

壁のほかの場所も丹念に照らしてみたが、これ以外にはなにも書かれていなかった。

　外に出ると、花梨と玲奈が待っている。礒貝は腕組みをして壁にもたれかかっていた。

　今度は、山添太一が入っていく。一緒に、玲奈がもう一度入った。

「あれだけですか？」郡司は礒貝に尋ねた。

「うん」礒貝が頷く。

「あれだけ……」郡司は呟いた。「で、あの意味は？」

「さあ」礒貝が首をふる。「僕にはわからない」

「蝶は、真知家の家紋です」花梨が言った。「それに、山添家の家紋は風車」

「ああ、そういえば」郡司は頷いた。

「山添の家が静かになれば、真知家も休まる、ってことじゃない？」玲奈が出てきて言った。

「うーん」礒貝が唸る。

「なにか、ほかに意味があるんじゃないかなあ」郡司も腕組みをしていた。

「とりあえず、写真を撮っておこう」栗城が明るい口調で言った。

4

昼は真知家へ戻った。氷の入った桶が運ばれてきて、縁側に並んで座り、冷やし素《そう》麺《めん》を食べた。

「ああ、いいなあ」栗城が足を前後に振った。「こんな夏を夢にまで見たよ」

夢には見ていないだろう、と郡司は思ったが、栗城はその表現をよく使うのだ。

「そんなに素麺が好きだったのか？」とだけきく。

「いや、素麺だけじゃないよ、この、なんていうか、すべてだね。なにからなにまで、このシチュエーションがたまらない。いいなあ、ほんっと日本の夏って」

「僕は、もう少し涼しい方が良いと思う」郡司は言った。「北海道とか、スイスの夏が羨ましい」

「情緒のない奴ですよね、こいつ」栗城が花梨に言った。

「私も、暑いのは苦手」花梨が答える。「こちらは大丈夫だけれど、今住んでいるマンションなんか、夜もクーラをつけて眠っているわ」

「そんなの躰に悪くない？」玲奈がきいた。彼女は、コーラを飲みながら素麺を食べていた。「やっぱり、夏はさ、氷とか食べて、汗かかなくちゃ」

「ああ、しかし、それにしても、あの絡繰りは、ちょっとがっくりきたね」郡司は溜息をつく。「頑張ってあれを作った儀貝先生の手前、そんなこと言えなかったけれど、なんか、文字どおり壁に突き当たった感じがした」

「そうだよなあ、あそこが開いたら、僕、さらにトンネルが延びていて、そこに隠れ絡繰りがあるものだとばかり想像していたよ」

「壁も調べたみたいだけれど、どこも仕掛けはなさそうだって」玲奈が言った。「だけど、あの文字はどう？　やっぱり、なんかのキーワードなんじゃない？」

「単に、両家に対するアドバイスだったのかも」花梨が遠くを眺めながら言った。

「うん、そう思うと、なかなか重い言葉だと思うわ。封印してある中から出てきたものがあれだけだったとしても、私たちはちゃんと大切に受け止めなくちゃ」

「そうですね」一番端に座って大人しくしていた山添太一が口をきいた。

「え？」玲奈が彼の方を振り返る。「何がそうなの？」

「僕の代になったら、真知家とは仲良くするよ」

「え……、あぁ、そ、そりゃそうだよぅ」玲奈が口を尖らせる。「これだけ可愛がってあげてるんだからね、恩返ししてもらわなくっちゃ」

「ずっと昔は、たしかに仲が悪かったかもしれないけれど……」花梨が前を見たまま言った。「今では、どうして喧嘩をしているのかさえ、誰も覚えていない。ただただ、仲が悪いというだけ。理由なんて消えてしまったのに、感情だけが残っているなんて、不合理ね」

「なんか、そういうのって、国どうしとか、民族どうしとかでも、あるんじゃないかな」郡司が言った。「そういう感情だけが人々に受け継がれているみたいだし、あとから理由なんていくらでも捏造《ねつぞう》できるし」

「争いたいから争っているのかしらって思うときがある」花梨が言った。「人間ってそうじゃない？　争っているときって、団結して、一つになれるでしょう？　仲間意識も芽生えるし。外に大きな敵を作れば、少なくとも身の回りでは嫌なことを排除できるわけ」

素麺は非常に美味しかった。真知家の自家製のものだという。穀物や野菜はもちろん、味噌や醤油《しょうゆ》も自分の家で作っているらしい。

素麺の桶を片づけ、ランチは終わった。

「今日はどうするの？　これから」花梨が尋ねた。

「いや、なにも考えていないけれど……」郡司は答える。栗城の顔を見たら、彼は欠伸《あくび》をしていた。「おい、どうする?」

「ちょっと昼寝でもしたいなぁ」栗城が答える。

「ああ、それ、私も賛成」花梨が微笑んだ。「お昼寝のあとは、また工場へ?」

「うん、そうしよう」郡司は頷いた。

「私たちも行こうかな」玲奈が太一を見ながら言った。「トロッコ動かそうよ」

「え?」栗城が目を丸くする。

「じゃあ、三時くらいに?」花梨が尋ねた。

「私たち、さきに行ってるね。トロッコ、出しておいてあげるから」

「危ないことしないでよ」

「大丈夫だって」

「わぁ、一気に目が冴《さ》えてきたぞ」栗城が呟いた。

三人が出ていったので、離れは急に静かになる。栗城は板間に座布団を持ってい
き、それを枕にして横になった。郡司は畳の上で横になり、天井を見つめて、ぼんや
りと考える。

風が静まれば蝶が休む、という言葉についてだった。花梨の説は、山添家と真知家
の家紋にかけたもので、両家の仲違《なかたが》いを諌《いさ》めたものだろう、という。しかし、考えて

みれば、少々一方的ではないか。つまり、風が静まれば、蝶は休むことができるが、その逆は成り立たない。蝶が休んでも、風は収まらないのだ。どうも、そんな意味ではないような気がする。あんな場所に書いたのは何故なのか。どうして、あそこを封印するための施錠装置まで作ったのか。

そもそも、あの施錠装置はどれほどの意味があったのだろうか。ちょっとした工具を使えば、分解したり、壊したりすることは、不可能ではない。儀貝は、その価値を知っていたから、壊さずに鍵となる木型を製作して開けたのだ。機九朗は、壊されて開けられることを想定していなかったのだろうか。開けるのは、自分の子孫だけだと考えていたのか。

否、鍵を作るにしても、壊して開けるにしても、宝があると思って開けた者に対するメッセージだと考えて良いだろう。事実、あそこが開いても中身は空っぽ、わけのわからない文字だけが書かれていたことで、拍子抜けだったことは確かだ。たぶん、そんなふうに拍子抜けの感情を抱くことさえ、天才絡繰り師だったら、計算していたにちがいない。

何を考えれば良い？

儀貝機九朗が残したメッセージは？

はたして、ヒントが隠されているだろうか。

しかし、もし自分が作った絡繰りに絶対の自信を持っているならば、ヒントなど残す必要はない。隠れ絡繰りは、今もどこかで作動しているはず。もうすぐ動きだすだろう。そうすれば、すべては、そこで現れることになるのだ。

探したって無駄か。

いや、でも……、
どうしても、百二十年もの間、作動し続けるような機械が存在するとは信じられない。そうだ、もっと冷静になって、客観的になって、自分の感覚、自分の知識を信じよう。やはり、そんな機械はありえない。どんな機械だって、必ず不具合は起こる。材料は劣化し、周囲の環境も変化する。人間の知恵が及ぶ範囲など知れている。そうだ、天才ならば、それを絶対に予期したはず。だから、万が一のときのために保険をかけたのではないか。やはり、その線が確からしい。すると、あの四つの漢字こそ、その意味なのか。

思考はぐるぐると回る。

意識すると、蟬の声が空気を細かく震わせ、すべてを振動させているようだった。眩《まぶ》しい外気は、今にも室内に侵入しそうな圧力を予感させる。郡司は目を瞑った。

ここへ来て、既に三日。

自分が得た情報を整理する必要があるな。

駅に到着してからの情景が、頭の中でフラッシュバックした。

それと同時に考える。これから何をすれば良いだろう。

5

扉が開く音で、郡司は目を覚ました。栗城は既に起きていて、カメラを触っていた。

「行こうかぁ？」花梨が土間から呼んだ。

三人で工場へ向かって、炎天下の中を歩いた。この村へ来たときは、涼しいところだな、と感激したのだが、今ではすっかり慣れてしまい、やはり夏は暑いと感じてしまう。ただし、クーラがなくてもいられる、という点が、都会の夏とは基本的に違っている。

工場までの道のりでは、大学の話をした。郡司たちが作ろうとしているサークル、すなわち古い工業施設の研究を行う同好会についても、花梨に話した。特に、栗城が熱心に説明をした。花梨にクラブの設立時に参加をしてもらいたい、という意図かもしれない。郡司にはそれは無理な要求だと思えた。いくらバイクを買ったからといって、いくら理系でメカ好きだからといって、このマイナな趣味に彼女を誘うのはいかがなものかと思える。

工場の敷地内に入り、例の鉄塔の方へ足を運んだ。壁に不思議なマークがあった場所だ。

「あれ、やっぱり蝶々じゃないかな」郡司はマークを見て言った。

「蝶々ね……」栗城が言葉を繰り返す。「まあ、見えないこともないけれど」

「石碑のマークはどちらも四つだ」郡司は指摘する。「こっちの社のも、あっちの間欠泉のも」

「うん、四つだ」栗城は頷く。「さっきの漢字も四文字だった」

「四つか、四つといえば、何だ？」

「さあ、方角とか？」

「方角か……」

そんな会話は今回だけのことではない。そうやって、お互いに思いつきを言葉にして、ぶつけ合うのだが、残念ながら、連想が広がっていかない。なにか欠けているものがあるのだろうか。

どこかでエンジンがかかる音がした。高い声も聞こえてくる。玲奈だろう。そちらへ向かってさらに歩いた。

倉庫のような巨大な建物の前で、動いているものが見えた。

「やっほぅ！　こっちこっちぃ」玲奈が手をふった。「見て見て、凄いでしょう？　動いたよ。エンジンがかかった」

「え、バッテリィは？」栗城がきいた。

「いえ、手動でかけたんです」太一が言った。

エンジンのアイドリング音があたりに響き渡っている。

「これが、アクセルかな？」玲奈は運転席だ。

機関車は二メートルほどの小さなもので、運転席といっても屋根はなく、丸いシートが一つあるだけで、そこに座るにも、狭くて前を向くことはできない。横向きに座って運転をするようだ。

「クラッチはないの？」

「これがブレーキだね」

「よし、やってみるよ」玲奈が言う。「どいてどいて」

「ゆっくり」

エンジンの回転が上がる、オートクラッチが擦れる音が鳴り、機関車が一度がくんと揺れた。

「おぉ、動くじゃん」玲奈が声を上げる。

「ハンドブレーキがかかっているんじゃないか」

「あ、これだ」

「よしよし、わかったわかった」

再び回転を上げる。ボンネットの上に立っているエグゾーストパイプから煙が吹き出た。

機関車は、音のわりにゆっくりと前進を始める。線路はほとんど土に埋まっているようだが、十メートルほど進んだところで、前に貨車が五両ほど置かれているため行き止まりとなる。玲奈はその手前で機関車を停めた。

「凄い凄い!」彼女は立ち上がった。興奮しているようだ。「面白い! こんなのがあったなんて……、最高!」

「ちょっと、次は私にやらせて」花梨が前に出る。「代わって代わって」

「バックできるのかな」玲奈が運転席から飛び降りて言った。

「できるわよ」花梨が乗り込んだ。「うーん、これだ」

ギアを切り換えたようだ。彼女はシートに座って、後ろを振り返った。

排気を吹き上げ、機関車はバックし始める。後方へは線路が長く続いていた。草むらへ向けて、花梨を乗せた機関車はどんどん突き進んでいった。

「お姉ちゃん、危ないよ！」玲奈が叫ぶ。「スピード出しすぎ」

草むらの中へ突っ込み、機関車は停車した。しかしすぐに、またこちらへ戻ってきた。

「ああ、私より、暴走族じゃん」玲奈がコーラを飲みながら笑った。

花梨は機関車を停め、満面の笑みで降りてきた。

「素敵……、ああ」彼女は溜息をもらす。「これ、欲しい」

そのあと、男性三人も運転を経験した。しかし、最後に栗城が運転しているときに、エンジンが止まってしまった。

「あれ、エンストだ」

「ガス欠じゃない？」

太一がクランクでエンジンをかけようとしたが、まったく手応えがない。

「ガス欠だね、やっぱり」

「面白かったねぇ。今度はちゃんと線路を開けて、もっと沢山走らせようよ」玲奈が言う。

「こんなに面白いものがあるなんて、みんなに教えてあげないと」

「誰に?」花梨がきいた。

「儀貝先生とか」

「ほかには?」

「うーんと、お祖父ちゃんとか」

「せいぜい、それくらいじゃないかしら、喜ぶ人って」花梨が言う。

「うん、そうだね」

そのあとは、郡司と栗城はほかの三人と一旦別れて、山手の設備を調べにいった。トンネルの近辺の設備である。こちらは古いものなので、既に構造物として残っているものは少ない。基礎構造だけが土に埋もれていたり、朽ち果てた一部が草の間に隠れている程度だった。

なにかを発見するごとに写真を撮り、地図に書き込んだ。炭鉱と、その処理工場、そして、それを搬出する設備などを想像するだけで面白い。今はもうない鉄道の線路も、地形を観察していると、道筋として見えてくる。

山へ上る方向へ歩いていると、金平様《こんぺい》の社の近くに出た。そこで、花梨たち三人に出会う。

もう一度、みんなで石碑を眺めた。

「この最初の蝶のマーク？」玲奈が言う。「これって、間欠泉の方の最初のマークと似ているね」

「そうそう」郡司も頷く。

「こちらは蝶で、向こうのは風車を表しているんじゃない？」花梨が言った。

「あ、それは面白い指摘だなあ」郡司は感心した。しかし、実は自分も既に考えたことだった。

ここでも、また議論がしばらく続いたけれど、発展はなし。

もう一つの花林様《かりん》の社へも足を運んだ。お堂の中や周囲を丹念に見て回った。しかし、何を探しているのか、自分でもわからなくなる。

トンネルの入口まで来た。一昨日、閉じ込められた場所だ。ここでも、あたりをしばらく探した。地面を見て歩き、古い構造物も調べた。しかし、特別に変わったものは見つからない。

「あぁあ……」玲奈が両手を上げて背伸びをする。「もう帰るぅ？　今日は花火をしない？」

「そうね」花梨が言った。「花火をするのなら、浴衣《ゆかた》を着ないと」

「え？」栗城が小さな声を上げ、郡司へ視線を向ける。期待の表情を見せている。

「浴衣かぁ」玲奈が嫌そうな顔になった。「あれって、動きにくいからなぁ」

「僕、そろそろ門限だから」太一が言った。

「あれ？　私の浴衣姿を見たくないわけ？」玲奈が口を平行四辺形にして睨みつける。

「写真を撮っておいて下さい」太一が栗城に歩み寄って言った。

「おいおい」玲奈がさらに詰め寄った。

6

真知家に戻ったときもまだ明るかった。今夜はお客様がある、ということで、花梨と玲奈は夕食が一緒にできない、と言った。花火は九時に、という約束をして、庭先で別れた。

郡司と栗城は男二人で食事をした。花梨たちがいないためか、料理の豪華さはやや低めだった。それでも、もちろん充分にご馳走であることはまちがいない。満腹になってから、二人は風呂を沸かして入った。今日は栗城がさきに、郡司があとから入った。それでも、八時にはすっかり片づいた座敷で、寝転がってのんびりとくつろいでいた。栗城は風呂上がりに、天国だ、極楽だ、と何度も繰り返した。もちろん、郡司もまったく同感である。

「ほんと、良いのかな、こんな幸せで」栗城が言う。

「真知家になにかお返ししないといけないな」郡司は小声で言った。「だいたい、僕たち、手土産さえ持ってこなかった」

「ああ、だから会ってもらえないんじゃないか？」仰向けになって天井を見上げている栗城が言う。花梨の両親には、まだ会っていない。

「そんなことはないだろう」郡司は笑う。「しかし、うん、帰ったら、二人でなにか買って、送った方が良いな」

「おお、なるほどね。それはいいな。ワインとかか？」

「お酒を飲まれるか、きいておこう」郡司は言う。「礒貝先生にも、お世話になったから、うーん、彼には、おもちゃを送れば良いか」

「難しいよ、選ぶのが、趣味のものは」

そんな話をした。どれくらいの金額のものが適当かも二人で話し合った。そんなに大金をかけるわけにはいかないものの、しかし、これだけのもてなしを受けたのだから、ある程度の額は当然だろう。

九時に、約束どおり花梨と玲奈がやってきた。約束はしていなかったが、二人とも浴衣を着ている。花梨が白地にオレンジ色の花模様、玲奈は黄色の蝶の模様だった。郡司は、少なからず感激したが、どういう言葉でそれを表現して良いのかわからなかった。栗城も同じだろう。

「うわぁ、凄い」としか言いようがなかった。

あとで、冷静になって考えてみたら、凄いなんて形容詞は不適切だった、と気づいた。綺麗だとか、可愛いとか、そういう単語が言えなかったことが悔やまれる。おそらく、栗城も同じ考えだろう。

庭に出て花火をした。花火が一箱運ばれてきていた。それだけの量を四人で一晩で消費するのは大変ではないか、と思えるほどだった。

空に何発も打ち上がるもの、噴水のように広がるもの、降り注ぐもの、色とりどりの閃光《せんこう》を放つもの、小さくきらきらと輝くもの。歓声も上がり、煙とともに消えていく。

箱の半分ほどがなくなった。水を入れたバケツの方が、使用済みの燃え残りでいっぱいになってしまったため、ひとまずお開きにした。縁側に並んで腰掛ける。団扇《うちわ》を持っていたが、涼しい夜風がとても気持ち良い。火薬の匂いは、今は蚊取り線香の匂いに代わっていた。

「ねえ、郡司さんたち、いつまでいるのぉ？」玲奈がきいた。

「いや、そんなに長くはお邪魔できない」郡司は答える。「うーん、まだ決めてはいないけれど、あと、一日か、二日かな」彼は栗城の方を見る。

「うん、そうだね」栗城が言った。「いやあ、こんな楽しいところ、ほんと、ずっといたいけれどさ、でも、やっぱり都会に戻って、学校が始まって、試験があって、単位を取って、ていう生活に戻るんだよね」

「私も戻らなくちゃ」花梨が目を細める。

「私だって、そう」玲奈がつまらなそうな顔になった。「ああ、勉強しなきゃ」

「消費するだけの生活って、良いなあ」花梨が呟いた。

「すっごい贅沢だよね、それって」玲奈が笑う。

「幸せだと思うわ」花梨は頷いた。「だけど、いつまでもは、続かない……。花火と同じね」

「よおっし、今から勉強しよう!」玲奈が立ち上がった。「浴衣で勉強するってのも良いかも」

「がんばって」花梨が片手をふった。

玲奈が母屋へ戻っていく。彼女は高校二年生だ。来年は受験なのである。

「高校生のときって、私、今より勉強していたと思う」花梨が言う。「駄目だよね、こんなずるずる生きていちゃ」

彼女がどうずるずる生きているのか、郡司にはわからなかった。詳しくきくことも憚《はばか》られたので、黙っていることにする。

「郡司君と栗城君、将来はどうするの? 何になるつもり?」花梨が尋ねた。つまり、彼女は自分の将来について考えていたのだ。

「僕は、大学院に上がって、できれば、研究職につきたい」郡司は話した。そういうことは、これまでほとんど口にしたことがなかった。栗城にさえ話したことはない。しかし、今は何故か素直に言うことができた。

「僕は、国家公務員」栗城が言う。「できたら、博物館に勤めたいなあ」

「ああ、良いな、それ」郡司は言った。

「いやあ、研究職ってのは、郡司は向いていると思うよ」

「素敵だね、しっかりとした夢があって」花梨が溜息をついた。「私、今は、バイクで一人ツーリングに行きたいだけ。北海道とか、それとも、アイルランドとか、そう、外国の道を走ってみたいな。だけど、そんなのって単なる趣味でしょう？」彼女は二人の方へ顔を向ける。少し寂しそうな表情に見えた。「何がしたいのかって、いくら考えても、そんな遊ぶことしか思いつかないの。どんな仕事がしたいのか、自分でもわからない。もしかして、仕事なんてしたくないのかしら？　女だから、甘えているのかな？　男だったら、こんなふうじゃいられないでしょうね」

「べつに、どちらでも良いんじゃないかな。仕事の夢だって、遊びの夢だって、人生は短いんだし、自分のものなんだし、自由にすれば良いと思う」郡司は言った。「ただ、少なくとも、好きなことをして遊ぶためには、僕の場合は働かないとね」

「そうよねぇ……」花梨が頷く。「働かなきゃ、私も……。バイトもしたことがないんだから」

「しなくたっていいと思うよ」栗城が言った。「したって、そんな、ろくなことないよ」

「そうかしら。社会勉強っていうじゃない？」

「花梨さんは、この真知家を継ぐことになるの？」栗城がきいた。「もし、そうなら、それはもう立派な仕事だと思うけれど」

「うーん」花梨は首を傾げて夜空を見上げた。

そのあとの言葉は彼女の口から出てこなかった。空に浮かんでいる星と同じで、見ている者には綺麗だけれど、近くで見れば、必ず重さのある物体なのだ。人がそれぞれに抱えているものの重さなんて、本人以外には理解できない。いくら言葉にして伝えても、軽くなることはない。郡司は、そんなことを考えた。できるだけ、花梨の方を見ないように努力をしながら。

7

翌日は朝から地図を片手に、村のまだ行ったことがない道を二人は歩いた。見える風景のほとんどは、田畑か果樹園か森林である。溜池も幾つかあったし、山の中にぽつんと建った古い民家も散見された。

観光客らしい人々が、ハイキングをしているところにも出会った。土曜日のためだろう。自家用車で来たのか、それとも鉄道で来たのだろうか。温泉に宿泊しているのかもしれない。

「そうか、もしかして、お祭りだからじゃないか」栗城が言った。

「うーん、そんな観光名物になるような祭りなのかな」それが郡司の印象である。駅や町並みのどこでも、ポスタや旗の類を見かけなかった。僅《わず》かに、一本松から入った道沿いに出店の準備が行われているだけだ。都会の運動会か町内会の盆踊り程度の規模と想像される。

村役場の近くに出たので、前を通りかかった。今日はお休みである。駐車場も空っぽだった。祭りは、役場には関係がないらしい。おそらく、青年団か消防団が仕切っているのではないか。

例の老婆の店に寄って、またコーラを買って飲んだ。三日連続である。もう昼が近かった。

一本松のお地蔵様を通り過ぎ、橋向こうの祭りの準備状況を確認した。特に人が集まっているわけでもなかった。昨日よりは、作業が進んでいる、というだけだ。

二人は街道を山の方へ向かった。

途中で温泉街へ下る道へ入り、お土産物売り場を見ていくことにした。若干ではあるが一昨日に比べれば賑わっている。だから、店にも入りやすかった。郷土名物は、山菜のようだ。どうも、この種のものは、郡司は無条件に苦手なので対象外だった。

そもそも、彼は食べものには興味がない。

かといって、食べられない土産物はというと、これまた不思議に無用な置物ばかりなのだ。こんなもの、いったいどういうつもりで生産しているか、と首を捻りたくなる。もしかして、もうどうしようもない売れ残り商品を集めてきて、そこに地名を書き込んで売っているのではないか。その地名がなかったら、それこそ全国共通といって良いほどどこでも見かける品々なのだ。なんとかならないものだろうか。

「なんか、花梨さんにプレゼントしようかな」栗城が言った。

「あ、良い心がけだね」郡司は冷静に評価した。しかしすぐにつけ加えた。「それとも悪い下心か」

「いや、なんとなく……」彼は既に上の空だ。「これなんか、どう?」手にしているのは、小さな筒だった。

「何だ? それ」

「万華鏡」栗城はそう言うと、片目でそれを覗き込む。

郡司も同じ品物を手に取って中を覗いてみた。

期待どおりの文様が、そこにあるだけである。値段は五百円。安物なので、特に美しいというほどの感動もなかった。

「万華鏡って、ちゃんとしたのは、何万円、何十万円もするよ」郡司は言う。「こんな安いものじゃあ……」

「いや、安いからこそ、なんというか、僕の素直な気持ちをわかってもらえるんじゃないかと思って」

「ああ、そういう訴え方でいくわけか」郡司は評価した。

栗城は結局、その万華鏡を買った。

店先で、五平餅《ごへいもち》を販売していたので、相談して四本を購入。これで昼食にしよう、と決まった。販売機でお茶も買う。

座って食べる場所を求め、吊り橋で谷の反対側へ渡り、遊歩道と書かれた山道を上ってみた。間欠泉に近い対面する山になる。少し上がったところに展望台があって、古びた望遠鏡が設置されていた。コインを入れると見られる仕掛けのようだが、しかし、見渡すかぎり樹ばかりである。望遠しても見えるものは同じに思えた。

「野鳥を見るのか？」郡司は言った。

「野鳥だったら、こっちだろう」栗城は背後の山の方角を指さす。

望遠鏡は、そちらへは構造上向かないように見受けられた。

「かつては、どこかに混浴の露天風呂があったとか」栗城が言った。

「混浴だったら、遠くから覗かないで、入れば良い」

「うん、そうか……、たしかに」

木陰のベンチに座って、五平餅を食べることにする。

「このところ、ご馳走続きだから、こういうファスト・フードが食べたかった」郡司は素直に言った。

「罰《ばち》が当たるぞ」栗城が笑う。

午後も、方々を歩き回った。もう村で知らないところはないのではないか、と思えるほどになった。

夕方、トラス橋を渡っていると、谷底の川原に白衣の男が釣り竿《ざお》を持って座っているのが見えた。郡司たちは道を探し、急な坂道を下りていった。大きな岩の上を歩くのは、けっこう大変だった。

「こんにちは」郡司が声をかける。

「ああ」儀貝が振り返って、笑顔になる。

「釣れますか？」栗城がきいた。

「いや、全然」

「この辺は、何が釣れるんですか？」

「いや、知らない。岩魚《いわな》かな」儀貝は答える。「特に、魚が釣りたくてここにいるんじゃないんだ。川の流れを眺めるのが好きでね、でも、なにも持たないで、ずっとここにいると、上を通る人から不審がられる。だから、一応竿を持ってくるんだよ」

彼が手にした竿を引き上げる。糸が引っ張られ、水の中からなにか飛び出してきた。それを儀貝が片手でキャッチする。手を広げると、小さな石ころが糸に結んであった。

「生きていくためには、いろいろと、そういった偽装が必要だ」儀貝は言った。「単に、自分の好きなことをしていれば良い、というわけにはいかない。周りの者を納得させ、安心させ、できるだけ社会に溶け込まないとね」

「先生は、なにか思いつかれましたか？」郡司は岩の上に腰掛けた。「昨日の、あのメッセージですけれど」

「いいや」彼は首をふる。「僕としては、まあ、あの鍵が開いたことで、責任は果たしたのかな、という気持ちだ。それで、今日は朝からのんびりしている。肩の荷が下りたよ。あの扉の中に、さらに通路があって、地下に隠された絡繰りがある、という夢を見ていたんだが……」

「残念でしたね」栗城が言う。

「いや、そうじゃない。そんなのが出てきたら、大変だっただろう。また、それを調べなくちゃいけない。整理をして、修理をして、報告書だって沢山書かされるし、それに、両家の財宝なんか出てこようものなら、きっと揉《も》めごとが始まるだろう。ここはね、のんびりとした良い村なんだ、べつに刺激を必要としているわけじゃない」

「まあ、そうかもしれませんね」郡司は小さく溜息をつき、頷いた。「あの工場だって、もう働くのをやめて、静かに自然に還っていこうとしている、それが良いんですよ。古いものは、全部朽ち果てて自然に還る、これが一番平和な姿です」

「まあ、たまに人が思い出せば、それで良いんじゃないかな。昔を懐かしむ人の気持ちがあるうちは、隠れ絡繰りはずっと動いているようなものだ」儀貝は微笑んだ。

「今年の祭りで、なにもなければ、結局は単なる言い伝え、こんな話もあったというだけで、みんな忘れてしまうだろう。それもそれで良いと思う」

「ああ、今、一つ思いついた」栗城が言った。「お祭りなんかで、毎年、なにか同じ事を必ずするっていうものはありませんか？」

「どうして？」儀貝がきき返した。

「ええ、つまり、一年に一回、たとえば、どこかの部屋に人が大勢入る、というようなイベントがあれば、その建物に仕掛けを作って、人が大勢床に乗ったときに、それを感知する。それで歯車が一つ動く。それを百二十回カウントする装置を作れば、百二十年後に作動させられるんじゃないですか？」

「無理だよ、そんなの」郡司は否定する。「そんな大がかりな建物を造ったとしたら、その工事のときに発覚してしまう」

「じゃあ、大勢じゃなくてもいいよ。たった一人でもいい。ただ、一年に一回だけ、必ずそこに入る、というような場所、ないですか？」栗城は礒貝を見た。

「ないと思うな」彼は微笑んだまま首を横にふった。「百二十年も続いているものでないと駄目だよね」

「そういう装置って、地震とかがあったら、誤動作しそうだ」郡司は指摘する。「ああ、この地方は、大きな地震はなかったのですか？」

「地震ね、うん、僕が知っている範囲では、地震の被害を受けたという話は聞かないな。天災というと、台風で社の屋根が捲《めく》れたくらいかな」

「駄目かなあ……」栗城は腕組みをした。「ようするに、自然現象に頼ったものではなく、生きている人間の習慣を利用して、村の人たちが知らず知らずに、隠れ絡繰りを動かしている、というような、そんなシステムだったら、できるんじゃないかって……」

「面白い発想だとは思うけれど、残念ながらそんなものはないよ」儀貝が話した。「人間の風習なんて、それほど規則正しいものではない。年に一度集まる行事があったとしても、建物が老朽化すれば場所を変えるかもしれない。祭りも、今は毎年行われているけれど、戦時中はやらなかったそうだ」

「お戌様の祭りは十二年おきでは？」栗城が食い下がる。

「いや、毎年祭りはある。十二年に一度、本戌といって、絡繰り人形が披露されるだけだよ。規模的には、あまり変わらない」

「本戌のときだけ使う山車《だし》とかありませんか？　それを倉庫から引き出すと、それでスイッチが入る仕掛けとか」

「ああ、十二年に一度引き出す山車はあるね」儀貝が言った。

「あ、じゃあ、それじゃあ……」

「いやいや、しかし、その山車を祭りで使うには、春頃から、ときどき出して整備をしなくちゃいけない。修理もする。それに、山車が納められている倉庫は、最近新築された鉄筋コンクリートのものだよ」

「駄目かぁ……」

「いや、アイデアは悪くないと思うよ」郡司は意見を述べた。「ただ、毎年とか、何年に一回とか、そんなふうに決まっているイベントって、限られているだろうし、それが百二十年後にも行われている、という発想をするだろうか」

礒貝は、また竿をふって、糸に結ばれた石を川の中に投げ入れた。

二人も、その糸の先を見つめていた。

浅瀬なので、川底が見える。

「たぶん、君たちほど、隠れ絡繰りのことを真剣に考えた人間は、今まで村にいなかったと思うよ」礒貝は川面《かわも》を見つめながら呟くように言った。「それだけで、もう充分に、僕は嬉しいよ」

8

夕方に真知家に戻ると、門の中に黒いセダンが駐《と》められていた。運転手は郡司たちも知っている顔だったので挨拶をした。すると、奥から花梨と、もう一人背広の紳士が現れた。

「あ、お父様」花梨が気がついて言った。「郡司さんと、栗城さんです」

お父様、という言葉でスイッチが入り、郡司たち二人は背筋を伸ばした。

「どうも、娘がお世話になっております」紳士がその場で頭を下げた。

「初めまして、こちらこそ、どうも、あの、ありがとうございます」

「いやいや、ゆっくりとしていって下さい」片手を少し持ち上げて、紳士は微笑む。

それから、軽く頭を下げてから、車の後部座席に乗り込んだ。

「今夜は、親類の家に出かけますの」花梨がゆったりとした口調で言った。「また、明日……」

「はい、どうも」二人は頭を下げる。

郡司たちが見守るなか、車は静かに門から出ていった。

「はあ……」栗城が溜息をもらした。「緊張したなぁ」

「うん」郡司も同感である。

「やっぱり、この家の婿になるのは、僕には無理かもなあ」離れへ向かう途中、栗城が歩きながら言った。

離れに戻って、写真の整理や、メモを書き直していたら、玲奈がやってきた。浴衣ではない、Tシャツにジーンズだった。

栗城は、お土産に買ってきた万華鏡を玲奈に手渡した。

「え、私に？」

「あ、いや、うーん」栗城は困った顔をする。

「姉貴にでしょう？」

「いや、そういうわけでもなくて、なんとなくだし、それほど大したものでもないから、欲しかったら、もらってくれないかな」

「あ、ありがとう。私もらいます」玲奈が両手で持ち直した。「地元のものって、意外に買う機会ないから」

彼女は中を覗いて、綺麗綺麗と連発していたが、そういうのが、若さというものだな、と郡司は感じた。

その夜は、玲奈は母親と食事をするから、と言って母屋へ戻っていった。また、男二人で食事をすることになった。しかし、どちらかというと、この方がリラックスできることも確かだった。

「ああ」食事後、畳に足を投げ出して、郡司は言った。「明日、祭りを見たら、月曜日に帰ることにしようか」

「そうだな、それが良い」栗城が同意した。「もう、潮時だよ」

「潮時？　なんか、使い方が間違っていないか、それ」

「なんで？　引き上げるときに使うんじゃなかったっけ」

「まあ、良いけどさ」郡司は首を回す。

今日は、まだ風呂に入っていない。そろそろ準備をするか、と考えていたが、どうも面倒くさくて、二人ともなかなか立ち上がらなかった。これまでの疲れが蓄積しているのかもしれない。

風呂を沸かしているとき、玲奈が再びやってきた。また、浴衣を着ている。

「ふふふ、やみつきになってしまったのだ」彼女は片手にコーラを持っていた。やみつきになったのは、コーラのことではなく、浴衣のことであろう。

栗城がさきに風呂に入りにいく。玲奈と郡司の二人だけになった。

「栗城さんってさ、姉貴のことどう思っているの？」玲奈がきいた。

「さあ」郡司は首を傾げる。「直接きいてみたら？」

「私ね、郡司さんの、そういうところ好きだよ」

「え？」

「惚《とぼ》けてるんじゃなくて、天然だよね」

「え、いや……」

玲奈がけらけらと笑った。

栗城が風呂から上がってきた。

「なんか、笑い声が聞こえたけれど、何の話？」

「えっとね、栗城さんのこと、噂してたの」

「どうせ、悪口だろう」栗城が笑って言う。「さあ、お前入ってこいよ。しっかり悪口話しておくから」

郡司は、風呂に入った。

湯船に浸かりながら、万華鏡のことを考えていた。どうして、あれは中が三角なのだろうな、と。それから、風呂場の窓の網戸に茶色い蛾《が》がとまるのが見えた。メガネを外しているので、しっかりとは見えない。湯気に誘われたのだろうか。その連想から、真知家の蝶の紋を思い浮かべる。羽を左右に広げた文様だ。

「蝶と蛾って、どう違うんだっけ……」と呟きながら、顔に湯をかける。

少し長く湯に浸かっていよう、と思った。

しかし、考えはまとまらない。それどころか、考えてさえいない。隠れ絡繰りのことは、もう自分には無関係の、どこかの田舎の伝説、昔話になってしまったみたいだった。下宿に戻ってから、なにをしなければならないか、それを思い出している。そうそう、まず家賃を振り込まなければ。バイトはいつから再開しようか。課題のレポートが三つあって、図書館へ行く必要がある。実家へも一度電話をしなければば……。

風呂から上がって、メガネを手に持ったまま、座敷へ戻った。

「わぁ、メガネしてない！」玲奈が高い声で言った。

郡司は慌ててメガネをかける。

「いろいろ噂話してたんだけど、くしゃみ出なかった？」栗城が言った。

「あのさ、蝶と蛾って、どう違うんだっけ？」郡司はきいた。

栗城と玲奈が同時に笑い始めた。

「え、なにか可笑しいか？」

「いやいや、そうやって、関係ないことを突然言いだす、という話をしていたところなんだよ」栗城が笑いながら言った。「え、何だって？　蝶と蛾？」

「おっかしい」玲奈はまだ笑っている。

「いや、ちょっと気になってね」郡司は座った。「たしか、同じ鱗翅目《りんしもく》だけれど……」

「暗いところを飛ぶのが蛾でしょう？」玲奈が言った。

「でも、夜の蝶って言わない？」栗城が言った。

「よくそういうことを未成年者の前で言いますね」玲奈が笑った。

「ああ、そうか、思い出した」郡司は唸った。「止まっているときに、蝶は羽を畳んでいるんだ、蛾は広げている。うん、そうそう、でも例外があるっていう話も聞いたな、たしか……」

「ほら、こいつ、完結しているだろう？」栗城がまた笑う。

「蝶と蛾が、どうかしたの？」玲奈が首を傾げた。

「いや、風呂の窓に蛾がいたから」郡司は答えた。

それは、表向きの返答だった。礒貝が川に垂らしているダミィの釣り竿みたいなものだ、と思いつく。

考えたかったので、縁側の方へ移動し、そこに座って、団扇であおいだ。その場所の方がずっと涼しい。

ああ……。

その感情がさきに訪れる。

なるほど、
そういうことか……。

少しわかったような気がした。

ほんの少し。

最初の兆候とは、こんなもの。

しかし、あとは糸を引き上げるだけなのだ。

第5章　祭りで見たのは百二十年の意志

人の頭脳は、答を導き出す僅かまえに、わかったという信号を発する。具体的な解答が示される以前に、抽象的な解決が告げられるのである。これは、すべての感情に共通する作動である。証拠や理由は遅れて取り出される。

1

翌朝、郡司は朝食後、すぐに出かけることにした。

「どこへ行くんだ？」栗城が歩きながらきいた。

「儀貝先生のところ」

「何をしに？」

「まあ、とにかく、行かないと」

四本松の水車小屋まで来たとき、郡司は石垣の上に飛び乗って、小屋の周囲をぐるりと一周した。

「どうした?」栗城は道にまだ立っている。

「ちょっと、ここを探索するから、悪いけど、磯貝先生を呼んできてくれないか」郡司は言った。「お願いだ。時間が惜しい」

「えぇ……、よくわからんなあ」

ぶつぶつ言いながらも、栗城は一人で磯貝家の方へ歩いていった。郡司は、小屋の外周を確かめてから、扉を開けて中を覗いてみた。もちろん誰もいない。ただ、水車は動いている。中でも、太いシャフトが回っていた。ぎいぎいと軽い音が同じインターバルで鳴っている。

室内は暗い。懐中電灯を持ってきたので、それで照らして、壁際や床を観察した。ここは、村へ来た最初の日に入った場所だ。そのときには磯貝がいた。彼は、この水車のメカニズムの保守をしていたようだ。地下を通っているシャフトが、下の川の流れで得られた動力をこちらへ伝えているという。ということは、保守をするためには、地下へ下りられるはず。

ほどなく、その入口が見つかった。床の板に切れ目が揃っている部分があったからだ。古びているものの、精巧に作られている。ただの小屋ではなさそうだ。

そのハッチの開け方がわからなかったが、付近を触っているうちに、躰を支えるために壁についた手が、少しだけその壁を押してしまった。その感触に彼は気づいた。すると、床の一部の木材がずれて、小さなスリットが開いた。彼はそこに指を差し入れて、その板を持ち上げる。思ったよりも軽い力で、その扉は開いた。下は真っ暗闇だが、梯子がかかっているのが見えた。

そこを下りていく。ハッチが閉まらないように、近くにあった道具を挟んでおいた。地下の床が三メートルほど下にある。電灯を向けると、大きな歯車がゆっくりと回転して、横方向の壁から突き出た太いシャフトに繋がっている。そちらが、川の方向だ。

暗い部屋には、壁に木製の棚があり、道具やオイル缶が置かれていた。儀貝が持ち込んだものだろう。ランプとライタもあったので、それに火をつける。室内全体がほんのりと明るくなったので、懐中電灯を消した。

しかし、ほかには特になにもない。ここからさらにどこかへ抜けるような経路もなさそうだ。床と壁も丹念に探してみたが、隠し扉の類《たぐい》は見つからない。そんなものがあれば、儀貝がとっくに発見しているだろう。

いや、日頃使っている場所でも、その気になって探さなければ、見つからないこともある。もう一度懐中電灯をつけて、目立たない箇所、暗い箇所に光を差し入れて覗き込んだ。床に膝をつき、下から見上げてみたり、回転している軸や歯車の表面も探してみた。

「おかしいな、ここのはずだけれど……」郡司は舌打ちする。

それでも諦めずに探し回っていると、しばらくして、上から足音が聞こえた。

「おーい」栗城の声である。

「下にいるよ」郡司は、梯子を上っていった。

途中でハッチが開き、明るくなる。

「どうしたんだい?」儀貝の顔が覗いている。

「四本松に、隠れ絡繰りがあるかもしれない」梯子を上りながら郡司は言った。「四本松といえば、ここですよね?」

「うん、このあたりがそうだけれど」儀貝が言った。「しかし、四本松といえば、道の向こうにある、お地蔵様かな」

「え? そんなものありましたっけ」栗城が言った。

「うん、道の向こう側の草の中に埋もれている」

「お地蔵様？」郡司は地上部の床に立った。「あ、それかもしれない」

小屋の外へ郡司は飛び出していく。そちらを眺めたが、よくわからなかった。

「どこですか？」

「あっち」儀貝が指さした。

郡司は石垣から飛び降り、道を渡って、雑草の中へ入っていった。上からはよく見えなかったが、古い石垣がここにもあって、一段低くなっている。背の高い草にすっかり覆われた場所に小さな木造の小屋があった。高さは人の背丈ほどしかない。広さは畳半分ほどだろうか。南側に扉がある。近づいていき、それを引き開けてみると、赤い前掛けと帽子を被った石造の地蔵が中央に立っていた。供えものの果物がその前に置かれている。誰かが、最近置いていったものだろう。

そのお堂の内側へ頭を入れて、懐中電灯で内部を探した。

「何だよ、おい、大丈夫か？」栗城が外で言っている。「キツネにでも取《と》り憑《つ》かれたんじゃないのか」

「キツネがこんなことするか？」郡司はそのままの姿勢で答えた。

「良かった良かった、まだ大丈夫みたいだな」栗城の笑う声が近づいてくる。

「このお堂は古いものだよ」後ろで儀貝が言った。「お地蔵様も古い。四本松地蔵っていうんだ」

お堂の屋根の構造を下から見ているうちに、その中央部の梁に、三角の穴があいていることに気づいた。手を伸ばしてみると、その穴は向こう側へ貫通しているようだ。頭が入らないので、位置的に中は見えない。指で穴の中を探ってみると、穴の途中に硬いものがある。

反対側から指を入れても同じだった。そして、触っているうちに、それが動くことがわかった。手前から指で押してやると、向こう側へずれる。その反対もできる。思い切って力を入れてみたら、向こう側に突き出てきた。それをそっと摘《つま》み出す。

埃を被っている面は灰色だった。木でできているようだ。大きさは三センチほどで小さいが、明らかに、儀貝家の地下にあったあの装置を開けた木型と同じ形である。

彼は黙って立ち上がり、二人に持っているものを見せた。

「あ……」儀貝は口を開けた。

「凄い、鍵か？」栗城も目を丸くする。

「うん、これで開けるんだ」

「どこを？」

「もう一箇所ある」

「もう一箇所？」栗城がきいた。

「間違っていなかった」郡司は額の汗を拭った。

「じゃあ、僕のところにあったのは、単なる試作品だったわけか？」儀貝が呟くように言った。

「そうかもしれません。こちらの方が小さい」郡司は手に持っているものを見つめた。「一般に、新しいものほど、小型になる」

「なんで、ここにあるってわかったんだよ？」栗城がきいた。

「おーい」玲奈の高い声が聞こえた。

「あ、こっちこっち」栗城が返事をする。

「どこ？」声が近づいてくる。

「上がっていくから待ってて……」郡司は言った。

草の中から出ていくと、道に花梨と玲奈が待っていた。

「どうしたの、黙って出ていって」玲奈は少し怒った顔だ。

「いや、ごめん、郡司君が、突然さ……」栗城が言った。

「これを見つけた」郡司が戦利品を見せる。

「あ……」

「まあ」

玲奈も花梨も郡司の手にのっているそれを見つめて絶句した。

しかし、郡司は、その手を握り締めた。

「よし、次は、向こうだ」郡司は道を歩き始める。

「え、どこだよ？」栗城がきいた。

2

道を進みながら、五人は話をした。しかし、郡司はまだ肝心のことを黙っていた。もう一つが見つかってからにしよう、と考えていたからだ。今のままでは、成果はまだ小さい。

どうして、四本松地蔵のお堂に、丸四角三角の鍵が隠されていたのか、という推理が繰り広げられた。

「たしかに、あのお地蔵様に隠せば、百年くらいはそのまま残ると期待できる」儀貝は言った。「そうか、あのお堂自体を、機九朗が作ったのかもしれない。水車小屋の近くだしね」

「鍵があったってことは、それを入れる装置があるってことだよね」玲奈が言う。

「だから、今、そこに向かっているんじゃないの」花梨が言った。

郡司は振り返り、彼女たちの顔を見て、少し微笑んだ。何故微笑んだのかといえば、自分が嬉しくなっていたからで、自然にわき上がった素直な表情といえる。まだ話さないで黙っているのは、お楽しみにしておこうという気持ちと、万が一間違っていた場合のことを心配してのことだった。

玲奈は携帯電話で山添太一を呼び出していた。

トラス鉄橋を渡ったとき、温泉街の道から彼が駆け上がってきた。これで六人になった。

街道は日曜日のためか、それとも祭りのためか、人通りが多くなっていた。浴衣を着ている若い女性もいる。しかし、祭りの本番は午後の三時から始まるお戌様の舞いで、そのときは、鈴鳴神社の敷地に村の三割くらいの人が集まる、と玲奈が話した。

「ねえ、どこへ行くのぉ？」彼女は郡司に尋ねた。

「うん、もうすぐそこ」彼は答える。

いつもよりもずっと早足で歩いた。街を抜けると、田園の向こうに神社への道が見えてくる。提灯が沢山飾られ、大勢の人の姿があった。

その角の左側には松が一本。地蔵のお堂がここにもある。郡司は、お地蔵様を睨んで立ち止まった。

普通の地蔵と違う点といえば、陶器のような台に乗っていることくらいだろうか。大きなどんぶりが伏せられたような形をしている。ガラスのようなものがはめ込まれ、飾られているが、今はさすがに薄汚れていた。地蔵がその土台の上に立っているのである。

「ここ?」玲奈が近づいてきて尋ねる。

「ちょっと待ってて」郡司はみんなに言った。

お堂の中をさきほどと同じように探すことにした。ライトを差し入れ、顔を突っ込んで屋根の裏を覗いた。作りは同じだったが、こちらの梁には穴はない。したがって、木型も隠されていなかった。残念ながら、最初の期待は外れた。ところが、意外なものをそこで発見したのである。

梁の上の方に、明らかに余分なものが挟まっているのだ。引っかかっているように見えたが、窪《くぼ》みがあって、きちんとはまっている。しかし、手を伸ばして摑むと、取り外すことができた。郡司は、儀貝たちにそれを見せる。

「何なの、それ」花梨が首を傾げる。

「たぶん、木型を押し込むための棒だと思う」郡司は答えた。儀員が使っていたように、先に布のクッションはないけれど、長さといい、細さといい、さきほど発見された、やや小さめの木型にぴったりではないか。

次にお堂の周囲をゆっくりと歩く。地面や壁、突き出た庇《ひさし》の裏を見た。どこかに入口があるのではないか、と彼は考えた。おそらく、地下への……。

しかし、近くにはそれらしいものは見つからない。雑草の中へ入り、田へ向かって下る土手を探した。ほかの五人も捜索に加わった。傍《はた》から見れば、不思議な光景だったかもしれない。

「ねえ、何を探しているんだろ、私たち」玲奈が嬉しそうに言った。

「あ！」突然、花梨が声を上げた。

全員が顔を上げて、彼女を見る。

「どうしたの？」一番近くにいた玲奈が尋ねた。

「思い出した」目を丸くしたまま花梨が言う。「ほら、ここの下に、水路のトンネルがあったじゃない」

「ああ、そういえば……」玲奈は頷く。「子供のときに、遊んだね」

「まだあるかしら」

土手を下っていく。途中に窪みがあって、石垣で急斜面が支えられていた。そこに土嚢《どのう》が積まれている。

「駄目だ、入れないよ」玲奈が言った。

「危ないから、塞《ふさ》いだんだ。たぶん、役場の人がやったんだね」礒貝が言う。「これは、向こうの川の水の水位が増したとき、田へ水を逃がすためのものだ。この一帯の田を犠牲にして、堤防の決壊を防ぐ、下流の人家を守るためのシステムだよ」

「今は使われていないんですか？」栗城が言った。

「たぶん、もう機能していない。向こうの川は、堤防が新しく作られたからね。入口が塞がっているはずだ」

「それなら、私たちが子供のときに、もうそうでした」花梨が説明する。「このトンネルは行き止まりです。でも、途中に窪みがあった。玲奈、覚えていない？」

「なんとなくしか覚えてないよぅ」

「あなた、そこで転んで、泣いたことがあるわ」

「えぇ、知らないよ、そんなのぉ」

「ちょうど、お地蔵様のお堂の真下くらいにならない？」郡司が尋ねた。

「ええ、もしかしたら……」花梨が小さく頷いた。

男四人で、土嚢を退《ど》ける作業に取りかかった。

「ねえ、まだ、教えてもらえない？」作業を見ている花梨がきいた。「どうして、お地蔵様のところにあるって、郡司君、わかったの？」

「うん、この中で、見つかってからにするよ」郡司は微笑んだ。

「隠れ絡繰りが、ここにあるっていうこと？」花梨が呟いた。

土嚢を半分ほど退けて、中に人が入れるくらいの隙間ができた。郡司がさきに入り、二番めに栗城が続く。二人は懐中電灯を照らして奥へ進んだ。

「十メートルくらいだったと思う」後ろで花梨が言った。「右手に窪みがあって、一度上がってから、今度は下がっているの。気をつけて」

山添太一と儀貝も中に入ってきた。女性二人は外で待っていることにしたようだ。服が汚れるからだろう。

水路だったというのに、中は乾燥していた。下は砂が堆積しているようで、多少歩きにくい。壁面は微妙に湾曲している。古い石積みのようだ。奥は真っ暗。どこまで続いているのか見当もつかないほどだ。

もうライトで照らしたところ以外はなにも見えない。足許もまったく見えないので、勘で歩くしかない。大きな石が突き出ていたり、傾斜しているうえ、砂で滑ったりして非常に歩きにくかった。

　水がないためなのか、植物はまったくない。水路として作られたから、逆に防水がしっかりしていたせいだろうか。

　花梨が話していたとおり、石積みの壁がない箇所が右手にあった。奥へ五十センチほど窪んでいる。正面から中を照らしてみると、突き当たりの壁も石積みのようだった。

「ここだ」郡司は立ち止まり、ほかの三人を待った。

「行き止まりじゃないか」栗城が覗き込んで言う。

「いや」郡司は一歩前に出て、窪みの上へライトを向ける。

窪んだ部分の内側は、入口よりも天井が高く、正面の壁は天井までは届いていなかった。つまり、上に一度上がって、さらに前に進めるようだ。

「水が向こうへ行かないようになっているんだ」郡司は言う。

「向こうって……、何があるんだ？」栗城が呟く。

「あったぁ？」花梨の声が外から届いた。

「あったよ」郡司は答える。「これを乗り越えるんだね？」

「わからない。奥へ入ったことはないから」

郡司は窪みの中に入って、両手で壁に取りついた。頭を上に出す。ライトで奥を照らしてみると、狭いトンネルが奥へ続いているのがわかる。歩けるような高さはまったくない。五十センチ四方くらいの断面だった。もし進むなら、這《は》っていくしかなさそうだ。

「とにかく、入ってみるしかないな」

郡司は、石垣の凸凹に足をかけ、躰を持ち上げる。高い位置にあったトンネルの中へ、頭から上半身を入れた。

こんな場所、普通ならば絶対に入らないだろう。例の暗号が解読できたからこそ、彼は躊躇《ちゅうちょ》なく進むことができたのだ。人間の行動は、けっして突発的なものではない。必ず、なんらかの信念がさきにあるものだ。たとえ単なる妄想であったとしても。

五メートルほどで突き当たりかと思われたけれど、右へ通路が曲がっていた。下は砂が堆積しているため、もう躰中が砂だらけだった。ピラミッドの中にいるような錯覚に陥るほどだ。

ライトを頼りにさらに数メートル進む。

「大丈夫かぁ？」後方から栗城の声。

う。

「大丈夫だ」

引き返すにも、方向転換は難しい、このままの姿勢で後ずさりするしかないだろう。

もう一度左へ曲がった。しかし、その先は二メートルほどで突き当たりだった。

郡司はそこまで前進する。今度は左右にも、上下にも開口部はなかった。完全に行き止まりだ。

「おーい、郡司、聞こえるか？」

「おお」

「どうだ？」

「ちょっと待ってくれ」

正面に大きな石がある。手で擦《こす》ると、黒っぽい色が現れた。なにか文字が書かれているようだ。

ライトを照らし、手で表面を拭って、確かめる。二つのマークがあった。

「おーい、どうした？」

「行き止まりで、またマークがあるんだ」

「行こうか？」栗城が言った。

しかし、郡司は、その場で座るような体勢になり、天井に頭をつけた。そして、その天井の右を持ち上げようと、力を入れる。

すると、思ったよりも軽く、天井が持ち上がった。さらさらと砂が落ちてきた。もう少し持ち上げてみる。動いているのは、石ではない。木製の板のようだ。

軽くなった。天井が上へハッチのように開く機構になっているのだ。今までとは違った匂いの空気が下りてきた。

「おいおい、何してる？」近くで栗城の声。通路を這ってきたようだ。

ハッチを左側へ押しやり、郡司はそっと躰を上穴の中へ入れる。

暗闇の中へ。

ライトで、周囲を照らした。

前方にだけ空間が広がっている。左右、そして後ろには壁が近くまで迫っていた。

「おい、何があるんだ？」

「わからない」郡司は答える。

そこで立つことができた。天井はハッチから一メートル五十センチほど上にある。もう、地面が近いのではないか。郡司に身を寄せて、栗城も下から覗いている。

「この上に、お地蔵様のお堂があるのかな」栗城が言った。

だいたい、そんな見当かもしれない。

郡司は新しい通路の床に足をかけ、躰を持ち上げる。今度は、這うほど狭くはない。少しだけ屈めば楽に進むことができた。

「凄いなあ。大丈夫かぁ」栗城もあとについてくる。

途中で左へ九十度角を曲がった。そこに階段があった。下へ向かっている。

「おいおい」栗城が声をもらす。

階段の突き当たりには小さな扉があった。閂《かんぬき》がかかっていた。郡司が一人でそれを外そうとしたが、動かない。二人で取りつき、ようやく少しずつ動かすことができた。

「おーい」遠くから礒貝の声が聞こえた。

「大丈夫でーす」栗城が声を返す。

門が開いた。

二人は大きく深呼吸。

「酸素が足りなくないか？」栗城が言う。

扉を引き開けた。砂がぱらぱらと落ちる音。

「わぁ」郡司は思わず声を上げる。

「すげぇ」栗城も言った。

そこは暗闇ではなかった。

明るいのだ。

「地下なのに、どうして明るいんだ？」

眩しい天井を見上げる。光っているものがある。一つではない、細かい光源が幾つもある。それが一箇所に集まっていた。

「あ、あれって、ほら……」郡司はようやく気づいた。「お地蔵さんの……」

「ああ、そうかそうか」栗城もわかったようだ。

上にあった地蔵が乗っている台である。ガラスがはめ込まれていたが、そこから光が漏れて、この地下の部屋の照明になっているのだ。やはり、お堂の真下にいることになる。

「ここは、空気もいいな」郡司は言った。「換気されているようだ」

部屋の正面には、布のようなもので覆われた物体がある。ここには、それ以外にもないので、自然にそこへ目が行った。郡司は、下からその布の端を少しだけ持ち上げて、ライトを当てて中を覗き込んだ。

「これだ」彼は言った。

栗城も跪《ひざまず》いた。それから郡司を見て頷く。

被せられていた布を慎重に取り除くと、儀貝の家の地下で見たのとまったく同じ装置がそこに現れた。壁に据え付けられた木製のフレームである。

「やったな」栗城が呟いた。「まちがいないよ。この奥に、隠れ絡繰りがあるんだ」

「うん、たぶん」郡司も頷く。「開けてみよう」

彼はポケットから小さな木型を取り出した。四本松地蔵で発見したものだ。

「ちょっと待って、さきに、儀貝先生を呼んでこよう」栗城が言った。「懐中電灯がないと、ここまで来られないから」

3

一本松地蔵の真下にあった地下の部屋は、広さは二畳ほどしかない。儀貝と太一がまずやってきたあと、花梨と玲奈も辿り着いた。あの細い通路を這ってきたあとだけに、二人とも興奮気味である。

四本松の地蔵で発見された丸四角三角の木型を、その装置に押し入れることになった。押し込む棒は、上の地蔵のお堂で見つかったばかりのものだ。すべてのアイテムが、ここのためにあったことになる。

儀貝がその役をかってでた。この装置の機構を一番知っているはずなので、当然である。今目の前にある装置は、儀貝の家の地下で見たものとまったく同じ仕組みだった。違いは唯一、大きさが六割ほどに小さくなっていること。つまり、大きい方が先に試作され、次にさらにコンパクトにして、こちらが製作されたのだろう。

鍵の木型を、最初は装置の前面から、次に横から、最後は上からそれぞれの方向へ押し込んだ。金属の作動音が微かに鳴り、施錠が解かれたことがわかった。

壁の扉を郡司と栗城が引き開ける。砂が零《こぼ》れ落ち、空気が白くなった。

奥に部屋がある。

暗いが、広そうだった。

ライトが中へ向けられる。

「凄い！」玲奈が叫んだ。「隠れ絡繰りだ！」

懐中電灯で照らされたものは、まさに、機械の怪物だった。

「なんだ、こりゃ」礒貝が息をもらす。「へぇぇ……、なんとも、まあ……」

「凄いですね」

部屋の中には一メートル間隔ほどで柱が何本も立っていた。その柱の間に、様々な形のものが、ぎっしりと詰まっている。したがって、歩けるような箇所はごく限られていた。それでも、六人は、中へ足を踏み入れ、自分たちの周囲に展開するその無数の人工物を眺めて回った。

「信じられない」

「本当にあったんだ」

しかし、どこも動いてはいなかった。

静かだ。

ただ、じっと、その空間に静止している。

歯車らしいもの。軸、そして軸受け。ピストンのように並んだ樽。梯子《はしご》状の骨組み。滑車から延びる鎖。梃子《てこ》のアーム。ロッド。カム。金属部品も多い。それらはいずれも黒ずみ、油なのか、それともタールか塗料か、湿ったように光を反射する。だが、触れてみると、どれも例外なく乾いていた。

「止まっているの？」

「さあ、わからない」

この空間には照明はなかった。隣の部屋から入る光と、郡司と栗城が手に持っている懐中電灯以外に明かりはない。

「これが隠れ絡繰り？」花梨が言った。

「だよね」玲奈が言う。「それ以外に、考えられないじゃない」

「でも、動いていないわ」

「壊れちゃったのかな」

結局、部屋全体の広さは、五メートル四方ほどだった。片側の壁の中へ通っている大軸があって、太い木製のシャフトが穴に入っている。もちろん、それも微動だにしていない。

「こっち側は、川だ」儀貝が言った。「たぶん、動力を取っていたんだろう」

「こちらにもある」郡司は別の壁の低い位置で、穴を突き抜けるシャフトを発見した。「これは、どこへ行っているんだろう?」

「まだ、ほかにも、近所の地下にこんな装置があるんじゃないかな」儀貝が言う。

「お互いに、シャフトの回転で連動しているんだと思う」

「しっかし、凄いなあぁ……」栗城はフラッシュを光らせ、写真を撮り始めていた。

「僕たちが初めてここに入ったんだね。ついに、発見したんだ」

「感動、感動」玲奈が言う。「涙が出そう」

「どうするの? 誰かに知らせないといけないかしら」花梨がきいた。「誰かな、村長さん?」

「まあまあ、慌てなくても良いよ」儀貝が言う。「べつに、すぐに崩れたり、壊れてしまうわけでもなさそうだし」

「でも、やっぱり駄目? 動かないの?」玲奈が言った。

「うん」郡司は頷いた。「残念だけれど、これは……」

「たぶん、村役場を建てたせいじゃないかな」儀貝が言った。「今の新しい村役場は、もともとは神社が持っていた土地で、神様用の田圃と畑だったところだ。まさか、あの土地が使われるとは、機九朗も考えなかったんだろう」

「役場は、あちらにだいぶ離れていませんか?」花梨が指をさしながら、首を傾げる。

「いや、役場の工事のとき、こっちの川の護岸工事もしただろう? だからたぶん、あのときに、この装置の一部が破壊されたんじゃないだろうか」

「あ、工事のときに幽霊が出たっていう話……」栗城が言った。「もしかして、この機械が作動している音だったのかも」

「そうか、そのときまでは動いていたんだ」郡司は言った。

「もう少しだったのに……、可哀相《かわいそう》」花梨が言う。「止まってしまったのね」

「そうかぁ……」玲奈が顔をしかめた。「駄目だよね、ちゃんと、そういう大事なことは書き残しておかないと」

「たとえ書き残しておいても、百二十年も伝わるなんてことは、ちょっとないんじゃないかな」栗城が言う。

「はあ、動かないのかぁ……」溜息をつく玲奈。

「見つかっただけでも素晴らしいじゃない」花梨が明るく言った。「これは、村の宝だと思うわ」

「うん、そうだね」玲奈が笑顔になる。

「あ、これは？」栗城が声を上げた。「ここに扉があるよ」

全員がそちらへ詰めかけた。

壁に小さな取っ手があったのだ。同じものが二つ並んでいた。

「小さいね」玲奈が言う。

栗城はそれを引き開けた。

「うわぁ、何だぁ？」

砂埃を払いながら、栗城は、その中に懐中電灯の光を入れた。

「棚じゃない？」玲奈が言う。

ちょっとした箪笥《たんす》ほどの空間がそこにあった。奥行きは五十センチほどしかなく、三段に横板が渡されている。ものを収納する棚らしい。

「からっぽ？」

栗城が手を差し入れ、上から順番に手探りをして探した。

「あ、なんかある」

手にしたのは、平たくて細長いものだった。

「何？」

「軽いね」栗城は言う。「桐箱かな」

「キリバコ？」

床に置いて蓋を開けてみると、白い紙に包まれたものが入っていた。表に短冊状の紙が貼られている。そこに文字が書かれていた。

「何て書いてある？」

「えっと……」栗城は郡司にそれを見せた。

《真知家主山添家主以外者不可開封》

「真知家の主と山添家の主以外の者は、封を開けるべからず」

「え？」玲奈が首を傾げる。「あるじって？　誰かな、お姉ちゃんならいいんじゃない？」

「駄目よ」花梨が言った。「お祖父様だわ」

「うちは、お祖母様かな」山添太一が呟いた。

「それじゃあ、どうするの？　持って帰って、二人に見せる？」

「そうね」花梨が頷いた。

「駄目だ、ほかにはない」栗城がほかの段も調べてから言った。「それだけを入れておくにしては、立派な棚だけどなあ」

「うん、不思議だな」郡司は首を捻った。

「きゃあ！」玲奈が悲鳴を上げた。

彼女は床から飛び退き、隣にいた太一にしがみついた。

「どうしたの？」郡司は尋ねる。

「床が抜けそうだった」彼女は言う。「そこ、危ないよ。腐っているんじゃない？」

「まあ、古いからねえ、気をつけないと」郡司は、そう言いながら床にライトを向けてみたが、特に腐っている様子は見られなかった。

「こらこら」花梨が玲奈の額に指をつけた。「抱きついちゃって」

「あ……」玲奈は、慌てて太一から離れた。「だって、超びっくりしたもん」

「それにしても……」礒貝が郡司を見た。「どうして、ここに隠れ絡繰りがあるってわかったんだい？」

「そうだそうだ」玲奈が躰を弾ませた。「それ、聞かなきゃ。教えて、ねえ」

「じゃあ、ひとまず、上へ出ましょうか」郡司は提案した。「なんか、喉《のど》が渇いちゃったし。ここ、乾燥していますよね」

来た道を戻ることになった。隠れ絡繰りが設置されていた最後の部屋の扉は、閉めるだけにして、鍵は開けておくことになった。

「そうかぁ、また、あそこを這って通るのね？」花梨が困った顔をする。彼女は天井を見上げた。「ここから上へ直接出られない？」

「お地蔵様をどければ、近道が作れるかもしれない」郡司は言った。「脚立《きゃたつ》か梯子を持ってこないと無理だけれど」

「私、一番最後に行くから、皆さん、おさきにどうぞ」花梨は言った。「お姉ちゃん、スカートだもんね」

4

暗いトンネルを抜けて、ようやく古い水路まで戻った。それから、土嚢を乗り越え、土手の外に出る。

「ああ……」青い空を見上げて、郡司は深呼吸をする。

「気持ちいいなあ」栗城が横に立って言った。

「うん、最高だ」

「やったなぁ」栗城が郡司の顔を見た。

「運が良かった」郡司は自己評価する。

花梨と玲奈は服の砂を払い合っている。

鈴鳴神社の方は祭りのために賑わっていたが、反対の村役場の方へ六人は歩いた。

老婆の商店が目的地である。

「おばあちゃん！」玲奈が一番に店に入っていった。「ごめんくださーい！」

ガラス戸を開けて、奥から老婆が顔を出す。

「おんや、大勢来なさったな。お祭りはあっちだで」

「私、コーラね」玲奈が水の中を見て言った。「おお、冷たそう。自分で出していい？」

「あ、はいはい」

「こんにちは」花梨が頭を下げる。

「おんや、真知さんとこのお嬢様かね？」

「はい、ご無沙汰しております」花梨は上品な仕草でお辞儀をした。「以前に、妹と二人で、氷をいただきにきたことがあります」

「ああ、氷はね、もうやめてまったでねえ」

「あの、私も、いちおう真知さんとこのお嬢様なんだけど」

店内に丸いテーブルが一つあった。重ねて積まれていた丸い椅子を並べて、六人はテーブルを囲んで座った。

「いやあ、凄かったなあ」栗城が溜息をもらす。

「でも、宝物、なかったね」玲奈が目を細め、首を傾げた。

「いや、まだわからない」儀貝が言った。「あの装置が作動した、そのときに宝物の場所がわかるようになっていた可能性がある。だから、どんなふうに作動するのかを調べれば、宝物が隠されているところが見つかるかもしれない」

「郡司さん、もう教えてくれてもいいんじゃない？」玲奈は前屈みになって、彼を下から見つめた。

郡司は顔を上げ、店内を見回す。壁の柱にかかっている細長い鏡を見つけた。彼は立ち上がって、それを取りにいく。奥に老婆がいたので、目が合った。

「あ、ちょっと鏡、貸して下さい」彼は、それを持ってテーブルに戻った。「栗城、紙とペンを」

栗城はデイパックからノートを取り出し、胸に差してあったペンを郡司に手渡した。

「何、何、何？」玲奈がテーブルに躰を寄せる。

「まず、最初は、四本松の方だ」郡司は、ノートの白いページを広げて、そこに漢字で《四本松》という三つの文字を大きく横に並べて書いた。

「読めるよね？」

「当たり前でしょう」

「で、ここに鏡を立てると……」

四本松の上を掠めるようにして、鏡を立てた。そこに文字が上下逆さまに映る。しかも上が繋がった形に見えた。

じっと、見つめていた花梨が最初に声を上げた。

「あっ……」

次は、玲奈だった。

「あ、あ、嘘……」

テーブルの手前に来て眺めていた儀貝も、そして太一もすぐに気づいた。一番最後に、栗城が首を横に倒して見ているうちに、そのマークだとわかったようだ。

「あぁあぁ、なるほどねぇ……」

金平様の石碑に刻まれていたあのマークがそこに現れているのだ。

「つまり、あのマークを半分にしたものが、四本松って、ことなわけか」栗城が呟く。

「そう、つまりそれが、蝶は休む、というメッセージの意味だった」

「蝶は休む？」玲奈が目を丸くした顔をゆっくりと傾ける。

「あ、羽を休めると……」花梨が両手を合わせて言った。「折り畳むから？」

「あぁ、そうか」

「対称形のものを半分にすると、文字が現れるようになっていたんだ」郡司は説明した。

「石碑のマークは、四本松を示していた」

「だから、昨日、蛾の話していたのか」栗城がうんうんと頷く。

「じゃあ、もう一つは？」玲奈が言う。「あっちもそう？」

「うん、そうだね」郡司はノートに《一本松》と横書きにしながら言った。「今度は風車だ」

「風車？」

「うん、今度は鏡じゃできない」郡司は言う。「線対称ではなくて、点対称というか、回転体というのか」

ノートを九十度回して、文字を重ねて書く。また九十度回して、さらにまた重ねて書く。最後にもう一度九十度回して、文字を書いた。

「実際には、これを斜めにしたマークが石碑に並んでいた」郡司は説明する。

ノートに現れた四つの文字は、まさに間欠泉の石碑にあったものと同じだった。

「そうか、こっちは回っているんだ」玲奈が言った。「風車ね。だから、風が静まって、風車が止まれば、文字が現れる、ということ」

「そう、こちらは一本松を示していた」郡司は言った。「二つの石碑のマークは似ているし、同じ形が含まれている。どうも、そこになにかが隠されているんじゃないかなって、最初に見たとき感じたんだ」

「凄いねえ……」

「でも、これはやっぱり、解けるようにできている」郡司は話した。「隠れ絡繰りが動作しない場合でも、ちゃんと発見されて、両家に対する手紙が届くように、仕組まれていたんだ。つまり、石碑のマークも、地下の丸四角三角の装置も、すべてが儀貝機九朗が仕掛けた絡繰りだったんだよ」

「あんたらね」店の奥で老婆が言った。「何の話をしとらっせるの?」

5

一時間後、儀貝家に、真知源治郎と山添千都が招かれた。二人とも運転手付きの自動車に乗ってやってきた。

「あらあら、お久しぶりで」千都は源治郎の顔を見て言った。

「おお、千都さんか、老けたねぇ」源治郎が笑った。

「まあ、なんて言いぐさ」千都は目を見開いたが、しかしすぐに微笑みを取り戻す。

「お互い様じゃないのさ」

「うん」源治郎が頷く。「どうも、この頃、耄碌《もうろく》してなあ」

「で、隠れ絡繰りが見つかったってのは、本当なのかい？」千都が儀貝を睨みつけた。

「僕も見たよ」太一が言った。

「え、そうかい」千都が孫に満面の笑みで応える。「それは良かったね、あとでゆっくり聞かせておくれ」

皆で座敷に上がり、テーブルを並べて座った。

「おお、これは良いな」源治郎が天井を見上げて笑顔になる。「これは立派なものだ」

「昔は、どこにでもあったのにねぇ」千都も見上げている。「もう、こんな家には誰も住みやしない」

儀貝が経緯を簡単に二人に説明した。一本松の地下で、儀貝機九朗の隠れ絡繰りらしき装置が、たった今、発見されたことを。

「そこにあったのが、これです」彼は、源治郎と千都の前に桐箱を置いた。「どうぞ、お確かめ下さい」

源治郎がさきに手にして、箱を開けた。

「手紙かい？」隣の千都が覗き込む。

「そうらしい。両家の家長に宛てたものだ」

包みの中には、折り畳まれた白い和紙があった。それが広げられる。数行の短い文が墨で書かれているようだった。

真知源治郎と山添千都はそれを読み、その途中から、目を見開き、何度もお互いに見つめ合った。

「これは」源治郎が囁く。

「ああ」千都も頷いた。

ほかの者は沈黙。

その後、二人は息を吐きながら、短い間目を瞑った。再び目を開くと、源治郎は紙を折って箱に仕舞う。

「ちょっと、二人にさせてくれないか」源治郎が険しい表情で言った。

「あ、はい……」儀貝が返事をする。

儀貝、花梨、玲奈、太一、それに郡司と栗城が、土間に下りて、裏庭へ出る。家の中では、深刻な顔をした、二人の老人がひそひそ話を始めていた。

「何なんだ？」外に出ると、小声で栗城が言った。

儀貝が庭の奥の離れの方まで歩いていき、無言でみんなを手招きした。

「どうしたんですか？」郡司はきいた。

「実は、儀貝家にも代々伝わっている秘密があるんだ」儀貝が囁くように言う。

「え？」

円陣を組むような形になり、若者たちは儀貝の周りに集まる。

「ここだけの話にしてくれ。隠れ絡繰りを発見したのだから、君たちには知る権利があるだろう。これは、もの凄く重大なことでもあるけれど、実は、なんでもないことかもしれない。僕には判断がつかない。よくわからないんだ。ただ、僕は結婚をするつもりは今のところないし、儀貝家の子孫には伝えられそうにないから、君たちに今、教えておくよ」

「良いんですか？　僕たちも」

「うん。そのかわり、絶対に他言しないと約束してくれ」

「わかりました」郡司は頷いた。

「儀貝家の女は昔、お産婆をしていた。儀貝機九朗の妻だったヨシという人も、お産婆さんだった。それで、その百二十年まえ、隠れ絡繰りが作られた丙の戌の年には、真知家と山添家、両家の跡取り息子が誕生しているんだ。その出産にヨシが立ち会っている。出産はほとんど同時刻だったそうだ。一人が産気づき、それでもう一人も、というのはよくあることらしい。ところが、一方から生まれた子は死産だった」

花梨が口を押さえ、眉を顰《ひそ》めた。

「実はね、このときの、両家の嫁というのは、どちらも儀貝家の遠い血縁の者だった。つまり、ヨシの親類の娘だったわけだ。しかも、この二人は双子だった」

「へえ、真知家と山添家の両方のお嫁さんが、つまり姉妹だったわけですね？」郡司は尋ねる。「仲の悪い両家なのに、どうしてそんなことに？」

「そもそも、儀貝家が、両家の仲違いをやめさせようと画策した結果だったんじゃないだろうか。たぶん、その結果として、隠れ絡繰りの発注が両家からあったとも考えられる」

「ということは……」花梨がびっくりした顔になる。「私たち、真知家と山添家は……」

「話を続けるよ」儀貝は優しい口調で話す。「一方は死産だったけれど、そのとき、もう一方からは、双子の赤ちゃんが生まれたんだ。どちらも男の子だった」

「まあ」花梨が声をもらす。

玲奈も目を見開き、儀貝を見つめている。

「そこで、ヨシは、この双子を、それぞれから生まれた子供だと偽って、両家の跡取りを無事に取り上げた、ということにした。うん、これが……、つまり、儀貝家に代々伝わる秘密だ」

「まさか……、そんな」花梨が口にする。

「どっちの子供だったの？」玲奈がきいた。

儀貝は首を横にふった。

「ねえ、どっちだったの？」

「それを、ヨシは死ぬまで言わなかった」儀貝が答える。「立派だろう？　僕は、先祖を誇りに思うよ」

「そんなのって……」玲奈が前に出る。しかし彼女を花梨が引き留めた。

花梨の目から涙がこぼれ、頬を伝っていた。

太一も目に涙を浮かべている。

「どういうことなの、それって。みんな親戚？」玲奈が下を向く。首を左右にふった。「本当に？」

「百二十年もまえのことだ」儀貝は言った。「たぶん、あの文章には、それが書かれているのだと思う。儀貝機九朗の直筆と、たぶん血判があるはずだ。さっきあれが出てきたとき、きっとそうだと僕は確信した」

竹藪がさわさわと風で揺れていた。日差しは真上から落ち、地面には六人の影が小さく動かない。

誰かの溜息。

そして、別の誰かの溜息。

郡司と栗城は、庭の端まで歩き、しばらく遠くの空を眺めていた。空ははるかに高く、軽そうな雲が西の方だけに浮かんでいる。それはもう秋の風景のようだった。

庭の反対側で、玲奈が花梨に寄り添っている。泣いているのだろうか。太一は、少し離れたところで、腕組みをして立っていた。儀貝は古い材木に腰掛け、白衣のポケットに両手を突っ込んでいる。

十分ほどすると、家の中から呼ばれたので、土間に入っていくと、座敷から真知源治郎と山添千都が下りてくるところだった。千都の手を源治郎が引き、段を下りるのを助けていた。

「ああ、皆さん、どうもありがとう」源治郎は飄々《ひょうひょう》とした口調で言った。「これは、大変素晴らしいものでした。残念ながら、今ここですぐにお見せすることはできないが、戻って、両家で話し合い、いずれ公開されることになりましょう。ああ、とにかく、両家にとって、たしかにこれは宝だ。これ以上の宝はない」

「どうも、ご苦労さまでした」千都が深々と頭を下げた。「さあ、太一、一緒に帰ろうか？　お祭りがあるしねぇ」

6

夕方、浴衣を着た花梨と玲奈とともに、鈴鳴神社へ郡司たちは繰り出した。黒いセダンが四人を乗せて、一本松の橋の手前まで送ってくれたので、汗をかくこともなかった。

提灯には明かりが灯っているようだが、まだ空は明るい。屋台の売り子のかけ声と、どこかでかかっている音楽がミックスされている。参道は途中から砂利道になり、大勢が踏む砂利の音も賑やかさに加わった。

「あぁあ、でも、なんかさぁ、拍子抜けだよね」玲奈が言った。「はっきり言って」

「隠れ絡繰りのこと？」花梨が尋ねる。

「違う。そのあとの、あれ」

「ああ……」

「太一と親戚なわけでしょう？」

「いいじゃない、べつに」

「従兄弟《いとこ》の次が再従兄弟《はとこ》？　その下は？」

「もう、そんな呼び名もないくらいなんじゃないの？」花梨が笑う。「気にしなくて良いの」

「うーん、複雑だよう」玲奈は両手を握り締めた。「今のことじゃなくて、たとえば少し昔だったら、親戚だと知らずに両家で誰か結婚しちゃったかもしれないじゃん」

「仲が悪かったのが幸いして、その危険はなかったわけね」花梨が言う。「あ、そうか……」

「冗談じゃないよ。私と太一は、危険な関係？」

「どうしたんです？」栗城が花梨に尋ねた。彼女が歩くのをやめて急に立ち止まっていたからだ。

「そうか、わざと仲が悪くなるようにしていたんだ」花梨が言った。

「え、誰が？」玲奈がきく。

「うーん、誰だろう」花梨が言った。「真相を知っている誰かが、しばらくは両家が親しくつき合わないようにしたんじゃあ」

「まさか」

「それが、行き渡ってしまって、みんなあんなに憎しみ合っていたのよ。きっと、そう……。意味も知らずに」

「とにかく、秘密はいけないよね。関係が捻《ねじ》れるばっか」玲奈が言う。「もっとオープンにしなくちゃ」

「さっき、玲奈、変なこと言ったじゃない。私と太一の関係？」

「そんなこと言ってないよ」

「言いました。どんな関係なの？　駄目よ、秘密は、オープンにしなくちゃ」

「それとこれとは……」

「とにかく、お祖父様たちが公表されるまで、知らない振りをしていなきゃ」

「わかってるってぇ。だけどさ、両家のお嫁さん、双子だったら、似ていたはずでしょう？　わからなかったのかな」

「その当時は、女の人は表にあまり出なかったのかもしれないね」栗城が言った。

「気づいていた人はいたかも」花梨は言った。「でも、絶対に口にできない、タブーになったんだと思うわ。それがまた、余計に両家の距離を遠くしたのかもしれないし」

「子供だって、取り替えたりしたら、わからない？　自分の子じゃないって」

「お母さんが双子だからね。お母さん似だったら、わからないかも」郡司は言った。

「うーん、まあ、いいや」玲奈が口を尖らせた。浴衣を着ていることを忘れたのか、腕組みをして難しい顔で歩いている。「とにかく、今さらそんなこと言われても、知らねえよって感じだよね。聞いてねえよって」

「玲奈ちゃん、太一君とうまくいっているわけ？」花梨が再びきいた。

「もう……」玲奈が横目で姉を睨みつける。「まさかって感じだね。あんな、へなちょこ」

「そう？　良い感じに見えたけれど」

「まあ、昔に比べたら、若干、ほんの少しは、男らしくなってきたけどね。まあだまだ……」

周囲に人が増えたので、話はそこで終わった。

屋台で花梨と玲奈はリンゴ飴《あめ》を買う。栗城は、安もののブリキのおもちゃを買った。

「それ、中国製じゃないか」郡司は指摘する。

「思い出だよ、思い出」栗城が舌打ちした。

ずっと遠くで、大きな炎が上がっているのが見える。何を燃やしているのか、と花梨に尋ねると、この一年間で使われたお守りだという。

「あんなに沢山お守りがあるわけ？」郡司は驚いた。

「いえ、ほとんどは、普通の薪《たきぎ》」花梨が真面目に答える。「だから、薪の供養をしているようなものね」

提灯が沢山連なった竹の竿が立っているため、あたりは明るかったが、気がつくと、空はもう真っ黒になっていた。

「盆踊りとかは、ないの？」栗城が尋ねる。

「お盆はもう終わっているもの」玲奈が言った。「うちのへんでは、盆踊りはないよ。あれって、都会でやるものなんじゃない？」

「いや、そんなはずないよ」

「花火もしないし、お祭りっていっても、これだけ。全然騒がないの。裸の男くらい走らせてほしいよね」玲奈は振り返り、急に笑顔になって片手を上げた。「あ、太一！　ここ、ここ」

山添太一がやってきた。彼も浴衣を着ている。そうしてみると、たしかに少し男らしくなったようにも見えた。

まあ、どこにでもある昔ながらの質素な夏祭り、という印象を郡司は受けた。夕食がまだだったので、少し空腹ではある。屋台からは、食欲をそそるような匂いが放たれているが、しかし、食べてしまったら、あとで真知家の料理が食べられなくなるのでは、という心配もしてしまう。

とりあえず、ソフトクリームくらいを食べようか、と自分で決めて、そんな店が現れたら買おうと思っているうちに、境内の広場に出てしまった。

栗城は大きなレンズのカメラで写真を撮り続けている。花梨には知り合いが多く、沢山の人間が彼女に寄ってきては声をかけ、挨拶や話をしていく。そのたびに彼女は丁寧に笑顔で応対をする。そして、それが終わると、郡司たちに「ごめんなさい」と謝るのである。謝られる方が恐縮してしまう。この村へ来て、真知花梨という女性が少し大きく感じられるようになった。人間の評価というものが、日頃いかに表面的なごく一部だけの観察によって形成されているのかが知れる。

いろいろと勉強になったな、と郡司は思った。工場の調査が完全に二の次になってしまったものの、逆にそれくらい、ほかのものが面白く、得られたものも価値も高く感じられた。

既に、玲奈と太一とははぐれてしまった。今は、三人で歩いている。大きな鳥居の下を潜《くぐ》った。下からライトに照らし出され、真っ暗な背景に赤い鳥居がくっきりと浮かび上がっている。立ち止まって見上げると、はるか上に太い梁。その中央に丸い穴があいているように見えた。

「あそこに穴があいているみたいだけれど」郡司は指さした。

「あれは、隠れ様」花梨が言った。

「隠れ様?」栗城が言葉を繰り返す。

「なんでも様がつくんだ」郡司は可笑《おか》しくなった。

「あれは、あそこになにかが隠れている。そういうふうに見せかけて作られているの」

「へえ、じゃあ、穴じゃないわけ？」

「ええ、ほんの少し窪んでいるだけで、あとは、色を塗って絵が描いてあるだけ。一種のトリック。昼間に見た方が、それらしく見えるわ」

境内の広場では大きな炎がぱちぱちと音を立てて躍っていた。周囲の人々の顔が皆赤い。火花が跳ね飛ぶたびに、子供たちが歓声を上げて逃げる。人の間を走り回る子供もいた。

しばらく炎を眺めたあと、広場の周囲にある石段に三人は腰掛けた。ここで待っていれば、玲奈たちがやってくるのでは、という観測から、休むことにしたのだ。

「もし、村役場の工事が行われていなかったら、隠れ絡繰りが、今頃作動して、動きだしていたかもしれないのね」花梨が言った。「何が起こったと思う？」

「あの位置だと、たしかにここの神社に近いから、そうだなあ、音が鳴るとかじゃないかな」栗城が答える。「誰かに気づいてもらわなければ意味がないわけだし。昼間じゃなくて、真夜中だったら、それこそ音でも鳴らさないかぎり、誰にも気づいてもらえないかもしれない」

「なにも、その場で気づかせる必要はないよ」郡司は話した。「たとえば、地蔵のお堂の後ろに旗を一本立てる、というだけでも、いつかは誰かが気づく。その旗にメッセージが書いてあれば、それで役目は果たせる」

「いやあ、そんな地味なことしないだろう。あれだけの装置を作ったんだからさ。もっと、大きなものを盛大に動かそうとしていたんじゃないかな」

「あれの動力は何だと思う？」花梨がきいた。

「あそこだけで完結したシステムじゃなさそうだった」郡司は言った。「あれは、時を刻むような装置ではないかもしれない。僕の印象としては、なにか、ある程度大きなものを動かすための機械で、つまりギアボックスじゃないだろうか。小さな力を蓄積して、ゆっくりでも大きな力を作り出すもの」

「動力は、川の流れ、つまり水力だったんじゃないのか？」栗城がきいた。

「うん、議員先生はそう言っていたね。もっと調査をして、あの近辺を全部調べてみないとわからないよ」

「郡司君が言うようなものだとしたら、百二十年をカウントしていたものは、まだほかにあるってこと？　どうして、別の場所に作ったの？」

「いやあ、わからない。同じ場所に作らない理由は、なにもない」郡司は首をふって答えた。

「作るなら、同じところに設置するはずだ。その方がシステムとして信頼できる」

「やっぱり、あの装置のどこかが、カウンタ機能を持っていて、それが止まってしまった……、ということじゃない？」花梨は少し寂しそうな表情だった。「残念だけれど、でも、私にはそれしかないと思える」

「うん。そうかな」郡司も頷いた。「その確率が一番高いことは確かだと僕も思うんだ。でもね、川の水を動力にして、それで時を刻むなんて、あまりにも簡単すぎる発想だと思わない？　天才、儀貝機九朗がそんな単純な発想をするだろうか。百二十年もの間、川の水が一度も絶えることがないなんて、楽観的に考えるだろうか」

「川の水が絶えることはないわ」花梨は微笑んだ。「少なくとも、私が知っているかぎり、いつも川の水は流れている」

「百二十年っていうのは、もっと長い」郡司が言った。「僕たちが生きてきた長さの六倍だ」

どこかで歓声が上がっている。高い声だ。気になったらしく、栗城が立ち上がって、そちらを振り返った。

「何？」郡司は座ったままで尋ねた。

「さあ……、酔っ払いの喧嘩じゃないか」栗城も座り直す。

今度は拍手が起こっている。きっと、誰かが大道芸でも披露しているのだろう、と郡司は思った。

「儀貝機九朗だって、当時はまだ若かったはずだ」郡司は独り言のように呟いた。「野望もあった、自分の名を後世に残そうとしただろう。隠れ絡繰りは、途中で暴かれてしまっては効果が半減する。だけど、もし機械の不具合で隠れたままになってしまったら、それこそ、まったくの無に帰してしまう」

「だから、石碑を作って、万が一のときに見つけてもらえるようにしたのでしょう？」花梨が言った。

「うん、たしかに、それはそうなんだろうけれど、でも、よくわからない、どこかちぐはぐな感じがするなあ」

「ちぐはぐ？」

「うん、そのメッセージのとおりに、僕たちは辿り着いたけれど、これが儀貝機九朗が導いた結果だろうか。どうも、少し天才の道筋だとは感じられない」

「おお、それはまた凄いことを言うな」栗城が笑った。「さすがに、隠れ絡繰りの謎を解いただけあって、言うことが違ってきたぞ」

「いや、そんなんじゃなくて……」郡司は首を捻った。「なんていうのか、どうも今ひとつ、しっくりこないんだ」

どこかで玲奈らしい声がした。

花梨が立ち上がって、あたりを見回す。

広場の炎の方に、二人が駆けていく姿が見えた。知らないうちに、炎がよく見えるようになっていた。その場所にいた人間の数が少なくなったためである。

「玲奈！」花梨が高い声で叫ぶ。

玲奈が立ち止まりこちらを見た。彼女と太一が近くまで走り込んでくる。

「大変大変！」息を切らして玲奈が言った。彼女は片腕を横に上げた。指をさしている。

「隠れ絡繰りが……」

「え？」

「何？」

「あっち、隠れ絡繰りが現れたって、大騒ぎになってる」

7

郡司たちは、急いで人混《ひとご》みの方へ向かった。

大鳥居《おおとりい》の下に、群衆が詰めかけていた。

歓声。悲鳴に近い声。ざわめき。そして拍手。いろいろな音が渦巻いていた。砂利を蹴って鳥居の表まで回り、人の間に割って入っていく。例外なく全員が空を見上げている。

「すっげぇ……」

「何なの、あれ」

「マジか」

「いやあ、まさかね……」

いろいろな声がさきに耳に届く。

郡司は見上げながら、少しずつ正面に近づいた。

どこだ？

鳥居の梁の部分、

そう、さきほど花梨から教えてもらった隠れ様の穴。

その穴に……、
何だろう、あれは……

小さな顔？

顔が見える。

「人形か？」郡司は呟いた。

「双眼鏡を持ってくれば良かったな」隣に栗城がいた。

「隠れ様？」すぐ後ろから花梨の声。

穴の中から顔を出した人形が、首を動かしているのだ。

まるで生きているように。

「何なの、あれ」

「不気味ぃ」

「生きているの？」

「絡繰りだよ」

そういった声が、「おお」とか、「へえ」といったどよめきの隙間から聞こえてくる。

鳥居を照らしていたライトが、今はすべてその中央部に向けられていた。スポットライトを浴びた舞台のスターのようだ。

郡司はメガネを片手で持ち、焦点を合わせる。

「ああ、口や目が動いている」郡司は言った。

「見える見える」栗城も言った。

「額に文字が書いてあるわ」花梨が言った。

「え？」

「見えないよ、そんな」

「私、目は二・〇なの」

郡司も目を凝らした。たしかに、黒い点のようなものが、ぼんやりと三つ見える。

「何て書いてあるの？」栗城がきいた。彼にも見えないようだ。

「えっとね……」花梨が目を見開きじっと見据えている。「ああ、イとキね。片仮名の。真ん中は……」

「ンじゃない？」玲奈がいつの間にか近くに立っていた。「インキ、インキだ」

姉妹そろって視力に恵まれているらしい。

「インキっていえば、儀貝機九朗」

「そうそう」

周囲でも、機九朗の名前が挙がる。

「機九朗だって」

「あれが？」

「あの人形が、機九朗なの？」

「違うよ、絡繰り師の機九朗」

「へえ」

「凄いね」

「儀貝機九朗か」

人形はまだ動いている。

首を傾げたり、表情を変えたり、
郡司は急に思いついて、群衆の中を移動する。

「おい、どこへ行くんだ？」栗城の声。

鳥居の太い柱のところまで来る。そこへ耳を当ててみた。音は聞こえない。

「違う、あっちだ」

大勢の人垣の後ろを遠く迂回して、反対側の柱のところまで辿り着いた。

柱に耳を当ててみる。

「こっちだ」彼は呟く。

微かな振動音が聞こえた。擦れ合うような機械音だ。

郡司は地面を見る。そして、参道の入口の方へ視線を向けた。

「凄いな」彼は溜息をついた。「距離にして、二百メートルはある」

「二百メートルって、何が？」

「あそこから、動かしているんだ」

「え、向こうから？」栗城も理解したようだ。「ここまで？」

「ああ、たぶん。真っ直ぐは真っ直ぐだろ？」

「たしかに」

花梨が一人少し離れたところで待っていた。玲奈の姿は見当たらない。既に、郡司の行動にはついてこられない、といったところだろう。栗城がそちらを気にしていた。

「ちょっと、さきに行くから、花梨さんを頼むよ」郡司は言った。

「え？　どこへ行く？」

「いや、えっと……」

「いや、そういう……」栗城は言葉の途中で、彼女を振り返った。

「花梨さんを一人で置いておくわけにいかないだろう」

「説明しろよ」

「あとで話す。悪いな」

「いや、全然、悪くないよ」栗城はぶるっと首をふる。

郡司は、参道の脇を急いで走り抜けた。

走りながら考える。そうか、こういうときにはまず電話をかけるのが普通じゃないか、と……。どうも、田舎に五日間もいるためか、すっかり昔に時間が戻ってしまったようにも感じた。礒貝の家の電話番号はもちろん知らない。玲奈にまず電話をすれば、教えてくれるだろう。でも、走っていった方が手っ取り早い。

参道の脇には石の灯籠《とうろう》が並んでいる。途中立ち止まり、耳を当ててみると、やはり微かな振動音が聞こえた。まちがいない。

一本松まで戻ると、もうあたりに人はいなかった。祭りの賑やかさは、既に遠い。ところが、遠くの道をこちらへ向けて何人かが急いでいた。おそらく電話で知らされて、隠れ絡繰りを見にきた人たちだろう。

郡司は道路を渡って、一本松地蔵のお堂を覗いた。土台に耳を当ててみる。今までで一番大きな振動音だった。ここの地下で、あの機械が動いているのだ。

中に入って確かめようか、とも考えたが、それよりも儀貝に会う方がさきだと思えた。

街道をそちらへ走り、町並みのあたりまで来たとき、少し息切れがして、速度を緩めた。すると、前から猛スピードで近づいてくる小さなライトが見えた。自転車のようだ。

それが、郡司の横を通り過ぎたとき、高い音を鳴らして、ブレーキをかけた。

「郡司君かぁ？」停車した自転車から儀貝の叫び声。

「先生！」彼は息を吐いて、駆け寄った。

「隠れ絡繰りが動きだしたって？」

「ええ、鳥居の梁のところです。これくらいの人形が顔を出して、動いています」郡司は両手で大きさを示した。「今、先生のところへ行こうと思っていたんですよ」

「どうして？」

「いえ、お話があります」

「何だい？　改まって」

ふと見ると、自転車のハンドルの前の籠に、懐中電灯とランプがのっていた。キャンプで使うものだ。

「これは？」

「だから、あの中へもう一度入ろうと思って」

「ああ、そうですね。動いているうちに」

「うん」

「行きましょう」

「話は？」

「あとで良いです」

「じゃあ、後ろに乗って」

「二人乗りは……」

「早く乗れ」

郡司は荷台に飛び乗った。

自転車はゆっくりとした加速だったが速度を増し、車が走っていない夜の道路を疾走していった。

8

土手の土嚢は、昼間に退けたままになっていた。真っ暗な水路の中を進み、横の秘密の入口から這って進んだ。郡司がさきに、儀貝があとだった。

狭い通路は昼間でも夜でも明るさは同じ。しかし、さきほどは明るかった鍵の装置がある部屋は、今は真っ暗だった。そこまでくると、恐ろしいくらいごうごうという低い音が鳴り響いている。地面が揺れるかと思えるほどの轟音《ごうおん》だった。外にそれほど聞こえないのが不思議なくらいだ。郡司は扉をゆっくりと引き開ける。

「気をつけて」後ろで儀貝が言った。「巻き込まれると危ない」

「ええ、そうですね」

暗闇の中で、機械はまるで生きているようだった。

動いている。

本当に動いている。

ときには軋《きし》み、ときには叩くように鳴る。

速くはないが、確実に回転し、往復し、

押し引きを繰り返している。
隠れ絡繰りが目覚めたのだ。
百二十年の眠りから。
「凄いなあ……」郡司は言った。「ちゃんと動いていますね」
自分の声が震えていることに気づく。
感動しているのだ。
泣きたいような、それとも飛び上がりたいような、不思議な感情が込み上げてくる。
音は止まらない。
動いている。
生きている。
生きていたのだ。
人間の知恵が、そして意志が、
こんなにも、遠く未来まで、伝えられるなんて。
できるんだな、こんなことが、と思う。
偉大だ。

人間って、凄い。

そう思わずにはいられない。

儀貝はランプに火をつけた。部屋がさらに明るくなり、壁には蠢《うごめ》く影が映し出される。美しいといっても良い、幻想的な雰囲気だった。

「ビデオを持ってくれば良かった」儀貝が呟いた。「たぶん、いつまでもは動かない。もうすぐ止まるだろう。目に焼きつけておかなくちゃ」

「ええ……」郡司は頷く。

瞬きをするのも惜しいと思えるほどだった。

この百二十年を超越した奇跡のショーを見られるなんて。

壁の方へ回ると、穴の中に入るシャフトがゆっくりとした速度で回転していた。これが、神社の方まで、地下を通って、幾本ものシャフトに伝達し、力を送り届けているのだ。おそらく、摩擦によって、その大半は失われるだろう。しかし、最後には、あの小さな人形をほんの少しだけ動かす。

なんという非効率さ。

たったあれだけのために？

あんな僅かなことのために、

これだけの装置を作り上げたエネルギィ。
否、そもそも、これを作ろうと考えた、その発想。
無駄だとわかっているのに、自分の技のすべてをかけたのだ。
何の役に立つというのか。
なにも生み出さないではないか。
しかし、
これを見たものは確実に感じることができる。
作った人間の意志を。
これが、礒貝機九朗の意志だ。
それこそが、人間の意志だ。
人間なんて、何の役に立つ？
何を生み出してきた？
けれど、
素晴らしいと感じられるではないか。
美しいとも感じられる。
人は人の意志を、素晴らしいと思う。

人は人の姿を、美しいと感じられる。

そのために、生きているのだ。

「人間って凄いな」儀貝が呟いた。

「本当に……」郡司は頷く。目頭が熱くなった。

どすんという地響きが一度鳴り、あたりが揺れた。地震のようだった。天井から砂が落ちてくる。

同時に、機械が大きな音を立てて軋んだ。

そして、急に静かになる。

「止まった」儀貝が言った。

「どうしたんでしょう？」

「終わったんだ」

「終わった？」

「たぶん、この下に深い井戸のような穴が掘られていて、そこに重りが吊り下げられている。それが一番下まで到達した」

「その重りで、これが動いていたんですね」

「想像だけれど」

「床を剝がしたら、見つかるでしょう」

「たぶん、井戸は水に浸かっているだろう」

静けさが戻った。

機械はもう動かない。壁の影も動かない。

自分の呼吸が聞こえるだけだ。

郡司は、奥へ歩き、止まっている歯車の一つに触ってみた。

「温かい」彼は言った。「凄い、温かいですね」

「摩擦の熱だね」

「生きているみたいだ」

「生きていたんだよ、今まで」

「もう一度、重りを巻き上げれば、動かせるんじゃないですか?」

「さあ、それはどうかな」儀貝は天井を見上げている。「ここの構造がもつかどうかだ。クレーンかなにかの重機を使わないと無理だからね」

「郡司君?」花梨の声が聞こえた。「いるんでしょう?」

隣の部屋からだ。

郡司はそちらへ戻った。しかし誰もいない。

「花梨さん？」

「ほら、いたいた」上から声が聞こえる。

「止まったのぉ？」今度は玲奈の声だ。

「うん、今、止まったところ」

「儀貝先生もいるでしょう？」

「いるよ、どうしてわかったの？」

「だって、自転車が」

地蔵堂にいるようだ。声がこんなによく聞こえるのは、換気の穴があいているためだろう。

「で、話って？」儀貝が奥の部屋から顔を覗かせた。

「ちょっと、待ってて」郡司は天井に向かって声を上げる。「すぐに出ていくから」

彼はもう一度、奥の隠れ絡繰りの部屋に戻った。そして、儀貝の前に立つ。ここならば、外に声は聞こえないだろう。

「儀貝先生、ここのことをご存じだったのでしょう？」

「え？」

「僕たちに、あの風と蝶のメッセージを見せて、石碑の謎を解かせた、そうですね？

先生の家にあったあの装置は、先生が自分で作られたものです。これを見て、コピィを作ったのですね？」

　礒貝は微笑んだ。

「石碑も、先生が埋めたのですか？」

「違う。あれを埋めたのは、僕の祖父《じい》さんだよ。ここを見つけたのも、そうだ。六十年もまえにね」

「どうやって見つけたんですか？」

「子供のときに、ここで工事をしていたのを、微かに覚えていた。それに、機九朗からも直接話を聞いていたようだ」

「見つけたのに、黙っていた？」

「そうだよ。だって、まだそのときは、機械が完全に生きていたんだ」

「生きていた？　なにかをカウントしていたのですか？　何を？」

「わからない」礒貝は首をふった。「おそらく、ここの向こうの川に架かっていた橋じゃないかって、祖父さんは話していた。山車を一年に一度だけ出すんだ。その山車が橋を渡る。往復で二回通るわけだ。そんなに重いものが橋を渡ることはほかにない。だから、橋が重さで撓むか、あるいは土台が沈むのを感知して、歯車を一つ動かす仕組みだったんじゃないかって……。それを二百四十回カウントすれば、最後に山車が通ったあとに、絡繰りを作動させることができる」

「山車？　今もここを通るのですか？」

「いや、二十年ほどまえに、古い山車は県の博物館に保存されてしまって、今は新しいのが、役場の方の倉庫にある。もう橋は渡らない。だいいち、橋自体も、十数年まえにコンクリート製に造り直されてしまったよ」

「それじゃあ、その時点で、隠れ絡繰りが作動しないことを、先生はご存じだったわけですね」

「ああ……」

「だから、僕たちに？」

「君たちではなく、真知と山添の二人に、解かせようと思った。二人とも好奇心旺盛だったからね」

「そんな、高校生にやらせなくても……」郡司は少し可笑しかったので微笑んだ。

「いや、それがね……、駄目なんだよ。村の者は誰も、絡繰りの話になると、先祖の霊だの、幽霊だの、まったくそんな話ばかり持ち出す。それどころか、僕がそういったものに取り憑かれているって、噂される始末だ。おかげで、嫁の来手もない」

「そうだったんですか」

「うーん、いや、今のは、多少だが、言い過ぎた。もとい」儀貝はくすっと笑う。「とにかく、彼女たちなら、ものごとを科学的に、客観的に見てくれるだろう、と期待していた。なんとか、うまく導いて、ここを見つけてもらおうと考えていた。だって、儀貝家の僕が見つけたんじゃあ、台無しだからね」

「ええ、それはわかります、やっぱり、そうだったんですね」

「黙っていて悪かった。謝るよ。ずっと黙っているつもりだったんだが……」

「でも、鳥居の人形は、ご存じなかったんですか？」

「いや、まったく」儀貝は首をふった。「今でも信じられないよ。どうして動いたんだろう？」

「たぶん、それがスイッチだったんですよ」郡司は床を指さした。

「え？」儀貝が振り返る。

「床が僅かに下がっています」

「あ……」彼は口を開けた。「そうか、真知君が踏んだんだ」

「ええ、玲奈さんがそこに乗った。たぶん、ここに誰かが入ったら、最後のスイッチが入る仕掛けだったんです。つまり、橋のカウンタが駄目になったときのためのバックアップとして、第二の装置が仕込まれていた。凄い技術ですよ。いわゆる、フェールセーフです。橋のカウンタが作動している間は、こちらのスイッチは無効だった。だから、お祖父さんがここへ来たときには、作動しなかったはずです」

「なるほど、僕が入ったときには、そんな場所には立たなかったしな。僕は、こっちの方しか……」

「先生も、最近、ここへ入ったんですね？　こちらに、何があったんですか？」郡司は指さした。「棚の中がやけに広くあいていました」

「うーん、しかたがないな」儀貝は早い溜息をついた。「見つけたのは、やっぱり祖父だった。祖父は、これは両家の宝物だから、儀貝家は手をつけてはならん、と言っていたんだ」

「やっぱり、宝物があったんですね？」

「ああ、でも、僕は好奇心に負けて、開けてしまった。開けて、見るだけならば、問題ないだろう。また蓋を閉めておけば良いことだって思って……」

儀貝はそこで言葉を切り、黙ってしまった。

「どうしたんですか？」

「うん……」儀貝は両手を広げるジェスチャ。「まあ、とにかく、夜中に少しずつ運び出したんだ。墓荒らしみたいにね。中身を全部」

「どこへ運んだんですか？」

「今は、その、僕の家にあるよ」

「どんな宝物だったんですか？」

「儀員機九朗は、両家からもらった宝物を、全部金に替えたみたいだ」

「え、じゃあ、金貨かなにか？」

「いや、その金で、つまり、ドイツから、あのおもちゃを買ったんだよ」

「おもちゃ？」

「見ただろう？」

「おもちゃって、あの機関車とか？」

「うん。機関車だ。全部で、六両入っていた」

「え、たったそれだけ？」

「もの凄い価値だったんだと思うよ、当時はね」

「今だったら、いくらくらいですか？」

「そりゃあ、もちろん、今でも、目が飛び出るくらい高いよ。いや、その値段以上に、希少価値で、とにかく凄いものだ」

「どれくらいするんですか？」

「そうだなあ、一両が四十万円はするだろうね」

「四十万円？」

「うん、それくらいは確実にする。嘘ではない」

「そんなに安いんですか？」

郡司は長い溜息をついた。目が飛び出ることもなかった。

「ちょっとう、何してるのぉ？」玲奈の声がまた聞こえた。「帰って、早くご飯食べようよぅ」

エピローグ

土の中に人がいようか。
竹の中に人がいようか。
川の水の中に人がいようか。
空の雲の中に人がいようか。
さて、では人はどこにいる?
人は、人間という動物の中にいる。

真知花梨は、九月の日曜日に一人でツーリングに出かけた。
都会の真っ直ぐで平坦な道も、周囲に立つすべての人工物を樹々だと思えば、森林と同じくらい清々しい。邪魔な自動車も、川の水が流れていると思えば、浅瀬を走り抜けている気分になれる。見上げる山々は尖ったビルディング。その上に広がるブルーは少し霞《かす》んでいるけれど、田舎の空と同じものだ。

走りながら、彼女は、あのボトルの中にあった手紙を思い出していた。小学生のとき、妹と一緒にトンネルの穴に隠したのだ。そこには二人の願い事が書かれていた。

《オートバイを運転したい》と。

まだ遠くまで走る自信はない。いつか、鈴鳴村まで乗って帰りたいけれど、もう少し慣れてからにしなければ。晴れた週末を何度か経験すれば、すぐに自信がつくだろう。

大学のキャンパスの近くまで来た。もちろん、敷地の中に入ることはできない。ただ、この付近はいつも電車で通っている場所。土地勘があるので、自然にこちらへステアリングが向く。路地の急な坂道を上っていき、高台で停車して、街の風景を眺めようと思った。

ヘルメットを外すと、木陰の風が爽やかだ。駅と鉄道が見える。その向こう側に、建築の工事現場があった。古いビルを取り壊している。既に建物は跡形もなく消えて、現在は地面を掘っているところのようだ。背の高いクレーンが二本立っている。そのクレーンをじっと見ているうちに、もう少し近くへ行きたくなった。

ヘルメットを被《かぶ》り直し、坂道を下っていく。商店街をゆっくりと抜けて、鉄道のガーダの下の低いトンネルを潜った。反対側へは、一度も来たことがなかった。大通りの向こう側には古い町並みと観光名所の寺がある。その寺へあとで行ってみよう、と考える。

交差点で左折して、工事現場が近づいてくる。鉄板の壁に、緑の樹々の絵が描かれていた。日曜日なので、現場の正面ゲートが閉まっている。そこに二人の男が立っているのが見えた。

ゲートの前まで来て、バイクを停める。

工事現場を覗《のぞ》き込んでいるのは、郡司と栗城の二人だった。栗城がカメラを両手で高々と持ち上げて写真を撮ろうとしている。郡司がこちらを一度見たが、花梨だとは気づかなかったようだ。彼女はエンジンを止めた。

「古い機械、使っているなあ」郡司が話している。「でも、比較的綺麗だ。整備状態も良好そうだし、大事に使われているようだね。好感が持てるなあ。こういう会社になら就職しても良い」

「あんなのレンタルだろう？」

「だから、そのレンタルしてる会社に就職するんだよ」

「ふうん。研究者になるんじゃなかったんかよ」

「バイトだよ、バイト」

「どっちが？」

そんな二人の会話が聞こえてきた。

「おーい」花梨は二人を呼んだ。

同時にこちらを向いた。ヘルメットの風防を上げているのに、まだわからないのだ。郡司がメガネを片手で持ち上げた。栗城がさきに近づいてきた。

「あ、花梨さんじゃないすか」彼が言った。「うわぁ、凄いな、そのバイク」

何が凄いのか意味がわからなかった。ごく普通のバイクである。

郡司も遅れて近づいてきた。彼は黙っている。

「あのね、あそこのお寺、行ったことある？」花梨は指さした。

「あるよ」今度は郡司が答える。

「面白い？」

「さあ……、それは個人の主観だから」

花梨はくすっと吹き出した。あまりに予想どおりの返答だったからだ。

「行ったことないの？」栗城がきいた。

「うん、今から行こうかなって」

「あ、じゃあ、良かったら……」栗城が言いかけたが、

「一緒に行かない？」花梨は自分から誘った。

「も、もちろん……。あの、ガイドしますよぅ」栗城が嬉しそうな顔で郡司を見る。

「えっと、実際にガイドするのは、こいつだけど」

「いや、説明書きが、ちゃんとあるよ」郡司が言う。「読めば、たいがいのことはわかる」

「それじゃあ、あっちで、待っているね」花梨は言った。

「すぐ行くから」栗城が答える。

花梨はヘルメットを直し、エンジンをかけた。

*

礒貝家の裏庭にも、日曜日の明るい日差しが届いていた。

真知玲奈と山添太一がバイクを分解している。二人とも軍手をしているが、その軍手は既にオイルで真っ黒だった。礒貝が、クラブの教材という名目で、街の店から、

廃棄された耕耘機《こううんき》やバイクをときどきもらってくる。軽四輪を借りて彼自身が運んでくるのだ。防水シートが掛けられているものの、置き場所もなく庭に放置されている。良い部品があれば取り外して、自分たちのバイクのものと取り替える。そんな作業が、クラブ活動ということになるのだ。ただし、参加しているのは、玲奈と太一の二人だけだった。高校へ通う電車で、儀貝と玲奈と太一はいつも一緒になる。週末の活動計画は、だいたい電車の中で話し合われているのである。

一つ部品を取り替えると、また乗るのが楽しくなる。ほんの少し音が変わったりするだけなのに面白い。

「ああ、駄目」玲奈がスパナを放り投げた。「めっちゃくちゃ固いよ、これ」

太一が立ち上がり、落ちているスパナを拾う。玲奈のところへやってきた。

「無理だってば」

彼は座り込み、ボルトにスパナを塡《は》め込んだ。力を入れる。バイク全体が持ち上がりそうなほどだった。目の前にある彼の腕を玲奈は見ていた。

動いた。

「凄い」玲奈は口を開ける。

太一が彼女を見る。でも表情は変えない。笑ったら、叩いてやろうかと思っていたのに。玲奈は、思わず微笑んだ。

「凄いね。いつからそんな力持ちになった？」

太一は答えず、自分の仕事に戻っていく。

離れから儀貝が出てきた。二人のところへ歩いてくる。

「先生、あとで溶接機を使わせて下さい」太一が言った。

「何？　どこを溶接するんだい？」儀貝は太一の前に屈み込んだ。「ああ、これかぁ。これは溶接じゃあちょっと無理だな……、ここのところだけ作り直した方が早いね。鉄板とアングルで作って、ボルトで留めれば大丈夫だろう。材料ならあっちにあるよ。あとで、切ってあげよう」

「お腹減ったねぇ」玲奈が言う。

「ラーメンならあるぞ」儀貝が言う。

「また、ラーメン？」

「うどんもある」

「カップのでしょう？　あぁあ、しかたがないなあ」玲奈は立ち上がる。「なんか、作ってあげようか」

「え？」儀貝が顔を上げる。「作るって、何を？」

「そんなに驚かなくていいじゃないですか。料理ですよ」

「いや……、そんなの、無理だよ」

「む！」

「違う、材料がない」儀貝は両手を広げた。「米、くらいしかないんだ」

玲奈は、口を尖らせていたが、工具箱のわきに置いてあったコーラのボトルを掴み、キャップを取って一口飲んだ。

「ああ」彼女は短く息を吐く。「さっき、冷蔵庫なら見ました。大丈夫、任せておいて……」

彼女は、太一のところへ歩み寄る。

「はい」コーラを彼に差し出した。

「え？」太一は玲奈を見上げる。

「飲んでいいよ」

「え？　あの、どういうこと？」

「飲んでいいって言ってるだろ。飲めよ！　全部ちゃんと飲めよ」玲奈はコーラを太一の手に押し込むと、母屋の方へ歩いていく。「ったく、男ってのは……」

玲奈が見えなくなるまで、儀貝と太一はそちらをじっと眺めていた。

「悲惨なことになる確率が六十パーセントくらいか」儀貝が言った。「君は、どう思う」

「何がですか？」

「料理だよ」

「七十パーセントくらいじゃあ」太一がモンキィを布で拭きながら言った。

「うん、それくらいかもしれない」儀貝は頷いた。

太一は、コーラのキャップを開けて口をつける。残りは三分の一くらいだった。彼は一気に飲み干す。

「彼女だけどさ、僕が見たかぎり……」儀貝は、太一のそばに屈み込んだ。

「何ですか？」太一が彼を見る。

「いや……」儀貝は、再び立ち上がった。「なんでもない。とにかく、美味いものにありつきたいものだ」

「どんな味でも……」太一は微笑んだ。「食べるしかありませんよ」

＊

鈴鳴神社の鳥居の下を、真知源治郎と山添千都が並んで歩いていた。周囲には人は少ない。境内の掃除をしている者が、二人の姿を認め、少し驚いた様子で慌てて頭を下げた。

源治郎は鳥居を見上げて立ち止まる。今は、穴は元通り蓋が閉まっていた。人形はまた隠れてしまったのだ。しかし、来月の行事のあと、ここに足場が組まれることになるだろう。県から臨時予算が下り、隠れ絡繰りの本格的な調査が始まることになった。源治郎も委員会に参加するように要請を受けたばかりだ。

「どう思いますね？　千都さん」

「何がだい？」

「あれを、また動かすことですよ。お金をかけて復元をして、人形をまた動かすのか、それとも、あのままに寝かせておくのか」

「私には、わかりませんよ、難しいことは」

「動くようにすれば、観光資源にはなるね。旅館にも客が来るでしょう」

「まあ、一時的にはね」

「それにしても、おお、あんなものが、本当にあったとはね」源治郎は笑った。「この歳になって、また、びっくりさせられるなんて、はは……」

貸した。

広場の方へゆっくりと歩き、ベンチに腰掛けることにした。源治郎は、千都に手を

「本当に」千都も笑った。

「あ、ありがとう」千都はにっこりと微笑む。

「そっちは、どうです？　もう話しましたか？」

「いや、まだ」千都は首をふる。「真知さんのところは？」

「うーん、うちもまだなんだ」源治郎は空を見上げる。「まあ、ぼちぼちとね」

「べつに、このままでも、とも思ってしまうとね、なかなか言い出せないだろう？」

「そうだねえ」源治郎は頷いた。

「どうしてだろうね」千都も空を見上げる。「歳をとると、どうでも良くなってしまうんだね、いろいろなことが」

「うん、まあ、そうだね、そうかもしれない」

「六十年まえに、儀貝さんから、二人で聞いたときにゃあ、はは、これはもう、なんだ、この世の終わりかというくらい驚いたのにねぇ」

「うん、そうだった、そうだった」源治郎はくすくすと笑った。「千都さんなんか、大泣きしていたね」

「可愛かっただろう？　あの頃は」

「ああ、可愛かった。村で一番可愛かったよ」

「なにをまた……。今さら、言われてもね」

見上げている二人の上には、大木の枝が張り出している。そこから今、一枚の葉が舞い降りてきた。

「ああ……、もう、秋だ」源治郎が言った。

「あっという間にね、寒くなりますよ」

「うん……、あっという間だねぇ」

人に話したくなる仕掛け満載のミステリィ

栗山千明（女優）

私がドラマ『カクレカラクリ』で真知花梨（ドラマでは花山果梨）を演《や》らせていただいたのは二〇〇六年ですから、もう三年になるんですね。あー、懐かしい！　撮影にはあえて原作を読まずに臨んだので、小説は今回が初めて。答え合わせのような気分もあって、おそるおそる読んだのですが、花梨は私の抱いていたイメージ通り。自分の演技がそれほど間違っていなかったと確認できて、ホッとしました。妹の玲奈がバイクを乗り回していて思った以上にファンキーだったのには驚きましたけれど。こんなふうに最初のうちは「そうそう、そうだった！」と、ドラマの記憶が蘇《よみがえ》ってくる感じだったのですが、中盤にさしかかるころからぐいぐいと小説世界に引き込まれて……。ドラマの脚本のストーリーが、原作と違う部分があることは聞いていたのですが、本当にだいぶ違いますね。

私は「本は一気に読む派」で、この『カクレカラクリ』も夜の十二時から朝の五時くらいまでかけて、一晩で読みきりました。すごくおもしろくて、先が気になって全然寝られなかったんです。百二十年後に動き出すという隠れ絡繰《からく》りの謎を追いかけている五人の目線で、自分でもあれこれ頭を使いながら読み進めたのですが、ラストはもちろんのこと、ちょっとしたやりとりの中に感動ポイントがけっこうあって、こういうミステリィもあるんだなあと正直驚きました。歴史の重みや人間の素晴らしさについて、こんなふうに表現された作品を読んだことがなかったんです。翌日も興奮が続いていて、誰かにそれを伝えたくて、マネージャーさんにも『カクレカラクリ』の話をいろいろしてしまったくらいです。

「謎解き」とは直接関係なくても、立ち止まって考えたくなる示唆に富んだ場面もたくさんあって、そんなところも好きでした。具体的なところでいうと、蒸気薪割り機(自ら割った薪を燃料とする蒸気エンジンのしくみを使い、斧《おの》を上下させて薪を割る機械)をまえにして、「なんか、意味がなくないですか?」という栗城に、「似たようなことを、今、人間はしていないかい?」と儀貝先生が諭《さと》すシーンなど。全体の雰囲気は理系っぽくてクリアなのに、哲学的な深みが随所にあるんですよ。それらをつなげて考えることで、全体として見えてくるものがあるような気もします。

登場人物が廃墟マニアだったり、物象部だったりするので、読んでいると耳慣れない言葉がでてくることもままありましたが、ストーリーに力があるので、かえって「これどういう意味なんだろう?」って興味を持ちましたね。実は私、とてもレベルの低い理系なんです。英語・国語より数学・理科のほうが多少成績はいいっていうくらいの。だから、理系的空気感は好きなんですが、決して理系の知識があるわけでもなくて。『カクレカラクリ』は、そんな私の好みにすごく合った作品でしたね。

そういえば、幽霊とかUFOとか、存在の立証されていないものに関心があるのは理系の人が多いって聞いたことがあります。そういうものの存在を認めたいから、自分で真剣に取り組んで謎を解明したいという欲求があるのだとか。私も、メルヘンはすごく好きなんですけれど、それが実在のものとして納得できるような「論理」があったら、なおいいなと考えるほうですね。

花梨を演じたということもあって、つい彼女の目線で見てしまうのですが、大金持ちで旧家のお嬢様という立場もなかなかたいへんだなあと思いましたね。彼女が何不自由もなく幸せなのかといえば、決してそうではないみたいですし。周りの人になんでもやってもらえるけれど、自分が本当にやりたいことはやらせてもらえなかったり。家族で過ごす時間もとても少ないようで、私だったら息がつまりそう(笑)。彼女は一見お嬢様然としていておとなしそうですが、実は芯がとても強くて、言わなければならないところではっきりとものを言うし、頼もしいんです。意外に行動派で、そのギャップもよかった。このひと夏の「謎解き」を通して、自分の家や村が直面している状況をより認識して、ずいぶん成長したようで嬉しかったですね。

もちろん彼女だけでなく、ほかの四人もそれぞれに成長のドラマがあって、しかも単純なハッピーエンドではない、というところがまたいいなと思います。そして、強烈に印象に残った人物といえば、やはり儀貝機九朗。百二十年前に隠れ絡繰りを作った天才絡繰り師です。考えに考え抜いて精密な機械を作り上げた彼は、最後の最後では人を信じて、未来に希望を託していたというところに、すごいロマンを感じましたね。

私はミステリィが好きなわりにあまり詳しくないんですけれど、森さんが第一回を受賞されたメフィスト賞には親しみを持っていて、西尾維新さんや舞城王太郎さんの小説はよく読んでいます。森作品には、昨年、映画『スカイ・クロラ』に声優として参加させていただきましたし、不思議なご縁がありますね。『カクレカラクリ』で森ミステリィの魅力が十分にわかったので、これからほかのシリーズ作品もどんどん読んでいきたいと思います。（談）

（二〇〇九年八月）

森博嗣著作リスト

（二〇二〇年七月現在、講談社刊。＊は講談社文庫に収録予定）

◎S&Mシリーズ

すべてがFになる／冷たい密室と博士たち／笑わない数学者／詩的私的ジャック／封印再度／幻惑の死と使途／夏のレプリカ／今はもうない／数奇にして模型／有限と微小のパン

◎Vシリーズ

黒猫の三角／人形式モナリザ／月は幽咽のデバイス／夢・出逢い・魔性／魔剣天翔／恋恋蓮歩の演習／六人の超音波科学者／捩れ屋敷の利鈍／朽ちる散る落ちる／赤緑黒白

◎四季シリーズ

四季　春／四季　夏／四季　秋／四季　冬

◎Gシリーズ

φ《ファイ》は壊れたね／θ《シータ》は遊んでくれたよ／τ《タウ》になるまで待って／ε《イプシロン》に誓って／λ《ラムダ》に歯がない／

η《イータ》なのに夢のよう／目薬α《アルファ》で殺菌します／ジグβ《ベータ》は神ですか／キウイγ《ガンマ》は時計仕掛け／χ《カイ》の悲劇／ψ《プサイ》の悲劇（＊）

◎Xシリーズ
イナイ×イナイ／キラレ×キラレ／タカイ×タカイ／ムカシ×ムカシ／サイタ×サイタ／ダマシ×ダマシ

◎百年シリーズ
女王の百年密室／迷宮百年の睡魔／赤目姫の潮解

◎Wシリーズ（すべて講談社タイガ）
彼女は一人で歩くのか？／魔法の色を知っているか？／風は青海を渡るのか？／デボラ、眠っているのか？／私たちは生きているのか？／青白く輝く月を見たか？／ペガサスの解は虚栄か？／血か、死か、無か？／天空の矢はどこへ？／人間のように泣いたのか？

◎WWシリーズ（講談社タイガ）
それでもデミアンは一人なのか？／神はいつ問われるのか？／キャサリンはどのように子供を産んだのか？／幽霊を創出したのは誰か？

◎短編集
まどろみ消去／地球儀のスライス／今夜はパラシュート博物館へ／虚空の逆マトリクス／レタス・フライ／僕は秋子に借りがある　森博嗣自選短編集／どちらかが魔女　森博嗣シリーズ短編集

◎シリーズ外の小説
そして二人だけになった／探偵伯爵と僕／奥様はネットワーカ／**カクレカラクリ**（本書）／ゾラ・一撃・さようなら／銀河不動産の超越／喜嶋先生の静かな世界／トーマの心臓／実験的経験

◎クリームシリーズ（エッセイ）
つぶやきのクリーム／つぼやきのテリーヌ／つぼねのカトリーヌ／ツンドラモンスーン／

つぼみ茸ムース／つぶさにミルフィーユ／月夜のサラサーテ／つんつんブラザーズ

◎その他

森博嗣のミステリィ工作室／100人の森博嗣／アイソパラメトリック／悪戯王子と猫の物語（ささきすばる氏との共著）／悠悠おもちゃライフ／人間は考えるFになる（土屋賢二氏との共著）／君の夢　僕の思考／議論の余地しかない／的を射る言葉／森博嗣の半熟セミナ　博士、質問があります！／DOG&DOLL／TRUCK&TROLL／森籠もりの日々／森には森の風が吹く／森遊びの日々／森語りの日々／森心地の日々／森メトリィの日々

☆詳しくは、ホームページ「森博嗣の浮遊工作室」を参照
(https://www.ne.jp/asahi/beat/non/mori/)
（2020年11月より、URLが新しくなりました）

■この作品は二〇〇六年八月メディアファクトリーより単行本が刊行され、二〇〇八年七月に講談社ノベルス、二〇〇九年八月にＭＦ文庫に収録されました。

|著者| 森 博嗣　作家、工学博士。1957年12月生まれ。名古屋大学工学部助教授として勤務するかたわら、1996年に『すべてがFになる』（講談社）で第1回メフィスト賞を受賞しデビュー。以後、続々と作品を発表し、人気を博している。小説に『スカイ・クロラ』シリーズ、『ヴォイド・シェイパ』シリーズ（ともに中央公論新社）、『相田家のグッドバイ』（幻冬舎）、『喜嶋先生の静かな世界』（講談社）など、小説のほかに、『自由をつくる 自在に生きる』（集英社新書）、『孤独の価値』（幻冬舎新書）などの多数の著作がある。2010年には、Amazon.co.jpの10周年記念で殿堂入り著者に選ばれた。ホームページは、「森博嗣の浮遊工作室」（https://www.ne.jp/asahi/beat/non/mori/）。

カクレカラクリ　An Automaton in Long Sleep

森《もり》 博嗣《ひろし》

2020年7月15日第1刷発行
2023年7月19日第2刷発行

発行者――鈴木章一
発行所――株式会社 講談社
東京都文京区音羽2-12-21　〒112-8001
電話 出版（03）5395-3510
　　 販売（03）5395-5817
　　 業務（03）5395-3615

Printed in Japan

講談社文庫
定価はカバーに
表示してあります

KODANSHA

デザイン―菊地信義
本文データ制作―講談社デジタル製作
印刷―――株式会社KPSプロダクツ
製本―――株式会社国宝社

ISBN978-4-06-518789-0

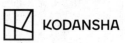

講談社文庫刊行の辞

二十一世紀の到来を目睫に望みながら、われわれはいま、人類史上かつて例を見ない巨大な転換期をむかえようとしている。

世界も、日本も、激動の予兆に対する期待とおののきを内に蔵して、未知の時代に歩み入ろうとしている。このときにあたり、創業の人野間清治の「ナショナル・エデュケイター」への志を現代に甦らせようと意図して、われわれはここに古今の文芸作品はいうまでもなく、ひろく人文・社会・自然の諸科学から東西の名著を網羅する、新しい綜合文庫の発刊を決意した。

激動の転換期はまた断絶の時代である。われわれは戦後二十五年間の出版文化のありかたへの深い反省をこめて、この断絶の時代にあえて人間的な持続を求めようとする。いたずらに浮薄な商業主義のあだ花を追い求めることなく、長期にわたって良書に生命をあたえようとつとめるところにしか、今後の出版文化の真の繁栄はあり得ないと信じるからである。

同時にわれわれはこの綜合文庫の刊行を通じて、人文・社会・自然の諸科学が、結局人間の学にほかならないことを立証しようと願っている。かつて知識とは、「汝自身を知る」ことにつきていた。現代社会の瑣末な情報の氾濫のなかから、力強い知識の源泉を掘り起し、技術文明のただなかに、生きた人間の姿を復活させること。それこそわれわれの切なる希求である。

われわれは権威に盲従せず、俗流に媚びることなく、渾然一体となって日本の「草の根」をかたちづくる若く新しい世代の人々に、心をこめてこの新しい綜合文庫をおくり届けたい。それは知識の泉であるとともに感受性のふるさとであり、もっとも有機的に組織され、社会に開かれた万人のための大学をめざしている。大方の支援と協力を衷心より切望してやまない。

一九七一年七月

野間省一